Ronso Kaigai
MYSTERY
288

不死鳥と鏡

Avram Davidson
The Phoenix
and the Mirror

アヴラム・デイヴィッドスン
福森典子［訳］

論創社

The Phoenix and the Mirror

1969

by Avram Davidson

目次

主要登場人物

ヴァージル（ウェルギリウス）……ナポリの魔術師
クレメンス……ヴァージルの友人。錬金術師
コルネリア……カルスス国の前国王の未亡人。前ナポリ公《ドージェ》の娘
トゥーリオ……コルネリアの家臣
ラウラ……コルネリアの娘
タウロ……現ナポリ公《ドージェ》
アグリッパ……ローマ帝国の地方総督
アンソン・エベド＝サフィール……フェニキア人の船長。通称〝赤い男〟
バイラ……〈海のフン族団〉の共同統治者の一人
キャプテンロード……ナポリの〈タルティス・ウォード〉の統治者
アレグラ婆さん……ヴァージルの隣人の頭のおかしな老女
フィリス……コルネリアの邸の召使いの娘

不死鳥と鏡

献辞

この小説を書くことを早くから勧めてくれたジェイムズ・ブリッシュに、話の主要部分について提案をくれたデイモン・ナイトに、そして何より、構成を手助けしてくれたグラニア・K・デイヴィッドスンに感謝します。

作者より

『アエネーイス』や『農耕詩』の著者として知られるヴァージル（本名プーヴリウス・ウェルギリウス・マロー。古代ローマで最も偉大な詩人とされる）は、のちの中世ヨーロッパにおいて、どういうわけか数多の興味深い伝説の人物として知られるようになった。それも、科学や魔術の力を駆使した武勇伝ばかりだったために、彼が本当は詩人であったことなどすっかり忘れられ、黒魔術師か妖術使いとみなされてしまった。

暗黒時代からルネッサンスにかけて、大衆がこうした〝ヴァージル伝説〟の中に思い描いた古代の世界は、伝説や魔法や神話が当たり前に受け入れられている点を除いても、実際の史実とはかけ離れている。まったくのお伽話にすぎない。ところがそれが、特異な観点のもとでは真実の世界となる――古代に投影された中世主義。畏怖と混乱によって曲解された、忘れかけた古《いにしえ》の科学。長い惰眠の時代――ただし、その眠りの中で見る夢は、退屈とはほど遠い。

『不死鳥と鏡』は、こうした世界を描いたものである。本作を含め、いずれ〈魔術師《マグス》のヴァージル〉シリーズとして構成する予定だ。今後の作品については断言できないが、本作については、中世の〝ヴァージル伝説〟のいくつかから着想を得たものの、原作となった話は存在しない。

第一章

彼女と最初に会ったのは、まったくの偶然だった。

アーチ状の天井がどこまでも続く巨大な迷路の中をさまよう男は、とっくに方向を見失っていた。それを察したのか、マンティコア（人間の頭とライオンの胴体を持ち、人間を食うとされる伝説の怪物）どもが近づいてきた。やつらの強烈な悪臭が鼻をつく。言葉代わりに仲間どうしで交わす獰猛な唸り声が聞こえる。はるか頭上に等間隔にはめられた鉄格子の隙間から、細長い光が何本も差し込んでいた。足を止めずに振り返ると、深い地の底まで届いた太陽光の一本の手前でマンティコアたちが二手《ふたて》に分かれ、左右の壁際に身を寄せるように縦に連なって追ってくるのが見えた……ひそひそ声、足を引きずりながら素早く歩く足音、かぎ爪を鳴らす音……カチカチカチ。

マンティコアには光を忌避する習性があるのだ。

男は歩き続けた。

急に足を速めれば、かえって命取りになりかねない。これまでのところ、やつらはなかなか襲いかかる決心がつかないようだ。人間に対する畏怖（かつ、人間に対する本能的な憎悪）が、その決心を鈍らせているのだろう。男は、まるでナポリの市街を歩いているかのような確かな足取りで歩を進めた――実のところ、ナポリにはここよりも暗い通りも、狭い通りもある。そして、そう多くはないものの、同じぐらい危険な通りさえも。
マンティコアたちもまた、男の背後を確かな足取りでついて来ていた。その外見はまるで膨れ上がった巨大なイタチのようだ。体のほとんどがヤギの毛のように長く、赤みがかった黄色い体毛に覆われている。ぎらぎらした大きな目で素早く視線を走らせる姿からは、人間よりもいくらか劣るものの、動物に比べれば知性がはるかに勝《まさ》っていることが窺える。首の周りには鳥の羽を束ねた襟飾りに似た鬣《たてがみ》があり、悪夢に出てきそうな顔――人間の頭をひと回り小さく押し潰した後でいびつに引き伸ばしたような、平たく広がった鼻と、細い目と、大きく裂けた口のついた顔――を縁取っている。

男はマンティコアたちに気づかれないように、顔は上げずに視線だけを上方に向けた。ナポリじゅうに降った雨水を地下に集めてナポリ湾へ流すために、かつてこの巨大なトンネル網を築き上げたのは誰だったろう。ティターンたち（ギリシャ神話の古い十二の神々およびその子孫）か、それとも古代ギリシャ人だったか、カルタゴ人か、それともローマ帝国支配以前の古き民だったか、エトルリア人か、あるいはまったく別の人々だったか（クレメンスなら答えを知っているはずだが、どうせこのトンネルについて尋ねたところで、足を踏み入れてはならない場所だとしか答えないだろう。その証拠に、クレメンスは今ここに来ていない）、誰が作ったのであれ、縦穴や階段があちこちに取り付けてあるはずだ。そのどれか一つでも見つけられれば。それを見つけることで、マンティコアどもに襲いかかるきっかけを与えなければ。その地上への出口が塞がってさえいなければ……。

地下トンネルへ繋がる入口があちこちにあることは、周知の事実だった。そのうちのいくつかは、石を積んでセメントで固め、恐ろしい顔をした仮面や〈不敗のミトラス神のしるし〉、魔除けや護符を取り付けて固く封印されており、開けるには何週間もかかるだろう。そうでないものは、頑丈な扉に錠をかけて警備されていた。ただし、扉の番人が通行人の目を引くことなく素早く中へ入れるように、鍵で開けられるタイプの錠が使われていたし、扉の蝶番には十分に油がさしてあった。さらに、そうした扉以外にも、誰も知らない秘密の入口があった。いや、あるはずなのだ……少なくとも、人間の見張り番も、別の力を借りた警護もない入口が。

一世紀《ひと》も前にマンティコアたちが地上へ出てきて人間の子どもをさらったときも、そうした入口を通ったにちがいない。連れ去られる現場を目撃したのは、その子の母親だった。傷を負った母親が息を引き取る間際に伝えた内容は、やがて伝説として語られるようになった。そこまでなら、恐ろしくも理解はできる話だ。だが、マンティコアたちはなぜ、その少年を殺すことなく四十年も生かし続けたのか？　さらには、どうしてその後解放したのか？　それは誰にもわからなかったし、この男以外には憶測を巡らせる者さえいないようだった。

その子どもがまだ生きていると（自分はもう死んだと本人は言い張っていたが！）、しかも、あたりまえの自然の法則では信じられないことに、人間の寿命を百年以上も軽く超えて生き続けていると知っている者は、その子どもの秘密を抱えた親族以外にはほとんどいなかった。彼は、この先いつまで生き続けるのか、いつまで生きていられるのか。当人はその秘密をどこまで知っているのだろう？　彼が死ねば、すべての秘密も失われてしまうのか。その命の源はまだどこかに残っているのだろうか。もしあるとすれば、この暗く、汚れた地下迷路の中以外には考えられない。

男が進む通路の中央には水が細く流れており、苔に覆われた壁からも水が染み出て床を濡らしていた。だが、歩ける程度には乾いた一本道――実のところ、細い流れを挟んだ二本の乾いた筋――が続いていた。男は流れの左側を歩いた。どこか頭上から犬の吠える声がした。すると、背後から聞こえていた音に変化があった。ピタピタという足音が一瞬やみ、唸り声も止まったのだ。犬がもう一度吠えた――何度も吠え続けた。と、誰かに命令されたのか、石でも投げられたのか、ぴたりと鳴きやんだ。

少し先の天井にまた鉄格子の隙間が見えてきた。これまでのものと同様に、誰かが地上から結び目のついた、とてつもなく長いロープでも垂らしてくれない限り、自力であそこまでのぼるのは無理だ。光の柱の中をゆったりと漂っていた細かい土埃は、マンティコアたちが一斉に速足で動き始めると、攪拌されて激しく舞い始めた。仲間に何やら問いかけているらしい、不満そうな哀れっぽい声に続いて、それに応える低い唸り声が聞こえた。マンティコアたちが男の右側を追い越していく――いまだ襲いかかるつもりはないらしい。先回りして待ち伏せする作戦にちがいない。マンティコアについての乏しい知識から推測するに、その作戦を選んだのは、やつらにとって有利に働く何かがこの先にあるからだと確信した。

犬がまた吠えた。それとも別の犬か。いや、犬は二匹鳴いている。前方に一匹、後方に一匹。姿は見えないが、どちらもトンネルの中にいる。

マンティコアたちが足を止めた。と同時に、男が駆けだした。

あれか。壁から巨大な岩が突き出ていて、通路はそれを迂回するように曲がっていたのだ。そこだけ道幅が半分ほどに狭まっている。実のところ、岩盤に入ったひび割れ程度の通り道しかない。マンティコアたちが獲物を追い詰めるにはおあつらえ向きだ。男が走ってくるのを見て、マンティコアたちは吠えたて、唸り声を上げた。だが、そのとき犬が鳴き、誰かが呼びかけた。もう一人、また一人。躊躇する追跡者どもの声を背後に残して、男は走った。

マンティコアたちの強烈な悪臭を嗅ぎつけたらしく、犬は興奮と恐怖から激しく吠えだした。どこかで金属のこすれ合う大きなきしみ音がしたかと思うと、頭上の一角からまぶしい光が一気に差し込んだ。誰かが呼んでいる。男は湿った浅い階段を駆け上がった。

背後で重々しい扉が勢いよく閉まり、施錠され、閂がかけられ、横木が渡された。そのあいだも、憤懣と怒りに満ちた怪物どもの叫び声が地下から聞こえていた。


外へ出してくれたのは、灰色の顎鬚《あごひげ》の男だった。その顎鬚男が勢い込んで尋ねた。「ほかの者たちは？　犬は？」

「わたしだけです。犬などおりません」そこは洞窟の中だった。岩壁から削り出すようにベンチがしつらえてある。

「だが、たしかに聞いたぞ」初老の顎鬚男が言い張った。警戒するような鋭い表情を浮かべている。一匹、続けてもう一匹と犬が吠えた。男たちが呼ぶ声もした。顎鬚男は声の聞こえるほうへと、半円状の天井に視線を走らせた。それから、地下から出してやったばかりの男に目を向けた。

「こんな声でしたか、あなたが聞いたのは？」男が尋ねた。扉のほうを向く。今までに見たことのない、正体不明の神の像が取り付けられていた。下級神〈トラキアの騎士〉によく似て馬に乗っているが、こちらは奇妙な頭飾りをつけた女性の像だ。そんなことより、今一番肝心なのは、その扉が非常に頑丈で、何本もの大きな閂が岩をくりぬいた穴にしっかりと挿し込まれていることだ。

「汚らわしい怪物どもめ」初老の男がつぶやいた。「ナポリの公《ドージェ》（古代イタリアの共和国や自治体を統治していた者の称号）はどうして兵を――武器と松明《たいまつ》を持った何千人もの部隊を差し向けて、水路内を一掃してしまわないのだろう？

腐った古いチーズが蝕まれるように、地下にはマンティコアの巣穴が無数に広がっているからか？　そんな話を耳にしたのだが」

「そのとおりでしょうね」後から来た男はそう言うと、立ち去ろうとした。

だが、助けてくれた初老の男が前に立ちふさがった。「あの中で道に迷わない者はいないというのは本当か？　これから先も何百人という人間がさまよい――二度と戻れなくなるというのは？」

若いほうの男は彼の横をすり抜けた。「そのとおりです。では、ありがとうございました」

初老の男が彼の肩に手をかけ、力を込めた。「それなら、どうしてあんたはこの地下水路に入ったんだ？」

「愚かだったからです」二人の視線がぶつかった。初老の男はさらに力を込めた後、手を緩めた。

「いいや……あんたは愚かじゃない。おれもだ。さて……」どこか近くで鳥のさえずりのような音がしたが、初めて聞く鳴き声だった。初老の顎鬚男は手を放し、新参者の背中に当てて勢いよく押し出した。「あの方に会いに行くぞ」短い階段を二つのぼると地上へ出た。そこには庭園が広がっていた。

ナポリ市内にこんな広い庭があるはずはない。そう遠くないところにつる植物のからみつく巨大な樫の木が一本立っていて、小道に沿ってイトスギが並んでいた。男の右手には白い泡のかたまりのようなアーモンドの花が咲き、その甘い香りが辺りに満ちていた。先ほどの奇妙な鳥の声が、今度はもっと近いところから聞こえた。

「今まいります、奥方様」初老の男が言った。「今、二人でまいります。この者に『ポセイドンの馬の調教師の名にかけて、いったいなんだってあの恐ろしい地下水路の中にいたのか？』と尋ねたところ、『愚かだったから』などと申すのです。おまけに――」

女の声がぴしゃりと言った。「お黙り、トゥーリオ！」

トゥーリオは、まるで褒められたかのように満足げな笑みを浮かべ、その喜びを分かち合おうとでもいうのか、しきりに新参者に向かってうなずいてみせた。が、大きな樫の木を回り込むと冷静に戻り、お辞儀をした。木陰の奥深くに腰かけていた女性は、おそらく若い娘盛りの頃よりもずっと威厳に満ちた魅力を身につけているように思われた。きっとそうだ。彼女にも、ただ美しいだけの時期があったのだろうか。いずれにせよ、ただ可愛らしいだけの時期はなかったにちがいない。彼女の背後の低い丘の上に、広々としたヴィラ（広い農園を備えた地方領主の邸）があった。召使いたちが女主人の椅子の後ろに控え、足元に跪き、両側に並んでいた。それでも彼女はひどく孤独に見えた。金色の髪と同じほど美しい金色の笛が膝の上にあった。

「怪我をしているのか？」女が不安そうに尋ねた――気にかけているというよりも、困惑しているような口ぶりだった。「何があった？　そなた、何者だ？」

男がお辞儀をした。「怪我はございません」彼は質問に答えた。「道に迷って――追われて――襲われて――そして救い出されました、あなたさまの家臣のおかげです。名はヴァージルと申します」弱い風が首元を吹き抜けるのを感じたヴァージルは、女性の手に甘えるように鼻を押しつけていたディアハウンド犬が突然唸りながら立ち上がるのを見ても動じなかった。ヴァージルが喉の奥から低い声を出すと、犬は唸るのをやめて引き下がったものの、毛は逆立ったままだった。

「さしつかえなければ、こちら側に立たせていただきます」ヴァージルが言った。「怪物どもの臭いが、風に乗って犬のほうへ運ばれてしまうようなので」

女はうわの空でうなずいた。「そうだな、空気が重く滞る日にはときどき臭う。地震のあった日や、ヴェスヴィオ山（ナポリの東側にある火山。噴火による火砕流がポンペイを飲み込んだことで知られる）が噴火する前にな。いやな臭いが漂う、鼻をつくようないやな臭いが。汚れた化け物どもめ。それでも……それでも、あやつらにも美に対する認識がいくらかあるはずだ。そう思わぬか？　なんでも、ただ眺めるためだけに、ルビーやエメラルドや、あらゆる貴石を掘り出しては積み上げていると聞く」

トゥーリオがクックッと笑った。唇は笑みを作っていたものの、目は笑っていなかった。「きっとヴァージル様も同じ話を聞いたのでしょう――それが目的であの水路の中に迷い込んだ。ちがいますか？」

ヴァージルは何も答えなかった。女主人が叱りつけるように「トゥーリオ」と言った。「この者に何か飲み物を――トゥーリオ、おまえに言っているのだ」トゥーリオは先の尖った顎鬚の上の頬をかすかに赤らめ、かすかに肩をすくめ、かすかに笑みを浮かべると、黙って立っていた召使いの手からトレイを取り上げてヴァージルに手渡した。立ち上がりかけていた別の召使いの女が再び跪いた。トレイには、ワイン、パン、オイルの入った皿、蜂蜜の入った皿、柔らかいチーズ、ヤツメウナギの薄切りが載っていた。ヴァージルは感謝のお辞儀をすると、儀礼として地面に酒を注いでから食べ始めた。

「それにしても……ほかにも何人かいたはずでは？」ヴィラと庭園の女主人が尋ねた。「声が聞こえたのだが……たしか……」

ヴァージルは口の中のものを飲み込み、ワインを一口飲んだ。大きな樫の木陰は涼しかった。訊きたいことはたくさんあったが、急ぐことはない。彼は顔を少しだけ上げた。すると、アーモンドの木の上から男の声が聞こえた。みなが一斉にそちらを見上げた。誰もいないのに声は続いていた。すると、今度は樫の木のてっぺんから犬の鳴き声がした。

「なるほど」女主人が言った。「わたしにも少しは心得がある。これは単なるいかさま師になせるわざではない」彼女はうなずいた。金色の笛を手に持ったまま、奏でるように指だけ動かした。「今わかったぞ。そなたはあのヴァージルなのだな」

ヴァージルがお辞儀をした。

彼女は深くくぼんだ紫色の瞳でヴァージルを熱心に見つめた。青い血管の浮き出た白く長い指で固く拳を握ると、はめていた指輪の印章が外側へ押し出された。「魔術師《マグス》よ」彼女は言った。「わたしのために、鏡を作ってくれぬか？」

「お断わりします」少し間を置いて、ヴァージルは答えた。

彼女は両手の拳を打ち合わせた。「わかっているのか？ わたしが欲しいのは、無垢なる青銅の鏡だ。そなたの専門である大いなる科学を用いなければ作れない」

風はやみ、空気はぴたりと止まっていた。女主人の椅子の後ろで地面に跪いていた召使いの女は、刺しかけの刺繍を小さな片手に持っていた。何かを積み上げた山の上に奇妙な鳥が座っているモチーフで、針が刺さったままになっている。その若い召使いの女が、赤茶の瞳でさげすむようにヴァージルをじっと見上げた。「何をおっしゃっているかはわかっています。理論的には、わたしは〈無垢なる鏡〉を作ることができます。が、実際に作るとなると、現状では不可能です」

女主人は絶望したように息をのんだ。両手を大きく広げた勢いで、きちんと閉じ合わされていた衣のひだがいくらか開いた。布の縁が一、二インチ見えた――光が差し込んで、これまでよく見えていなかったところまで照らし出した――なるほど、この謎を解く鍵が手に入ったらしいとヴァージルは思った。だが、喜びは感じなかった。うまい話には気をつけなければならない。

「おわかりいただきたいのですが」ヴァージルは落ち着いた口調で言った。「単なるわがままでお断わりしているわけではありません」

女主人の顔から絶望の色が徐々に引き、代わりに頬がかすかに上気してきた。「そうだな」彼女は言った。「うむ、そうだろうとも……なにせ、そなたはわたしのパンを食べ、ワインを飲んだのだから」

ヴァージルは気持ちがたかぶってきた。「これが初めてではありませんよ」

「何……?」

ヴァージルは彼女に近づき、ほかの者には聞こえないほど声をひそめて言った。「〝耐え難い渇きののち、わたしは記憶の水を与えられた。椀から飲み、籠から食べた〟」

何かに思い当たったらしく、彼女は目を見開き、顔を輝かせた。最初に見た印象よりもずっと若そうだとヴァージルは思った。「では〝真夜中に太陽がのぼるのを見た〟のだな」彼女が言った。「そなたも〈エレシウスの秘儀〉（ギリシャ神話の豊穣の女神デーメーテールとその娘で冥界の女王ペルセポネーを崇拝する秘密の祭儀）に立ち会ったのだな。それなら、わたしたちは姉弟も同然……」そこで彼女は辺りを見回し、か細い手を差し出した。ヴァージルはその手を取って彼女が立ち上がるのを手助けした。

「場所を変えよう」

二人は樫の木とアーモンドの木から離れ、イトスギ並木の小道を通ってヴィラに向かった。女主人はヴァージルの手を取ったまま、光沢のある暗い木の壁に囲まれた部屋に着くまで、その手を放そうとしなかった。蜜蠟で磨かれた木材から、かすかに麝香《じゃこう》に似た香りがする。壁には、鮮やかな深紅や緋色や紫や金色で描かれたドラゴンとグリフォン（鷲の上半身とライオンの下半身を持つ伝説の生物）を描いたタペストリーが飾ってあった。女主人は長椅子に腰を下ろし、彼女の招きに従ってヴァージルは長椅子の隣の、染色された柔らかな羊毛の上に跪いた。

「ここなら誰もいない」彼女は冷たい指先をヴァージルの頬に当てた。「今は身分を忘れて、同じ秘儀の伝授者どうしとして接しよう。言葉を交わさずに話がしたいのだ……〝秘密の箱、龍たちの引く翼つきの戦車、冥界へ嫁ぐプロセルピナ（ローマ神話の女神。前出のギリシャ神話のペルセポネーと同一視される）、娘を探そうと松明を焚いて探し回る母、そしてアッティカ（アテネにあった古代都市）のエレウシスの神殿が門外不出を守り続けている秘儀の数々〟」

「はい……」

彼女は声をひそめ、本当に〝言葉を交わさずに話をする〟ように、こんなことを語りだした。ケレース（ローマ神話の女神。前出のギリシャ神話のデーメーテールと同一視される）と同じく、わたしも娘を持つ母親だ。そしてケレース同様に、娘の行方がわからなくなってしまった。ケレースは、まばゆい光を放つ不死で不敗の太陽神ヘーリオスから娘の居場所を教わった。わたしは太陽のように丸い鏡に居場所を問いたい。わたしもまた暗黒の冥界じゅうを、〝松明を焚いて〟であれ、暗闇の中であれ、探し回らなければならないのなら、冥界をひっくり返してでも見つけに行く、と。（ケレースの娘プロセルピナは冥界をつかさどるプルートーに連れ去られて妻にされたが、母親が見つけ出して地上へ連れ戻した）

「ですが、ご依頼を引き受けるには難題が多すぎます」ヴァージルが言った。「仮にその鏡を作ることが可能だったとしても、出来上がるのに一年はかかるでしょう。ところが、わたしにはそんな時間の猶予はないのです。今日こちらのほうまで調査に来た案件だけでも、明日も明後日も、この先何日もかかるはずですし、それ以外にもずっと日延べになっている作業が山積みになっています。どうしても手が離せません。無理です、ええ、どうしたってお引き受けできません。たとえわたしたちのあいだに、聖俗双方のどれほどの絆があろうと……かの〈エレウシスの秘儀〉をもってしても、無理です」

ヴァージルは続けて言った。「お役に立ちたいのはやまやまなのですが」

女主人の顔からは、最初に拒否されたときの混乱や絶望の色はすっかりなくなっていた。紫色の瞳は冷静で、薄暗い光を受けて別の深い感情にきらめいていた。ささやきに近い声で彼女は言った。「〝秘儀〟は、何もエレシウスだけではないぞ。そなた、ほかにも行ったことはあるのか……」彼女は名前を一つ挙げ、二つ挙げ、三つめを伝えた。

「はい」ヴァージルもまた、ささやき声で答えた。「はい……はい」ヴァージルは、その返事が単なる肯定ではなく、同意であることを認識するとともに、彼女もそう認識しているのを察した。彼女の体を両腕に抱き、唇を重ねた。

少しして彼女が口を開いたとき、その声はもはやささやきでさえなく、吐息に近かった。「さあ、来るがいい、わたしの花婿よ、婚姻を結ぼう」

部屋の中は薄暗かったが、どういうわけか徐々に光に満たされていった。光が色を帯びる。陸からは見ることのできないピンク色の夜明け、海では見ることのできないバラ色の夕焼け。さまざまな色がゆっくりとさざ波のようにゆらめきだす……ゆっくりと……着実に色が変わっていく。ひと回りして元の色に戻るように、何周も。変化の輪と、不変のサイクル。コルネリアが隣に横たわっている。ヴァージルはこれまでに味わったことのない大きな喜びとともに、それを実感した。コルネリアが自分の腕の中にいる。なのに、どういうわけか彼女は前方高くで、何かの王座に座っている。ヴァージルはそれを何の矛盾も混乱もなく受け入れた。裸のまま横を向いた彼女の姿は、威厳があって、優しそうで、穏やかで、厳粛で、美しかった。乳首と乳房は、子を産んだことのある女のものとは思えない。薄いバラ色の波がゆっくりと静かにしぶきをあげながら王座に打ち寄せ、彼女が大きく広げた両腕の下で、〝二つの地球〟の球体が回転していた。ヴァージルはその姿を見て、彼女が〝すべての世界の女王《クイーン》〟であると確信した。その瞬間、何ひとつ変わっていないのに、すべてががらりと一変した。ヴァージルの目には、彼女が北方の青々とした森の中の乙女に見えた。髪を三つ編みにして、唇は古代ギリシャ彫刻のような古拙の微笑《アルカイック・スマイル》みを浮かべている。さまざまな奇妙な楽器で、不思議な、甲高く魅了するような音楽を彼のために奏でている。若い姿、年を重ねた姿、女性の姿、男性になった姿、さまざまに目に映る。そのすべてをヴァージルは愛した。あらゆる言語と文字で書かれた言葉が浮かんでくる。〝すべてはコルネリア、永遠に……〟〝もっと……もっと……はてしなく……〟触れるたび、動くたびに歓喜を感じる。喜び、喜び、すべては喜びで満ちている。

強い風が、木に生った甘く芳醇に熟した果実を揺らすように。その風が穀物畑を捉え、立派に実って収穫を待つばかりの穂を震わせるように。さらに威力を強めた風が、船を港へと一直線に運ぶように……。

すると、炉床で勢いよく燃え上がっていた火が不意に消えた。そこには冷たい暗闇だけが残された。

ヴァージルは、ショックと痛みと苦悩に悲鳴を上げた。

「どこへやった？」彼は叫んだ。「この魔女！　妖術使い！　返せ！」

コルネリアは何も言わなかった。ヴァージルは動くことができなかった。コルネリアが閉じ合わせていた両手をそっと開け、勝ち誇ったような笑みを浮かべて、すぐにまた閉じるのが見えた。ヴァージルはその短い一瞬のうちに、彼女の手の中にひどく小さな自分の似姿があるのを見逃さなかった。真新しい象牙のように白く、おとなしく、生気がない。と思う間もなく、次の瞬間にはわずかに残っていた血色さえも失われた。ひどくちっぽけで半透明の、ただの形。影。かけら……。

「返せ！」ヴァージルは勢いよく手を伸ばした。が、コルネリアが両手のひらを強く押し合わせると、彼は苦悶に悲鳴を上げて身を引いた。裸の彼女の上に力なく倒れ込んだまま動けない。コルネリアは気にも留めず、彼をさげすむように下敷きになっていた脚を引き抜くと、ヴァージルは長椅子から床へ転がり落ちた。ひとしきり冷たい視線でヴァージルを凝視した後、コルネリアは立ち去った。代わりに、そこにはトゥーリオが立っていた。

「起きろ」トゥーリオが言った。「立て、魔術師《マグス》のヴァージル。服を着ろ。ここを去り、自分の家に戻り、魔法の鏡〈無垢なる鏡《ヴァージン・スペクトラム》〉作りに取りかかるのだ。今のあんたでも、これまでどおりマグスとして優れていることに変わりはない――」

「いいや、もう同じじゃない」ヴァージルは覇気のない声で言った。「何も、こんなことまでする必要はなかっただろう」

「一人の男としては力を失っただろうな。だが、完全な人間ではなくなったことで、仮にあんたの言うように、優れたマグスとしての力まで失ったのだとしても、それはあんたの問題であって、われわれには関わりのないことだ。今のあんたでは、鏡を作るための科学や魔法の力が及ばないというのなら、われわれの依頼に応えられるようにさらに努力を重ねろ。今回のことは、それを忘れないためにあんたの肉体に刻まれた戒めだと思え。それから、おれをたぶらかそうなどと思うなよ。騙されはしない。

　あの方があんたから取り出して、今おれの手の中にあるこれは、何と呼ぶべきなのだろうな？　〝カー〟（古代エジプトの信仰で〝精神〟にあたるもの）でもないし、〝バー〟（同様に〝魂〟にあたるもの）でも、そのほかのものでも……まあ、よかろう。これはおれが預かっておく、名前など必要ない。あんたの魂のうちの一つというだけで充分だ。これをなくしたあんたは完全体とは言えない。女の肉体に喜びを見出すこともできない。頼んだ仕事を完成させれば返してやる。拒否すれば、あるいは失敗すれば――これを破壊する。無駄に時間をかければ――これを痛めつける。女遊びにふければ――いや」

　トゥーリオは無感情な目でヴァージルを見ながら、確信をもって言った。「そんなことをするとは思わない。そうとも、マグス、あんたにそんなことはできないだろう」

第二章

〈馬飾り屋通り〉はナポリの古い街区にありながら、その一帯にしてはかなり道幅の広い通りだった。名前の由来である〝馬飾りを売る店〟が集まっていたのも道の広さゆえだろう――ナポリでは装飾品を一つもつけていない馬、ラバ、ロバを見かけることはなく、馬飾りを求める客は大勢いた。邪視《イーヴル・アイ》をはね返すための大ぶりの青いビーズの首輪。磨き上げられた真鍮製の象徴（三日月、星、〝妖精《フェイ》の手〟、〝悪魔《アスモデウス》の角〟、日輪、その他さまざまな形）。羊毛や、中には絹で作られた、十色以上の鮮やかな玉房や飾り房。馬の両肩の中央に立てる、やけに小ぶりの城や威圧感のない砦を模した奇妙な装飾品。もちろん、ありとあらゆる大きさや形や音色の鈴もあれば、金持ちが乗用馬に飾る琥珀の粒も扱っていた――そうした裕福な客が乗用馬や複数頭の馬を仕立てた馬車で乗りつけたときのために、〈馬飾り屋通り〉の店はどこもそれなりの広さが必要だったのだ。

一番開けた〈クレオの泉〉の周りでさえ馬一頭を方向転換させるには狭すぎるというのに、〈馬飾り屋通り〉だけは〈王たちの道《キングズ・ウェイ》〉に至るまで馬車を走らせるのに充分な道幅があった。〈泉の広場《ピアッツァ》〉のそばに、金属製の馬具を作るアポローニオという職人が中二階に店を構える建物があった。建物が〈馬飾り屋通り〉に面する側の地下階には居酒屋が入っている。正式な店名は〈ポイボス（ギリシャ神話の太陽神アポロンの別名）とチャリオット（戦闘用の馬車）〉というにもかかわらず、もっぱら〈太陽と馬車〉と呼ばれていた。かつて若者だったヴァージルが、出生地のブランディジ（アドリア海に面したイタリア北東の都市）から〈イリュリオドロスの学園《アカデミー》〉のあるアテネへ向かう途中でナポリを通ったとき、その建物の上方の三つの階はそれぞれ別の人間が借り、各部屋をさらに誰彼かまわず又貸ししていた――奉公は終えたものの親方になれない熟練職人、売春婦、占星術師、荷馬車の御者、商売下手な盗品売買人とさらに腕の悪い盗人、金のない旅人（たとえば学生）、古着の修繕屋。当時そんなありさまだった建物は、今もまったく変わっていない。違いがあるとすれば、屋上に頭のおかしな女が瓦礫やイグサで小屋を作り、一人きりで、いや、十五から二十匹ほどの猫とともに住みついているぐらいのものだ。

　その日の夕暮れどきに、かの男はその建物の隣の家の階段をのぼっていた。アテネに向かっていた頃より年は重ねたものの、相変わらず顎鬚は真っ黒で、浅黒い肌、灰色がかった緑の瞳、猟犬のように引き締まった体をしている。通りに何軒も並ぶ家々のうちで、この家の前だけは、うろついたり、座り込んだり、物乞いをしたり、布に包んだ食べ物を取り出して食べたり、娼婦といちゃついたり、炭をくべた火桶の上に安っぽい食材を並べ、しゃがんで火をあおぎながら焼いて売ったりする者は一人もいなかった。滑らかな黄色い漆喰壁はいたずら好きな少年たちにとっては魅惑的だったものの、誰も立小便や落書きをしようと足を止めなかった。通りから階段を三段のぼった左側の外壁に壁龕《へきがん》（何かを飾るための壁のくぼみ）があり、真鍮製の頭像が置かれていた。男がゆっくりと、苦しそうに階段をのぼり始め、壁龕と同じ高さの段に足を下ろしたとたん、像の両目が開き、口が開き、顔がこちらを向き、声を発した。

「そこを行くのは誰だ？」像が問いただした。「そこを行くのは誰だ？」

「おまえを作った者だ」男が言った。「入るぞ」

「お入りください、ご主人様」真鍮の頭像が言った。階段の上の扉が開き始めた。

「しっかり守ってくれよ」男は足を止めずに（だが顔をゆがめて苦笑しながら）言った。「この先もずっとな」

「しかと聞き、しかと申し上げます。ご主人様をしっかりお守りいたします。この先もずっと」真鍮の頭像が答えた。〝ずっと……ずっと……ずっと……〟その重く低い声がどこかで反響していた。像の目玉が右、左、上、下と動き、口が何かをつぶやいた。口が閉じ、目が閉じた。男は一、二歩よろけながら進んだ。

　廊下に入っていく。「風呂」彼は命じた。少しして、「夕食」と加えた。呼び鈴が応えた……一度……二度……小さな鈴の音がやんだ。レリーフのついた扉に手のひらを押し当てる。レリーフに描かれているのは、トバルカイン（旧約聖書の登場人物で、人類最初の鍛冶屋とされる）が金属片を叩き、畏敬の表情を浮かべたヘーパイストス（ギリシャ神話のオリンポス十二神の一人。鍛冶や金属加工の神）に何かを手渡している場面だ。扉が開いた。どこかで水が流れ始めるのが聞こえた。部屋の中は光る球体に照らされている。球体は、壁から張り出した、ほとんど真っ黒に近い深緑色（フリュギア人が〝ドラゴン・グリーン〟と呼んだ色）の大理石の飾り柱に載っている。同じような飾り柱が壁に沿って部屋を取り囲むように立ち並んでいた。男は一番近い柱に近づき、金色の蝶番で取りつけられたエナメルの兜を上げた。すると、その下からも光る球体が現れた。部屋の隅から声がした。「明かりが多すぎると、おれの内なる目――臍《へそ》の裏についている目――に光が乱反射してしまうらしい。それで蓋を被せておいたんだ」

　声の主は少し間を置いて、今度は少し驚いたように言った。「やあ、おかえり、ヴァージル」

「ただいま、クレメンス」ヴァージルはゆっくりと部屋の中をひと回りしながら、すべての明かりが見えるように蓋を外していった。怒りを抑えるように言った。「きみの臍の裏にある、その繊細極まりない目玉についてはよく知っているよ。内なる目が充血するのは、光のせいじゃない。きみが〝第五精髄〟（錬金術において第五元素とされていたエーテルの抽出を試みる過程で蒸留された純度の高いアルコールのこと）を注いだ杯《ゴブレット》の輝きにやられたんだ……より安全な貯蔵場所として、その臍の裏へ移し替える前に……」ヴァージルはため息をつき、服を脱いで風呂に浸かった。

　錬金術師のクレメンスは肩をすくめ、もじゃもじゃの顎鬚を掻いて、腹から下品な音を鳴らした。「第五精髄《クインタ・エッセンティア》なる物質は、おれのように優れた肉体と知性を兼ね備えた人間が賢明に手順を踏んで摂取した場合、むしろ光の反射を向上させるんだぞ。おれは今、ガレノス（一世紀のギリシャの医学者、解剖学者）の医学書の批評を書いてるんだが、まさにこの点について指摘してやったから、ぜひきみにも読んでもらいたいな。それに――これもすごいぞ！――やつが提案している、笛を吹いて痛風を治す方法についてもいくつも貴重な発見があった――〝ミクソリディア奏法〟の音調で……」

　入浴を続けるヴァージルにいつもの覇気がまったく感じられないことに、クレメンスはまるで気づかないらしい。得意げにガレノスの（特にアルギブロニウスというアラブ人に関する）研究をさんざんにこき下ろしたかと思うと、急に別のことを思いついたのか、もじゃもじゃの巻き毛頭に載せた円錐形のフェルトの帽子を勢いよく叩いて言った。

「そうだ、ヴァージル！　鉛よりも融点の低い金属について聞いたことはないか？」

　ヴァージルは体を清めていた手を一瞬止めてから答えた。「ないね」

「そうか……」クレメンスは落胆しているようだった。「それなら、あれはきっと相当に純度を高めた鉛だったんだな。叡智《ソフィア》をもって処理し、不純物を取り除いたんだろう。おれもほんの数粒しか見たことはないが、ランプの炎に当てただけで液体に変化し、それを皮膚に垂らしても火傷しないんだ……どういうわけだろう……」

クレメンスは考えにふけり始めた。ヴァージルは風呂から出て、白くて柔らかい大判の正方形の麻布で体を包んだ。震えそうになるのをこらえながら、部屋を横切ってテーブルへ向かい、席に着いた。テーブルの天板がくるくるとめくれ上がって中から台がせり上がり、蓋をかぶせたトレイが出てきた。ヴァージルは食事を始めようとしたが、突然両手が震えだした。強く甘い黒ビールがたっぷり注がれた器を震える手で押さえたまま、首を伸ばして口を器のほうへもっていった。

クレメンスはかすかに顔をしかめながら、しばらくその様子を眺めていた。「なるほど、やはりマンティコアどもに遭遇したんだな……無事に帰ってこられてよかった」

「きみは助けてくれなかったけどね」たしかに無事に帰ってこられたが……ヴァージルは内心で苦々しく思った……いっそマンティコアどもに食われたほうがどれほどましだったか！　重ねるようにつぶやく。「きみはまったく手助けしてくれなかった」

クレメンスが下唇を突き出した。「きみがマンティコアについての情報が欲しいと言うから、おれの知っている限りで一番役に立つ情報を教えてやったじゃないか。つまり、かかわらないに限るとね。それ以外に何か伝えたとしても、きみをより深みに、より危険なことに巻き込むだけさ」

ヴァージルは考え込んだ。いつもと変わらない一日の終わりに、いつもと変わらない夜を過ごしているかのように、ただ時間だけが流れていく。が、ほかに何ができるだろう？　クレメンスにすべてを打ち明けたうえで、今すぐ力を貸してくれと懇願するか？　前半については、自分の性格上どうにも気が進まなかった。後半については、いろいろな理由から、どうせ頼んでも無駄だと思った。自分自身がコルネリアに伝えた言葉を思い出した。〝お引き受けするには難題が多すぎます〟……〝出来上がるのに一年はかかるでしょう〟……そして、頭の中でいっそう大きく繰り返された言葉。〝わたしにはそんな時間の猶予はないのです〟

一年。そんなことに一年も割けるか！——だが、ああ、彼女とともに一年を過ごせるのなら！

「まあ、その話はもういいよ」ヴァージルは言った。「いつかきみのほうから知恵を借りにくることもあるだろうからね。とにかく、わたしはもう一度あの地下水路に潜って、探しものを手に入れるつもりだ。あそこにあるにちがいないんだ。〝大いなる科学〟のために、どうしても必要なものが。まあ、ほかに急ぎの案件があれば、後回しにしてもいいけどね」そう、急ぎの案件はあるのだ！

「ところで、クレメンス、きみに一つなぞなぞを出そう。郊外にヴィラを持っていて、きみと同じナポリ語を話して、外国人のような衣——ただし、裾に紫色の縁取りがついているもの——を着ているのは、さて誰だ？」

クレメンスがまた馬鹿にしたように鼻を鳴らした。「そんなもの、なぞなぞと呼べるのか？　答えは簡単、コルネリアだよ。前のナポリの公《ドージェ》だったアマデオの娘で、カルスス国（現在のイタリア北東からスロベニアの一帯。〝カルスト台地〟の語源とされるクラス地方を指す）のヴィンデリチアンという男と結婚した。ヴィンデリチアンっていうのは、ただ顔がいいだけのなんてことのない若者でな。自分は故国を追われたカルススの王位継承者だとかなんとかうまいことを言って、弱小貴族の邸を転々としていた。

ドージェのアマデオはお気に召さなかったようだが、コルネリアは彼を大いに気に入って、二人は結婚することになった。ドージェは娘婿にナポリ郊外のヴィラを与えたほか、オスク地方とウンブリア地方（イタリア半島の中部から南部の一帯）のいくつかの村を領主として治めさせた。するとある日、ほかならぬカルススの国王が狩りの最中に事故で亡くなったものだから――事故だなんて信じられるか！――遺された双子の王子が王位をめぐって対立し、ちょっとした内乱が起きた。なあ、その雛鳥《ひなどり》を一羽、味見してもいいかい？　きみは手をつけようともしないじゃないか」

ヴァージルは〈オイコノミウム〉（本作においてローマ帝国を含めた西洋文明圏を指す架空の言葉）全体の地図を確かめようと席を立った。

クレメンスは雛鳥をつまみながら、そのまま話を続けた。

「王位をめぐる戦いのせいで国じゅうがひどく荒れたため、カルススの議会は密かに協議してローマ皇帝に訴え出た。すると、皇帝は不意にヴィンデリチアンの存在を思い出したんだろうな。歩兵隊を三隊と、トゥーリオという代理人をつけて、〝治安と通商を復興し、略奪行為を制圧し、祭壇から立ちのぼる煙を平穏なものとせんがために〟と、ヴィンデリチアンをカルススへ向かわせた」

クレメンスによれば、双子の王子はいったん休戦協定を結び、力を合わせて侵略者どもを打ち払おうとした。ところが、トゥーリオがコルネリアの名をかたって（あくまでもクレメンスによればだが）、二人の王子にそれぞれ内密の手紙を送った。どちらも、相手を殺すようそそのかす内容だった。それが果たされたあかつきには、コルネリアはヴィンデリチアンを捨てて〝正統な王〟と結婚し、その既成事実を皇帝に報告して支援と協力を取りつけるつもりだと。この策略は見事に成功した。双子の王子は互いを襲い、どちらも致命傷を負った。大将を失った両陣営が降伏した結果、ヴィンデリチアンは誰に反対されることもなく王座に就いた。実際の統治はトゥーリオの手に握られていたものの、カルスス国王として一生を終えたのだった。

地図を見ていたヴァージルが振り向いた。つまらない国のつまらない話だし、トゥーリオの情報ばかりでコルネリアについてはさっぱりわからない。カルススは山岳地帯の内陸国で、大して広くもなく、資源もなく、ヴァージルには大して関心もなかった。

どのみち、コルネリアが自分を騙してかけた邪悪な魔法をどこで会得したかは重要な問題ではない。彼女がそれを会得し、自分にかけたという事実がすべてだ。ヴァージルは、自分の一部を奪い取られた今の状態が続く限りけっして消えない、睡眠によっても癒やされることのない、苦痛に満ちた疲労感を振り払おうとした。手足を切除した後も、失ったはずの部位が痛み続けるという話を聞いたことがある。今の自分にはその痛みがわかる気がした。だが一方で、あの瞬間にいたる直前まで感じていたものは、あまりに輝かしく、言い表せないほど美しく……そして言葉にできないほどの嘘っぱちだった。〝すべてはコルネリア、永遠に……〟〝もっと……はてしなく……〟

「その彼女が、どうしてナポリ郊外のヴィラに戻ってきてるんだ?」

話を終え、雛鳥も食べ終わったクレメンスは、げっぷをしてから指をチュニックで拭った。「夫を亡くしたからだよ。カルススの法律によれば、在位中の女王――もちろん、コルネリアはこれに当てはまらない――を除いて、夫に先立たれた女性王族は、将来的な陰謀の芽を摘み取るために国内に留まることができない決まりなんだそうだ。実に思慮深いじゃないか、カルスス人というのは。当然ながら、トゥーリオも年金と引き換えにカルススから引きあげた。今頃は次のチャンスを窺ってることだろうよ」

ヴァージルは黙って聞いていた。黒い髭を生やした浅黒い顔の中で、灰色がかった緑色の瞳は無表情のままだった。両手だけが独自の意思で動いているかのように、大きなテーブルの中央の書棚のほうへゆっくり伸びた。円形のテーブルの天板は手を触れると時計回りに回転し、その中央にある三段の戸棚は、同様に反時計回りに回転する。そのおかげで、常に何件も抱えているプロジェクトについて急に何かが必要になったときも、あるいは日常的に使う地図などの資料も、手を伸ばすだけですぐに取り出すことができるのだ。

その戸棚の一部が書棚になっていた。そこには芯が一本だけの巻き物、上下二本の芯がある巻き物、非常に長い羊皮紙を用いた、芯の要らない巻き物などがあった。古い写本や、何枚ものパピルスを表紙で綴じた本、〈オイコノミウム〉のどこでも見たことのない奇妙な材質にネザー・オリエントのさまざまな言語を記し、装飾的な文字を彫った板のあいだに挟んだ本。加えて、ほかに何と呼べばいいかわからないという理由だけで、とりあえず〝本〟と分類されている品々――たとえば、乾燥した葉の表面を引っ掻いたもの、割いた小枝に傷をつけたもの、木の幹に絵の具を塗ったもの、板木に何かを刻んだもの……。そして、当然ながら、ヴァージルが尖筆で何かを大急ぎで走り書きしたり、じっくり丁寧に書き込んだりするときのための、象牙や黒檀やブナの板の上に蠟を塗った蠟板《ろうばん》本（古代のノートのようなもので、尖筆で蠟の表面を引っ掻いて字を書き、へらで再び消すことができた）も何冊もあった。

ヴァージルは書棚の最下段に手を置いたまま動かなかった。

「見当たらないな……ここにはなさそうだ。書斎へ取りに行かないと」そう言いながらも、動きだそうとはしなかった。これからやり遂げなければならない課題がいかに実現不可能なものかに気づき、あの絶え間ない痛みを伴う喪失感（コルネリアがいないこと……男らしさを失ったこと……コルネリアを失ったこと）さえも抑えつけるほどの、深く、冷たい、麻痺したような感覚にとらわれていた。機械的にもう一度言った。「書斎へ行かないと」

クレメンスが怪訝そうに眉を上げた。「わざわざ調べに行く必要はないだろう？　ここにはおれがいるじゃないか」

家の主人の唇にほんのかすかな笑みが浮かんだ。麻痺した感覚が引き始めた。「きみの底なしの横柄さにはまいるよ」ヴァージルは言った。「なにせ、たいていはきみの言うとおりなのだからね。そうとも、クレメンス。きみがここにいるのはわかっているよ。わからないのは、なぜいるかだ」

外階段脇の壁龕にあった真鍮の頭像をひと回り小さくしたレプリカが台の上に飾ってあった。その像の口が突然開いた。太鼓を叩くようなうつろな音が、頭像の中から繰り返し発せられた。どれほど深い夢想にふけっていても、いずれ気づかずにはいられない鈍く執拗な音。ヴァージルの狙いどおりの音だ。

「話せ」ヴァージルが言った。「何だ？」そう訊いたものの、関心があるわけではなかった。

「ご主人様、赤ん坊を宿した腹の大きい女が来ています。安産のための妙薬《ノストラム》が欲しいそうです」

クレメンスが鼻を鳴らすのを無視して、ヴァージルは疲れたように言った。「そんなものはない。薬が欲しいなら、産婆《ワイズ・ウーマン》のアントニーナのところにでも行けと伝えろ。だが、安産を望むなら、アントニーナであれ誰であれ、女魔法使い《ワイズ・ウーマン》のところへは行くなと言ってやれ。聞こえたか？」

「しかと聞き、しかと申し上げます。ご主人様をしっかりお守りいたします……」声が消えた。

クレメンスがあざけるように言った。「あんな返答をするやつがあるか。今の言い方だと、教育を受けた子どもなら誰にでもわかる常識的な情報が、謎めいた矛盾としてナポリじゅうの家に広まるぞ。さすが賢者様の言葉には重みがあるとか言ってな。今の身持ちが悪くて腹のでかい女が重たいのと同じぐらいに」

「女とはまったく縁がないくせに、よくそれだけ悪く言えるものだな」

クレメンスは尖筆を手に取り、ポセイドンのように大きく盛り上がった巻き毛の中へ突っ込んだ。

「だからこそ、女にまったく縁がないんだろうよ」そう言って、尖筆で頭を掻いた。「それはさておき……なぜおれがここにいるか、だったな。きみならアンチモンについて何か知ってるんじゃないかと思って訊きに来たんだ。すぐに帰らなかったのは、瞑想にふけっていたからだ。そして、いまだに帰らないのは、腹が満たされて――そして、頭は知識で満たされて――動けなくなってるからさ」

ヴァージルは突然立ち上がり、体を包んでいたトーガ（古代ローマの男性の衣で、チュニックの上にゆったり巻いてまとう大きな一枚布）ほどに長い麻布を解いて、化粧台へ向かった。ぼんやりしたまま、いつもどおりに洗面器に張った水に香油と甘松とマルメロの種のエキスの調合液をほんの数滴垂らして、両手と顔を洗った。顔を拭きながら尋ねる。

「さっき、何て言ったっけ？　アンチ……？」

「アンチモン。鉛よりも柔らかいと言われている金属だ」クレメンスはあくびをしてから竪琴《リラ》を手に取り、亀の甲羅で作った爪《プレクトラム》で弦を弾《はじ》いた。「でも、哲学的な話にはもう飽きた……おれが作った『ソクラテスの死の哀歌《エレジー》』の中から一曲弾いてやろうか？　ああ、そうかい、わかったよ！」

クレメンスはリラを置いた。「そんなに知りたいなら答えてやろう。本当は、きみのことが心配で様子を見に来たんだ。さあ、今度はそっちが答える番だぞ――コルネリアに何を要求された？」

ヴァージルは凍りついたように動けなかった。やがて、長い肌着の裾を下穿きに押し込み、股袋の位置を調整した。チュニックを着込むと、ふくらはぎまで覆う柔らかくてぴったりとしたブーツを履こうと腰を下ろした。「なに、大したことじゃないよ」ヴァージルは言った。「大いなる鏡を作ってほしいそうだ」

錬金術師のクレメンスは唇をすぼめて首を傾《かし》げた。「へえ……彼女のために〝月の山脈《マウンテンズ・オヴ・ザ・ムーン》〟（ナイル川の源流があると伝えられる東アフリカの山々）まで行って月長石《ムーンストーン》を拾ってくるとか、彼女の夕食に〝ヘスペリデスの園〟の黄金の林檎（ギリシャ神話で世界の西の果てに生えているという不死の木の果実）を一つ二つもいでくるとか、そういう簡単なことじゃだめなのか？ あるいは、もっと容易に手に入るユニコーンの角とか、ヘルメスの壺（錬金術において哲学の石を作るのに必要な容器）の中の孔雀とか。いや、そんなものじゃ物足りないか――カルススの王太后（王の未亡人）は、エジプトの〝賢者マリア〟（一世紀から三世紀頃の女錬金術師。錬金術に関する多くの発明品や著書で知られる）でさえ生涯に一つしか作れなかったという〈無垢なる鏡《ヴァージン・スペクトラム》〉がご所望なのだな。いやはや、ニュクス（ギリシャの夜の女神）とヌマ（古代ローマの伝説の王）の名にかけて！ いったいどうしてそんなものを？」

「彼女の娘がカルススからローマ街道を通ってこっちに向かっているはずなんだが、その身の安全を案じているらしい……今どこにいるのかが知りたいと……到着が遅れているんだそうだ」

クレメンスは目玉をぐるりと天に向け、馬鹿にするように唇を震わせた。「おいおい！ おれが蒸留器で五度精製した、あの〝第五精髄〟を飲ませてくれ！ たっぷりとスピリット（〝魂〟と〝蒸留酒〟の両方の意味を持つ）を取り込まなきゃ、とてもじゃないがそんな女の信じがたい……信じがたい……次の言葉が見つからないな……とにかく、おれには受け入れられない。次はどんな無茶を言いだすことやら。足の裏が冷えると言われたら、ナポリの街を燃やすのか？ まあ、いい。そのじゃじゃ馬が馬鹿だってだけだ。きみもピシャリとそう言ってやったんだろう？」

マグスのヴァージルが片手を挙げた。静まり返った部屋の中で、二人にはかすかな耳鳴り以外何も聞こえなかった。だが、よく聞くとシューという弱い音が長く続いている。しばらくして、水がポタリ……ポタリ……ポタリと垂れる小さな音がした。ヴァージルが右方向を指さすと、クレメンスはそちらを向いた。そこには、子どもたちに囲まれたニオベ（ギリシャ神話に登場する女性。女神に子だくさんを自慢した罰として子らを殺されて涙を流し続け、最後は石に変えられた）の立像があった。二人が見ているうちに、ニオベの片目に、続いてもう片方の目にも、ゆっくりと涙が浮かんできた。こみ上げる涙は徐々に膨らんで大きな粒を作ったかと思うと、ついには彼女の足元にできた涙の水たまりへ、一つ、また一つと落ちていった。

最後の波紋が収まった後、急に水たまりの表面が波立った。中から泡が浮かび上がって水面で弾ける……一つ……二つ……三つ……五つ……全部で七つ。たまっていた水が流れて消えた。と同時に、像の子どもの一人が台の中へと沈んで消えた。

嘆き悲しむような、かすかな悲鳴が聞こえた気がした。

ヴァージルは挙げていた手をゆっくり動かして、今度は左側を指さした。その指の先には高い柱が一本あり、各時刻を表す象徴が浮き彫りになっていた。柱の上方にはボレアス（ギリシャ神話の北風の神）の仮面があり、そのさらに上にはゼピュロス（西風の神）の仮面が、ボレアスと向き合うようについている。クレメンスたちが柱を眺めていると、ボレアスの口から蒸気が噴き出して大きな白い雲を作った。すると、その蒸気の中から金属の玉が撃ち出されてゼピュロスの顔に当たり、小さな銅鑼のような澄んだ音が鳴った。それが何度か繰り返され――「このちゃちな無言芝居に、何の意味があるんだ?」クレメンスが凝視しながら問いただした。「水時計のほうが進んでいるのか、蒸気時計が遅れているのか。まあ、どっちが正しい時刻なのかは、太陽が子午線を通過するときに簡単に確認できるはずだな。どうしてわざわざあんな芝居がかったまねをさせるんだ?」

ヴァージルは指をさしたまま、固く深刻な表情を崩さなかった。すると、指は再び弧を描いて、今度はクレメンスをさした。錬金術師は、彼が臍の裏にあると主張するもう一つの目の辺りから下品な音を鳴らした。さらには、舌打ちと忍び笑いをし、落ち着きをなくし、マウレタニアの革製の椅子に座ったままそわそわしていたが、ついに勢いよく後ろを振り向いた。

そこには何もなかった。

ヴァージルは突然、心から楽しんでいるらしい大きな笑い声を上げ、すぐにやめた。クレメンスは笑みを浮かべながら、きまり悪そうにまた友人のほうを向き直った。すでにヴァージルが笑うのをやめたことには気づいていないのか、つられたように大笑いを始めた。

「なあ」マグスのヴァージルは、ゆがんだ笑みを浮かべた唇をかすかに震わせて言った。「この野蛮で下品な時代の中で――退廃と蛮行が、月桂樹や杖や束斧《ファスケス》（斧の柄の周りに棒を束ねた古代ローマの役職者の象徴）や王冠や折り畳み式椅子《セレーラ・クルリス》（古代ローマの高位執政官の椅子）にとって代わろうというこの時代にあって、今や英知を守り続けているのは、きみとわたしとあと一人だけになってしまったと思わないか」

クレメンスは少し考えた。「あと一人……ああ、ティアナ（カッパドキアにあった古代都市）のアポロニウス（魔法が使えたという古代ギリシャの哲学者）のことか……うん、たしかにきみの言うとおりだ。それなら……」

「それなら、わたしの小さないたずらぐらい、目をつぶってほしいね。一日じゅう自分のなすべきことに真剣に向き合っていたら、きっと頭がおかしくなってしまう……コルネリアの鏡作りを引き受けてしまう」

クレメンスはゆっくりと立ち上がり、気の進まない様子で服のしわを伸ばした。「彼女には、何と言って断わったんだ？」

ヴァージルが言った。「断わらなかった」

「鋳塊《インゴット》（溶かした金属を固めたもの）をどうするかだな……つまり、鏡を作る話はいったん考えないものとして――いや、鏡作りだけでもとんでもない作業だぞ、水路を造るのと変わらないほどに――問題は材料集めだ。

そう……まずは錫《すず》のインゴットから。〝まずは〟というのは、それが入手できて初めて検討が開始できるという意味だ。インゴットが手に入っても、それだけじゃ鏡作りはできない」

二人が向かい合って座る書斎の長いテーブルの上には、ありとあらゆる本が広げられていた。クレメンスは、賢者マリアの記した『手引書』の写本の中のある一点を指さしていた。その時代では最も優れた錬金術師であったマリアの著書は、理論だけでなく、彼女が長い人生をかけて実際に行なった研究と実験についても記されていた。テーブルには、研究者たちが書いたマリアについての解説書も出してあった。ヴァージルは、著名なシリア人であるテオポンポス・ビンハダドの五番めの著書、『親近感と共感について』が収められた巻き物を眺めていた。精神《ピュシュケ》と、それに類するものについて深く論じられたものだ。ヴァージルは片手に顎を載せ、人差し指で下唇を押し上げていた。

クレメンスの言うとおり、インゴットを手に入れたからといって、それだけで鏡作りを始めることはできない。それでは〈大いなる鏡〉は作れない。作業の根幹のすべては、無垢なる物質を作るという原理にかかっている。通常の鏡、いわゆる〈小さき鏡〉はただの銅鏡で、ロケット（おもに首から下げ、中に写真や絵、小さな貴重品などを納められる蓋つきの装飾品）のように蝶番のついた蓋で鏡面をぴったりと閉じる仕組みになっている。世界のどこかには、どうやって作ったのかはわからないが、ガラス製の鏡があると――あるいは、かつてあったと――噂や伝説で聞いたことがある。だが、それを見たことがあるとか、ましてや作り方について書かれた書物はどこにもなかった。

一方、自分たちが作ろうとしている鏡に関しては、そう多くはないものの、作り方についての明確な記録が残っている。賢者マリアはアレクサンドリアで帝国の代弁者のために〈大いなる鏡〉を作った経験を記している。〝コス（古代ギリシャの島）の職人〟としか正体のわからない、とある無名の天才も、鏡の作成手順を書き残している。彼は少なくとも三つ作り、そのうち二つは成功したという。テオドロスの『カルテオティコン』とルフォスの『教則本』にも、いくらか記述が見つかった。

「うーん」ヴァージルは沈黙を破り、熟考の雲の上から戻ってきたことを伝えるように、鼻から小さな声を漏らした。「こんな推論が立てられるんじゃないかな。鏡の表面を構成する原子は、単に受動的なわけではない。つまり、受けたものをまったく吸収せずにすべて反射するわけではない。もしすべてが反射されるのであれば、人の視線は手に触れることのできないものだということになる。だが、わたしたちはみな、なぜか人の視線を感じて振り向いてしまった経験があるから、これは成立しない」

クレメンスが裁判官のように言った。「認めよう」

「もし、何らかの物質の表面が」ヴァージルは、感情は鎮めつつ思考を促すように、時おり鼻から声を漏らしながら、頭に浮かぶままを声に出して考えを整理した。「手で触れることのできる画像を吸収すれば、そこに痕跡が残されるはずだ。ゆえに」と彼は言った。「たとえほんの短時間であっても、一度でも使われたことのある鏡は、ごくわずかであれ、それまでに吸収した画像が積み重なって曇ってしまう。かといって、ただ新しい鏡を作ればいいものではない。鏡を構成する金属の原子の一つひとつが、可能な限りこうした影響を受けていないことが重要だ。普通の職人は、青銅のくずを溶かし直して製品を作る。より上級の職人は、真新しい青銅——一度も使用されていない青銅——から製品を作る。

だが、そもそも青銅は純金属ではなく、銅と錫の合金だ。製品に使われる青銅は、錫のインゴットと——そして、たいていは銅のインゴットから作られている。もっとも、銅の場合はインゴットではなく、牛皮に似た平たいシート状になったものを使うこともあるが。結論として、青銅を合金する職人であっても、無垢なる青銅を作ることはできない。無垢なる錫と無垢なる銅を使っていないからだ。まだ人の手によって加工されていない鉱石を使わなければ〈無垢なる鏡〉の材料となる無垢なる青銅は作れない。それから……」

「そんな話は、熟練の職人は言うに及ばず、どんな見習いでも知っている。些末な細かい説明を執拗に繰り返されるのはうんざりだよ」クレメンスが苛立ったように遮った。「きみの本棚のどこかに、アッパー・オリエント地方の音楽に関する研究書が、つまり、チャンドラグプタ王（古代インドのモーリヤ王朝の初代王）やアショーカ王（チャンドラグプタ王の孫）の宮廷で演奏されていた楽曲の編曲者たちが書いた本が何冊かあるはずだ――おれがそれをどれほど見たいと思っているか、きみもよく知っているだろう。それなのに、ここへ来るたびに――おれがほかの研究に追われていないときに――きみはいつだってちがう話を持ち出して、おれには興味のない問題に巻き込んで、いつの間にか時間が経っていて、すっかり夜が更けてしまうんだ。もういい」彼は帰ろうと席を立った。

ヴァージルが手を挙げた。「ちょっと待って」

クレメンスが立ち止まり、いらいらしたように小声で不満を漏らしているあいだに、ヴァージルは再び何かを考え始めた。やがてほほ笑んだ――苦痛と疲労に満ちた笑みだ。

「この件できみの力を貸してほしい」彼は言った。「協力してくれたら、チャンドラグプタ王やアショーカ王の宮廷音楽家の研究書をいつでも好きなだけ見られるよ。全部きみにあげるから」

クレメンスは息をのんだ。大きな体がいっそう膨らんだように見えた。目当ての研究書のありかを目で探るかのように、本で埋まった書斎の中をぐるりと見回した。顔はみるみる赤くなり、握りしめた拳を何やら丸い物体の上に置いた。地球は丸いと説いたアリスタルコス（世界で初めて地動説を唱えたとも言われる古代ギリシャの天文学者）の理論に基づいて表面に地図が描かれた奇妙な球体だ。

「なあ」クレメンスは言った。「その研究書は、知り合った当初からきみが持っていたものだ。おれたちのつき合いは長い。おれがどれほどその本を欲しがっていたか、きみはずっと知っていたはずだ。それが、今になって突然その本を譲ってまでおれに助けを求めるとは、あのコルネリアはきみにとって何なんだ？　脅迫されてるのか？　何をネタに？　買収されたか、騙されたか、彼女の寝室へ忍ぶための黄金と象牙の鍵をこっそり手渡されたのか？　彼女の気まぐれを叶えるために、どれほどの時間と労力が必要だと思ってるんだ？——そもそも、叶えることができればの話だがな！　いったいなぜ……」

クレメンスの声は小さくなり、胸の奥で低い唸り声になって消えた。

ヴァージルは顔をゆがめ、目の前の巻き物を押しのけた。「時間と労力か……わたしはかつて、バビロン（現在のイラクにある古代メソポタミアの都市）のスルタンに二年間仕えたことがある。賢明で偉大な方だった」ヴァージルは言った。「占星術を使って二百二十一人もの人間の中から、反乱と流血を回避できる唯一の人間を見つけ出した。わたしは水門や水路を使って、スルタンの運河の水量を制御する装置を考案した。そのおかげで、一つの州を洪水から、二つの州を干ばつから救うことができた。二年の務めが終わる際に、スルタンはわたしの手を取り、金、銀、象牙、エメラルド、それに紫の染料などが収蔵されている宝物庫の中へと導いた。入口から入り、宝物庫の中を通り抜けて、そのまま出口から出た。そして、こうおっしゃった。『こんなものでは足りぬ』と。こうして、二年間の謝礼として、わたしは例の東方の二人の王の音楽書を二冊いただいて帰ってきたわけだ……。

きみは、スルタンがあの書物の価値などわかっていない、わたしの費やした時間と労力をなんとも思われていないとでも言うのか？　音楽を理解できないからといって、わたし自身があの研究書の価値を認めていないとでも思うのか？　卵から雛が孵るときに、先触れのラッパは不要だ。時間と労力……。バビロンから戻る途中でダキア（現在のルーマニア内の地域）を通ったとき、品のない宿でルーペスクスという地元の有力者と泊まり合わせた。資源の豊かな土地で、ルーペスクスは帝国領の鉱山から得られる収入の管理を任されていた。その男が、地面から掘り出されたバケツ何杯もの石ころを奴隷たちが手で選《よ》り分けるのは、いかにもつまらなく、無駄の多い作業だと話していた。スルタンのために考案した水門を思い出したわたしは、その場ですぐさま板切れに木炭で設計図を書きつけた。水路を応用した桶流し装置を使えば、同じ作業がはるかに安く、速く、正確にできると教えてやった。

彼はわたしの手に一千ダカットもの金貨を押しつけ、その金貨を運ぶための馬までくれたうえに、今も毎年欠かさず一千ダカットずつ送ってくる。金銭的には助かるが、それほどありがたみは感じない。なぜなら、彼にとってもさほど価値のない金だとわかっているからだ。あの装置を使うだけで、彼はきっと毎年十万ダカットの収入を得ているはずだし、わたしがかけた労力はほんの数分だ……。わたしはときどき自分に問うことがある。あの二年の苦労は、はたしてスルタンのためだったのか、ルーペスクスのためだったのか。もしルーペスクスのための苦労だったとしたら、それはむしろ、わたしの発明によって重労働から解放された五百人の奴隷たちのためだったのではないか、とね。なにせあの奴隷たちは、作業を急げば指先から血が流れ、作業が遅いとみなされれば、背中から血を流す羽目になっていたのだから」

クレメンスは咳払いをして唇をすぼめた。「とんだ哲学者になったものだな」ようやく口を開くと、そう言った。「やれやれ、よくわかったよ。きみに協力しよう。この卵からどんな雛が孵るか、一緒に見届けてやるよ。さて、マスター・ヴァージル、〈大いなる鏡〉を作るには、まず何をおいてもやらなきゃならないことが二つある――そして、そのどちらも実現不可能だ！」

彼は口髭の片方の先を尖筆で持ち上げ、顔のそちら側だけでにやりと笑った。それから、ベルトに留めてあった筆入れに尖筆を戻し、大きく毛深い指を二本立てた。その一本を指さして言う。「錫の鉱石を手に入れることはできない」もう一本を指さす。「銅の鉱石を手に入れることもできない」

かすかなため息をついてヴァージルは身を乗り出し、テーブルの上の球体に兜で蓋をした。立ち上がって伸びをすると、薄暗くなった部屋の中で影が不気味に動いた。「無理なのはわかってる」ヴァージルはあくびをしながら言った。「それでも、手に入れるんだ」

第三章

西の海では、夕焼けの最後の名残が空をバラ色に染めていた。家の屋上の手すりにもたれていたヴァージルのもとへ、薪や炭を燃やす煙が漂ってきた。魚やイカ、レンズ豆やカブ、パンやオイルやニンニク、それに少しばかりの肉——床《とこ》に就く前に、ナポリの街が一斉に夕食を摂っているのだ。といっても、ナポリじゅうを探しても、これらの食材がすべてそろっている食卓はほとんどないだろう。下の通りからはまだ、馬の蹄や、重そうな馬車が一台ガタガタと通り過ぎる音が聞こえる。馬も馬車も、おそらく丘のふもとの大きな廏舎へ帰るところなのだろう。女たちが疲れた声でおしゃべりをしながら、〈クレオの泉〉の水を陶器の壺《アンフォラ》に汲んでいる。どこかで泣いている赤ん坊のか細い声が涼しい風に運ばれていく。いくつもの小さなオイルランプの光が蛍のように瞬いている。残り火をあおいだのか、木の筒で空気を吹き込んだのか、あちこちで火桶の口が一瞬真っ赤に燃え上がって光っていた。ナポリ湾からは、港に入ってくるガレー船の指揮官が太鼓を叩きながら漕ぎ手たちにタイミングを指示するドン、ドンという音が小さく聞こえてきた。

「アバーナ！　バッカス！　カメーリア！　ディード！　エルネスト！　フォルトゥナータ！　ガンメルグレンデル！　ハルシオン！……ハルシオンや？」

ヴァージルの近くで声がした。声の主は手を叩きながら誰かを呼んでいるらしい。「ハルシオン？

ああ……おいで、かわいい子ちゃん！　さあ、こっちだよ、おいでおいで……。インディア！　ヤシント！　レオ！　レオ！　レオ……？」

　例の頭のおかしな老女が、猫たちに帰ってくるよう呼びかけているのだ。ヴァージルは隣の建物に面したほうの手すりに向かって歩いていった。いくつか並んだ植木鉢からバジルの茎を一本摘み取り、指のあいだで折った。香りのいい葉を鼻に近づけて、手すりから身を乗り出した。

「アレグラ婆さん、キングダムは呼ばないのかい？（原文では猫の名前の頭文字がアルファベット順になっているが、ヤシントのJからレオのLの間のKが抜けている）」彼は尋ねた。老女は猫の群れに餌をやっていた。魚の内臓のほかにも、彼女が汚れたぼろぼろの衣を引きずりながらあちこちの道路や埠頭や裏通りをあさって集めたくず肉もある。たまに彼女を憐れんで――あるいは、邪視《イーヴル・アイ》を恐れて――より上等な食材の切れ端を恵んでもらえることもあったが、それは老女自身が食べた。別に自分が猫たちより優れているとか、大事というわけじゃないと彼女は説明した。猫たちの舌は自然のままだが、自分の舌は堕落してしまったからだと。

「キングダムかい？」顔を上げて暗闇の中へ目をこらしているのか、さっきよりも声がはっきり聞こえた。「キングダムなら、旦那、エジプトへ帰っちまったんだよ。いつかは帰るって、ずっと言ってたからね。時期もちょうどよかったんだろう。危なっかしい船で海を渡るなんて――おお、いやだ、あたしの小さな神様にはふさわしくないよ、どこにでもあるような、ひどい臭いのするガレー船なんか。そうだろう？　そうとも、とんでもない。ところが、昨日の夜のことさ。月が金色に光っててね。あれがあたしに言ったんだ。猫のキングダムが、こう言ったんだよ。『アレグラ、わたしの大切な子よ、明日執政官代理《プロコンスル》を乗せた帝国のガレオン船がアレクサンドリアの本拠地へ戻るために出航する。わたしも閣下について行こうと思う』ってね」

紺色の空が紫に、さらに真っ黒に移り変わるあいだ、頭のいかれた老女は歌うような口調で、キングダム（脇腹に傷跡がある、痩せて手足の長い雄猫）がどうなったかについて長々と話し続けた。小さな神様にふさわしく丁重に迎えられ、食事用に銀の皿や金の椀を与えられたキングダムは、スフィンクスや、聖なる牛のアピスや、古代文字にも描かれている鷲やワニに、彼女に代わってよろしく伝えておくと言い残して出航したのだという……。真実はこうだったんじゃないか、とヴァージルは思い浮かべた。猫のキングダムはおそらく、空腹に耐えかねたスラムの住人に頭を殴られて、不法に手に入れたタマネギと、盗んだニンニクと、どこからか拝借したローリエの葉とともに、今頃は鍋で煮られていることだろう。空腹と幸運が重なったときにだけ味わえる〝屋根の上のウサギ《ルーフ・ラビット》〟（捕まえた野良猫をさばいてウサギ肉と偽ったもの）料理は、ナポリでは有名だった。

もちろん、信心深いエジプト人が本当に猫を拾い、ナイル川のそばの村で寿命が尽きるまで抱きしめ、かわいがり、あがめるつもりでエジプトに連れ帰った可能性もないわけではない。死後は防腐処置を施され、墓に収められ、崇拝されるのかもしれない。どれが真実で、どれが妄想なのか。年老いたアレグラの話はいつも、そのちがいを見分けるのが難しかった——もっとも、それはなにもアレグラの話に限ったことではない。

大きな頭を振ってぶつぶつと不平をこぼしながら帰っていったクレメンスは、明日また戻ってきて〈大いなる鏡〉を作る方法を一緒に検討すると約束してくれた。一人残されたヴァージルは、今はとても研究を進める気になれなかった。それで、こうして年老いた狂女と猫の話をしているわけだ。ヴァージルはそう振り返った。たしかに気はまぎれたし、たいていの気分転換より手軽だった。それに、女の魅力がすっかり枯れたこの老女なら、男らしさを失った今の自分を愚弄する心配はないだろう。

「キングダムにとっては、たいへんな幸運だな」ヴァージルは言った。「でも、あんたは寂しくなるんじゃないか、アレグラ婆さん」

彼女は何やら言葉のない歌のようなものを口ずさんでいた。その間も、猫たちは屋上を駆け回り、彼女のみすぼらしい小屋の壁を引き裂いた。これが彼女の望んだ生き方なら口出しはするまい。

「奥方様は火を恐れていらっしゃる」悲しげな歌を突然やめて、老女が言った。

階下で〈太陽と馬車〉の扉がいきなり開き、黄色い光と酸っぱいワインの臭いが通りにあふれ出した。馬車の御者や家畜追い人、酒場の若い娘と給仕たちのにぎやかな声も聞こえる。すると、扉がまた閉まった。そのかすかな残響の中で、ヴァージルが尋ねた。「奥方様って、誰だい？」

なぜかはわからないが、その答えは聞かなくても知っているような気がした。

「あの方は帝国が欲しいんだよ、旦那」頭のいかれた女はそうつぶやきながら、猫たちにやるための魚の内臓を探してうろついた。猫の汚れと尿の強烈な悪臭が漂ってきて、ヴァージルは再びバジルの葉を鼻に近づけたが、ひと足遅く、猫の群れよりも嫌な臭いの――そして、より危険な――別の怪物どもを思い出してしまった。

「コルネリア……」ヴァージルは小さな声でそう漏らした……頭では別のことを考えていたにもかかわらず……コルネリア……麝香《じゃこう》とバラの香り……だが、この瞬間も、いつまでともわからない未来にかけても、彼女はどんなものより、すべてのものより危険な存在だ。〝暗黒の冥界じゅうを探し回らなければならないのなら、冥界をひっくり返してでも見つけに行く……〟

「コルネリア」もう一度声に出した。

「あの方が欲しいのは、帝国だよ。レオ！　ミュラ！　ネトルコム！　オルフェウス！　こっちへおいで、かわいいウサギたち。アレグラ婆さんが餌をあげよう。あたしは火なんか怖くないよ、そうとも……」

　老女の声が小さくなって消えた。あれはサマリア人の言い伝えだっただろうか、ポンペイウス（古代ローマの軍人）によって彼らの寺院が破壊された後、代わって神託を伝えるようになったのは、子どもや愚かな者、それに狂人だったという。だが、今はもうあの狂女に声をかけてもしかたがない。アレグラ婆さんはあばら家の中で、藁を詰めた袋の上に寝転がり、まるで毛布をかけているかのように体じゅうを猫たちに覆われ、温かく不潔なうちに、早くも一日を終えて眠りに就いていた。そろそろ自分もそうしようと、ヴァージルは思った。

　しばらくして屋上から寝室に引き上げたヴァージルは、今日起きたことを思い返すとともに、そこから湧き上がる疑問点について考えていた。光を忌避するはずのマンティコアどもが、どうしてランプを集めていたのか。やつらの巣穴の捜索に再び挑戦できるのは、どのぐらい先になるだろうか。そもそも、今日あそこへ行ったのはまちがいだったのではないか。プロコンスルはどんな目的でエジプトに戻るのか――休息か？　略奪か？　知恵か？　老女のアレグラは、どうしてわたしがカルススの王太后と会ったことを知っていたのだろうか。アレグラの言っていた〝火〟とは何のことだろう。〈大いなる鏡〉を作るのに、どのぐらい時間がかかるだろう。コルネリアはいつまで待ってくれるだろう。こんな目にあって、どうしてまだ彼女を愛しているんだろう。どうして愛さずにいられるだろう。

　ヴァージルはこうしたさまざまな疑問を頭から追い払うために、強い魔力を秘めた図形を思い浮かべ、その中央にある絶対的な虚無に神経を集中させた。周りの図形は、初めはゆっくりと、やがてスピードを増して少しずつ消えていき、その中心に、彼が内なる目を向けている視線の先に、何か別のものが現れた。

扉だ。

ヴァージルは、立ち上がって扉に近づき、それを開けて向こう側へ踏み出す己の姿を見ていた。扉が閉じ、消えた。そこには再び虚無だけが残された。

ブーンという音がする。蜂の羽音だ。だが、蜂の姿も、ハイメトユス山（古くから良質の蜂蜜が採れることで知られるギリシャのアッティカにある山）もまったく見えない。それでも、山の斜面に咲き誇り、蜂たちにたっぷりと蜜を与えているスミレの甘い香りは漂っている。イリュリオドロスが折り畳み椅子に座っている。恩師が生きていた喜びを胸に、ヴァージルはその老いた哲学者の足元に座っている。師はずっと前に亡くなったんじゃなかったか、そんな夢を見たはずだと、軽い困惑をおぼえた。「ひと掴みの麦さえあればいいんだよ、ヴァージル」イリュリオドロスが話している。ほかの生徒の姿は見当たらない。広場《アゴラ》にいるのか、どこかへ出かけたのか、ヴァージルにはわからなかったし、気にもならなかった。

「ひと掴みの麦でも、飛び立つ鳥の群れでも、いけにえの肝臓でも、神託か預言の一つでもかまわない。真実は存在し、真実は知ることができる。真実はすべてのものの中にあり、きみもすべてのものの中にある。よって真実はきみの中にある」

「はい」ヴァージルが言った。

「真実はきみの中にあり、と同時にきみの外にもあるのだから、何らかの手段を用いて、それを外から中へと移動させればいい。外から中へ、上から下へ、下から上へ。移動させるためには、先ほど挙げたような魔法の元、わざを引き起こす道具が必要となる。無垢なる青銅で作った鏡でもかまわない。

むしろ、きみの抱えている事案なら、先に挙げたものより効果的かもしれない」

「はい」ヴァージルが言った。賢者の横には小さなテーブルがあり、ボウルに入った蜂蜜が載っていた。ハイメトユス山で採れた、香り高くおいしい蜂蜜だ。ヴァージルは何気なくボウルへ手を伸ばした。

「だめだ」イリュリオドロスは手を伸ばしてヴァージルの手を遮った。ボウルがテーブルから落ちる。ゆっくりと落下していき、床に当たって鈴のような音を立てた。イリュリオドロスがほほ笑み、別れを告げるように手を挙げた。鈴の音はやむことなく、いつまでも響き続けていた。


鮮やかな色に塗られた部屋の中で、ウェーブした髪と分厚い唇の人影が寝そべっている。人間のように見えるが、人間によく似た大きな人形のようにも見える。男でも女でもないその生き物は、苦しそうな表情を浮かべてヴァージルから顔をそむけた。と思うと、ヴァージルはその生き物の正面にいた。顔の向きを何度変えても、必ずまた真正面に立っているのだ。生き物はうめき声を上げて目を閉じ、しばらくしてまた目を開けた――期待を込めて、おそるおそる。

「まだいる」生き物が言った。「やっぱり、まだいる」中性的な声でうめいた。

ヴァージルは黙っていた。

部屋の中は派手なほどに明るい色彩で塗られていた。絵のうまい子どもが描いたような人間の絵が並んでいる。長いまつ毛にぐるりと縁取られた真ん丸い目、赤い球体のような頬、キューピッドの弓を二つ合わせたような唇。どの顔もこちらをまっすぐ向いているが、体は横を向き、身長とほとんど変わらない木の下に立っていて、その横にはさらに丈の高い花が咲いている。縞模様や水玉模様の鳥、青い犬、赤い猫、緑色のマーモセット……気が狂ったようなそのパノラマには、嫌悪感を抱くというより、なぜか惹きつけられるものがあった。

「前にもこんな夢を見た」ベッドの上の人影が悲しげな声を出した。体は人形のように性別がない。「まちがいなく見た。夢の内容を書面に記録させたし、賢人やカルデア人（古代バビロニアの民、特に占星術に優れた人たちのこと）に伝えたし、博学なユダヤ人や〝ディティッサの巫女〟たちに相談もした……それでも、誰も、一人たりとも、納得できる説明はしてくれなかった」生き物はヴァージルのほうを見た。悲しみと自己憐憫に満ちたその顔から、今どれほど悪い予感と恐怖に苛まれているかが窺えた。

　生き物は鼻水をすすりながら、ひとしきりめそめそと泣いていた。

　ヴァージルは黙っていた。

「あなたが望むものなら何でも差し出したい、でも何が望みなのかがわからない。あなたはローマの臭いがする。ローマ人の恐ろしさのすべてが、あなたから感じられる。ローマ人は火を放ち、人を斬り、捕虜を連れ去る。もう消えてくれ！」生き物は叫んだ。「こんな夢はもう見たくない！　消えてくれ！　消えて……」


　ヴァージルは岩に穴を掘って作った部屋の中にいた。明かりは、枝分かれした燭台に取り付けた三つのランプだけだ。広くないその部屋の中に、大勢の人が集まっていた。頭に薄いヴェールを巻いた既婚女性もいれば、汚れた体にぼろをまとっただけの裸に近い人もいる。あれはきっと最下層の奴隷なのだろう。貴族の男性の隣に職人の弟子の少年、そのさらに隣には質素な衣を着た少女がいた。どうやらヴァージルは部屋の前方にいて、今は見えないが、後ろにも大勢の人間がいるらしい。

部屋の正面にテーブルがあり、さまざまな器が置いてある。日常的に使われるもののほか、どういう用途なのか、初めて見るデザインのものもあった。部屋の端に、長く白っぽい顎鬚の老人が立っていた。顔はひどく痩せて、骨の形がくっきり浮き出ている。

「子らよ、あともう少しの辛抱じゃ」老人は言った。「それですべてが終わる。さて、彼らはなぜわれらを迫害するのか。こうも苦しめるのか。われらは剣を持っているか？ 反乱を企んでいるか？ このような処遇を受けるべき強盗や追いはぎ、海賊や盗人なのか？ いや、そうではない。子らよ、われらは弱く、少数で、謙虚で、争いを好まん。こうして集っているのは、われらの主、救い主であるダニエル・キリストを崇めるためじゃ。主はわれらを救い、われらが永遠の命を得られるようにと、その肉をライオンに食わせ、その血をライオンに飲ませた」（旧約聖書の『ダニエル書』では、ライオンの洞穴に放り込まれて処刑されるはずだったダニエルは、神の加護によって食われることなく生還した）

集まった人々は、老人に呼応するように何かひと言を唱えたが、何と言ったかヴァージルにはわからなかった。

「そして、異端を唱える者たちには」老人は恐ろしい形相で顔を真っ赤にしながら断言した。「単にわれわれの肉体を迫害する連中よりも罪深い者たち――われらの主、救い主であるダニエル・キリストがライオンの洞穴で命を召されなかったと唱える者たちには、呪いあれ！」会衆は先ほどと同じ短い言葉で呼応した。「そして、本物の救い主《キリスト》はまだ現れていないと、その男は別の名を持ち、別の死に方をすると主張する者にも、呪いあれ！」またしても、同じ呼応だ。「その者たちこそ、苦しみ、迫害され、肉を引き裂かれ、血を流すがいい！ 木の枝に手足を釘で打たれてはりつけにされるがいい！ なぜなら、主ダニエルは彼らのために痛みと苦しみを受けたというのに、彼らはその尊き犠牲を受け入れないからじゃ！　ああ、哀しきかな、哀しきかな！」

老人は息を深く吸い込んでから再び口を開けたが、何か言う前に少女が悲鳴を上げた。突然大勢の兵士がなだれ込んできて、その場にいる者を誰彼かまわず捕らえ、縛っていったのだ。老人はほんの一瞬ひるみ、唇の隙間から蛇のように舌を何度か出しては引っ込めた。それから、獰猛とさえ呼べそうな表情を浮かべ、早く縛れとばかりに両手首を突き出して自ら進み出た。

ヴァージルは感情が麻痺し、胸が詰まり、恐怖で凍える思いがした。その場に立ち尽くしている彼に触れる者はいなかった。彼がそこにいることに気づいてもいないようだ。やがて静けさが戻ってきて辺りは暗くなり、すべてが視界から消えた。

船体に打ちつける波のような穏やかな音が、徐々に小さくなっていった。暗い網目模様の光を瞼に受け、ヴァージルは目を覚ました。窓の格子《ラティス》にはめた動物の角《つの》製の薄い板を明るく染めて、朝が来たのだ。彼は自分の寝室に戻っていた。

第四章

ヴァージルの実験室および工房は、〈馬飾り屋通り〉の自宅のフロアをまるまる一つ分占領していた。部屋の奥の天井は、さらに二フロア上まで吹き抜けになっている。上階の窓から細長い光が何本か差し込むだけの薄暗がりの中で（下の階に窓は一つもない）、ヴァージルは数少ない助手たちに向かって説明を始めた。

「〈大いなる鏡〉を作りたい」作業台に片足を載せたヴァージルが言った。「そういったものの存在については、きみたちも聞いたことがあると思うし、記録を読んだ者もいるはずだ」彼の背後には背の高い機械類がいくつもあって、砂やすりで磨いたばかりの床の上に車輪や軸棒の奇妙でいびつな形の影を落としていた。誰かが滑ったり、何かに引火したりするのを防ぐために、床は毎日少なくとも二度は磨くことになっている。助手の一人が、話はちゃんと聞いていると誇示するように、しきりにヴァージルのほうへ顔を向けたり、うなずいたりしながら作業を続けていた。密封容器を熱している火の中へ、木炭の小さなかけらをくべていく作業だ。まず木炭の重さを一つひとつ測ってから、火にくべる正確なタイミングを砂時計で計っている。できる限り温度を一定に保つよう細心の注意を払いながら、この四年のあいだ昼夜通して一度も途切れることなく燃やし続けてきたのだ。容器はこのままあと二年熱し続けた後、一年かけて徐々に火を弱めていき、完全に消えた後はさらに六ヵ月かけて冷ますことになっている。

師匠が再びかいつまんだ説明を始めた。「この特別な鏡は、無垢なる青銅から作られる。この類《たぐい》のものを作る神秘的な科学の手順に従って、慎重に、神経を注ぎながら、かつ、途中で誰の目にも触れることなく進めなければならない。これらがしっかり守られれば、鏡を最初に覗いた人物は、そこにその人の一番見たいと願っている光景が見られるはずだ。ただ、〈大いなる鏡〉では過去をさかのぼったり、未来に起きる場面を映したりはできない。

また、不死の神の領域を覗き見ることもできない。鏡に映し出すことができるのは、その時点に地球上のどこかで、それも命に限りある人間の世界で実際に起きている場面だけだ。ヘシオドス（古代ギリシャの詩人）の表現を借りるなら、〃パンを得るために地を耕さねば滅びてしまう〃人間の世界だ……」

静まり返った中を、広い部屋の暗がりのどこかから爪車（外周がのこぎりの歯のような形の歯車）がゆっくりと回転するカチリ、カチリという音が聞こえた。その音によって静寂が妨げられるのではなく、むしろ熱心に聞き入る者たちの沈黙が強調されているようだった。助手の一人、白髪頭と白い髭のティヌスが、考え込むように唸った。「天体配置図《ホロスコープ》から最も適した時間帯を割り出すのに、いつもよりはるかに緻密な計算と細かい配慮が必要でしょうな」彼は考えを述べた。「これは職人技を問われると同時に、哲学にかかわる作業ですから」

ずんぐりとして腕が長く、ワイン樽のような分厚い胸のイオハンが、よく響く低い声で言った。「いいや、哲学であると同時に、やはり職人の領域ですよ。〃カスプ〃や〃ノード〃や〃ハウス〃や〃アワー〃や（いずれも天体配置図を構成する要素）の読み解きは、ほかの誰かが考えればいい。おれにできるのは、最高品質の粘土、最高純度の蠟、最高に安定した鉱石をそろえること――そして冷却は焦らず、研磨にもじっくり時間をかけることです」

　だが、まだ若く、髭も生やしていないペリンは、煤で汚れた手で拭ったのか、横一文字に黒い筋のついた顔で言った。「師匠、ぼくには理解できません。守るべき条件がどれほど厳しくても同じことです。だって、どのみち実現することなんて不可能なんですから。イオハンは、鉱石の中でも最も安定したものを、と言いました。それならお尋ねしますが、そもそも鉱石なんてどこにあるんですか？ぼくは生まれてこのかた、錫や銅の鉱石がナポリで売られているのを見たことがありません。師匠の棚にしまってあるような、標本として保管されている小さなサンプルを除けば、鉱石がどういうものなのかも知りません。そんな状況で、ティヌスの言うように十二宮《サイン》を調べて最も適した日時を割り出すことに、どんな意味があるって言うんですか？」

　ペリンの指摘は、まさしく話の核心をついていた。銅はキプロス島（地中海の東端にある大きな島）から運ばれてくる。〝アフロディーテ（愛、美、性などを司るギリシャ神話の女神）の島〟とも呼ばれるキプロスは銅資源が豊富で、銅《クプルム》という単語自体が〝キプロス〟に由来しているほどだ。だが、キプロス島までの航路は凶暴なフン族の船団の妨害により、十年以上前から航行が遮断されている。ローマ帝国は、この〈海のフン族団〉と協定を結び、貢ぎ金（遠回しに〝警護費〟と呼んでいる）を支払うことで、毎年一往復に限り、大規模な船団を組んでキプロスまで通行できる許可を得ていた。もちろん、何らかの方法でフン族の目をすり抜ける密輸船もあるだろう。おそらくスピードの速い小型船が何隻も、キプロス島の東岸と、島に一番近い小アジア（現在のトルコのアナトリア半島にあたる地域）の海岸とを往復しているにちがいない。ただ、この方法だと、船で運ぶのは重量が軽く、少量でもきわめて価値の高いもの——たとえば金《きん》、香料、美しい娘たち——でなければ割に合わない。

銅はかさばるうえに、危険を冒すほどの価値はまったくない。密輸船の船長は島まで手っ取り早く三往復もすれば、一生働かなくてもいいだけの稼ぎが得られる。だが、重い銅のインゴットを積めば、船は海峡の速い流れに巻き込まれて沈む可能性が高くなる――気づいたときには、全身の皮膚を残らず（しかも時間をかけて）剝《む》かれ、最後は鋭い杭に体を貫かれて朽ち果てる羽目になる。ひょっとすると、少しばかりの皮膚は残るかもしれないが――激痛に苦しんでいる人間はそんな些細な点を気にしていられないだろう。いずれにしても、フン族の目をごまかそうとするのは大まちがいだ。

そういうわけで、年に一度だけ、大きく重量感のあるガレー船やガレオン船が集結し、貨物を目いっぱいに積んだ重みのせいでのろのろと、潮の満ち引きのない地中海を港から船影が見えなくなるほど遠くへと旅立ち、また帰ってくるのだった。こうして島から持ち帰られる品はおびただしい量になったが、それでも需要には追いつかなかった。キプロスとの交易は商人たちのギルドが管理していて、大規模船団にどんな品物を積むか、貨物の委託業務を一手に担っていた。つまり、何か運んでもらいたいものがあれば、何年も前に発注しておかなければならないのだ。ナポリ港には、石畳の床からタイル張りの屋根までぎっしりと銅を詰め込んだ倉庫が何棟もある。だが、そのほとんどは溶解されてインゴットに――残りの少量は、地方からの需要に応えるために昔ながらの牛皮の形をした薄いシート状に――成型されていた。いずれにせよ、銅の鉱石ではない。

すでに人間の手によって形を変えられた銅であって、無垢なる銅ではない。

帝国の船団を〝警護〟してもらう（つまり、略奪せずに見逃す）協定は、〈海のフン族団〉を治める三人の首領――少なくとも、そのうちの二人――と難しい協議を重ねたすえに、ようやく勝ち取ったものだった。三兄弟のうち、オスメットは〝海上の流民〟の参謀役であり、狡猾な男だった。オッティルは、広範囲にまたがって海を支配する民らにとっての闘魂そのものだ。三人めのバイラは、飲んだくれか、でなければ間抜けとして知られていた――どちらにせよ、いなくてもいい存在にはちがいない。この三人にローマ帝国との協定を曲げてもらうこと、それも、強欲で向こう見ずな彼らには何の関心もなさそうな変更を認めさせることは、とうてい考えられない。さらに言えば、船を黒と真っ赤な血の色に塗った〝海の流浪民〟を構成する野蛮な乗組員たちは、単独で航海している船を見つければ、情け容赦はしないだろう。

「銅は二番めに困難な問題だ」ヴァージルが言った。「一番やっかいなのは、錫のほうだよ」

錫《ティン》は、誰もが知るとおり、〈錫の国《ティンランド》〉（古代ギリシャにおいて錫を産出するとされた伝説の島。西ヨーロッパにあったといわれるが、現在のイベリア半島やグレートブリテン島など諸説ある）から入ってきた。具体的なことはよくわかっていないが、どこかの半島か、おそらくは島だと思われ、王が統治する島である点においてはキプロス島と共通する。だが、キプロスはずいぶん前に〈オイコノミウム〉に併合され、今もその一部を成しているのに対して、ティンランドは独立国であり続けている。〝大暗海《グレート・ダーク・シー》〟の北西に位置し、タルティスよりもずっと遠くにあるらしい。が、ティンランドについては、それ以上の情報はまったくなく（さまざまな伝説だけが広まっている）、タルティスの情報もほとんど知られていない。ローマ帝国の人間は、誰もタルティスを見たことがない――少なくとも、見たという記録はない。噂では、タルティスはずっと昔に征服されて滅亡したのだという。そのとおりかもしれないが、今もタルティス人の末裔たちが集まって暮らす小さな共同体がローマ帝国内に何ヵ所かあって、何らかの古い協定によって自治を認められていた。こうした共同体は〝異人区《ウォード》〟と呼ばれ、それぞれの総代《キャプテンロード》によって統治されている。どのウォードも巨額の富を所有しているとの噂だ。それでも、今も互いに交易を続けていた。

「まずは錫から取りかかろう」ヴァージルは言った。「銅とちがって、交渉できそうな売り手が近くにいるのだから。どちらにせよ、無垢なる鉱石の入手はわたしに任せてほしい。その間に、きみたちには実際の作業にかかるための準備を進めておいてもらいたい。準備だけでもどれほど時間がかかるか、まったく予想がつかない。が、とにかく取りかからなければ何も始まらない、今すぐに。わたしの持っている限りの資料は、充分な数のコピーを作らせておく。それを注意深く読んだ後、さらに何度も繰り返し読み込んでおくように。必要なものは充分な量を買い集めておいてくれ――鋳型用の粘土、原型を作るための蝋、るつぼ、燃料、切断や研削の道具類――研磨に使う酸化鉄《ルージュ》もだ。集めたもののすべてを、細心の注意を払って検《あらた》め、最高級品でないものは迷わず取り除いてかまわない。

　設計図を引くための上質皮紙、ペン、インクも最良のものを見つけてくれ。それから、この作業が終わるまでは、きみたちの心の内に争いの種《たね》やみだらな思いが湧き起こらないように気をつけること」

　ヴァージルはそこでひと呼吸置いた。「この無謀な挑戦をするのは、われわれだけじゃない。クレメンス博士も力を貸してくれるそうだ」

　助手たちはその情報を、複雑な気持ちで受け止めた。もちろん、錬金術においてクレメンスが培った理論面と実技面の両方の実績に対して、絶対的な敬意を払っていた。だが、その一方、突飛な発言の数々や、それをためらいなく行動に移すところ（たとえば、「タマネギだと！　金《きん》を扱う作業中にタマネギを食うとは、何を考えてるんだ？　金属くずに変えるつもりか？　ニュクスとヌマの名にかけて！　よくもタマネギなんぞ！」と小ばかにしたりするところ）や、反対意見にすぐ腹を立てる点を思うと、彼の参加を心から喜べなかった。それでも、助手たちはきっとすぐに新しい状況を受け入れるだろう。むしろ、クレメンスのとげとげしい攻撃に傷つきながら耐えた者は、そのことに誇りを感じ、共感する仲間どうしで自慢し合うようになるはずだ。

ヴァージルは最後に何点か――今回の計画については当分口外しないこと、また、依頼者は報酬を気前よく払ってくれるので、たとえ失敗に終わってもその金は助手たちにも分け与えるつもりであること――を伝え、あとの準備は任せて部屋を出た。

ナポリ内の〈タルティス人による自治区《タルティス・ウォード》〉を構成しているのは、小さな入り江にあるタルティス港と、巨石を積み上げたキュクロプス式（古代ギリシャのミケーネ文明に特徴的な大きな石造りの城塞）のタルティス城ぐらいのものだった。ナポリのドージェ領内ではほかに見ない珍しい城だ。ナポリ湾沿いを歩いてきたヴァージルは、タルティス港に入ったとたん、時間の流れる速さが一変するのを感じた。何もかもがのろのろしていて、活気がない。港全体が……何というか……みすぼらしいのだ。引き上げられたぼろぼろの船が傾いたまま置きっぱなしにされ、修理をする人の影も見えない。似たような船がもう一隻、泥に半分埋まっていた。ずいぶん長く放置されているらしく、立派な若木が船の後方の甲板を突き破って根づいていた。二人の職人が緩慢な動きで、小型のキャラック船（地中海特有の帆船）の隔壁に防水措置を施している。そして、一列に繋がれた奴隷たちがガレー船に荷物を積み込んでいる。

それが港のすべてだった。

老婆が一人、小さな食堂の戸口に座って痩せた鳥の羽をむしっていた。わずかに残った魔女のような髪の隙間から汚れた頭皮が覗いており、それ以上に汚れたボロ布を頭に斜めに結んでいる。手を動かしながら何かつぶやいていた老婆は、ヴァージルの影が薄くかかっても顔を上げなかった。

聞いた話によれば、このウォードの総代《キャプテンロード》と会うのは困難の極みらしい。ナポリの新しいドージェの即位式という公式な場にさえ姿を見せず、帝国の軍団長とは年に一度だけ決まった日に面会する――それも、土、水、トウモロコシ、ワイン、オイルを載せたトレイの上で金のコインを手渡すという短い儀式を済ませると、その後の面談は代理の者に任せて、さっさと謁見の間を出てしまうという。

　城の入口の階段の下には、門番は立っていなかった。幅も奥行きも高さもある（かつ、不規則な形の）巨石を積み上げた城は、まさしく太古の〝夢の時代〟の怪物、四本腕のキュクロプスたち（ギリシャ神話の巨人族）が建てたように見えた。ヴァージルは階段をのぼるのに疲れて途中で何度か足を止め、景色を眺めた。この位置から角度を変えながら周りを眺めるのは初めてだ。ほとんど見えないほどうっすらと煙を上げているヴェスヴィオ山、そのすぐ隣のソンマ山、山々の奥に広がる〈ディア・パーク〉、ナポリ湾の青い海、ナポリ港（ここからだとあの喧噪もかすかな唸り音にしか聞こえない）、市街地の一部とその外側に点在する郊外の家々。城をのぼる階段も、階段の両側の壁も、並んでいる石があまりにも不揃いで――上に積まれた重みがかかっていなければ、はみ出た石が今にもあちこちから抜け落ちて、無数の雷石《サンダーストーン》（ヨーロッパなどの言い伝えで、稲妻が地面に落ちるときに石や金属鉱石に形を変えたもの）のように勢いよく下まで滑り落ちるのではないかと思われた。その不揃いな石のせいで、階段の通路がところどころで湾曲したり、方向を変えたり、沈み込んだり、あるいは脇の壁が高くなったりして、そのたびに外の景色が一時的に見えなくなった。だがそのうちに、大昔から使われ、踏まれ続けた摩耗からできた深い穴に足を取られまいと一段一段を着実に踏みしめながらのぼっていると、突然目の前にさっきまでとは全然ちがうパノラマが広がるのだった。

　階段のてっぺんに着いても、やはり番人はいなかった。階段は終わりが近づくにつれて徐々に段差が浅くなり、踏み面の石も不揃いになったため、実のところ、ヴァージルは階段をのぼりきったことにすぐには気づかなかった。緋色の外套を着た男が立っていることにも、すぐには気づかなかった。

まず目に入ったのは、その男の脚だけだった。

中庭の中央に置かれた大きな石の上に立つ男の脚は、一見強く健康的だった。が、ぶるぶると震えていた。石をしっかりと踏みしめる両足から、絶え間ない震えが神経と筋肉を伝って体を駆けのぼっていく。ヴァージルは視線を上げた。

男は刺繍とひだ折りを施したタルティス伝統の麻の衣装を着ており、その上に緋色に染めた短い外套をまとっていた。一瞥しただけでそう推測したヴァージルは、すかさず声をかけた。「すみません、キャプテンロードはどちらでしょうか」だが、言い終える前に男の顔を見て、声がしぼんだ。

〝目が見えないのか、耳が聞こえないのか。来るはずのない船が来ないかと、海の遠くを見やっているのだろうか〟驚いたヴァージルの頭の中を、次々と想像が駆けめぐった。〝きっと、ある一定期間ここにこうして立ち続けると誓いを立て、たとえ天が落ちようともそれを貫くつもりなのだ……〟。するると、男がヴァージルのほうへ視線を向けた……。〝この男は気がふれている。殺せるものなら、わたしを殺すつもりだ〟。長く水に浸かっていた深緑色の石のような男の目は、怒りにしては鈍く、痛みにしては不気味なものに満ちていた。男は声にならないつぶやきに唇を震わせ、暑くもないのに汗が一滴、額の生え際から眉を伝って鼻へと滑り落ちていった。

ヴァージルは声を落として「お邪魔してすみません」とだけ言うと、先へ進んだ。角を曲がると、二人の男に出会った——どちらもタルティスの衣装を着ているものの、緋色の外套は羽織っていない。男たちは城の中へ続くドアから出てきたところだった。ヴァージルは彼らにも、キャプテンロードに会いたい旨を伝えた。

二人は、ヴァージルの姿にも、訪問の目的にも驚いていた。一人がうなずき、もう一人はヴァージルのほうへ顔を向けたまま歩きだした。ヴァージルはその後をついていった。男たちはどうやら母国語で会話しているらしい。三人は傾斜路を下って屋根のない部屋に入り、直角に曲がってまた別の傾斜路を下り、広間を見下ろすバルコニーを通り抜けた。広間の天井はヴァージルの家ほどの高さがあり、何人かの声が小さく反響して聞こえていた。やがて執務室か、何かの控室のような部屋に到着した。二人のタルティス人はヴァージルにそこに腰かけるようにと身振りで伝え、細長いドアから出ていった。ヴァージルは腰を下ろした。

城に入ってから、家具のある部屋を見るのは初めてだった。家具といってもごく少なく、珍しいものばかりだった。端の丸い木製架台の上に広げたパルティア（古代イランの王国）織りの鞍下用の絨毯か毛布。デスクの上に置かれた、修復が必要なほど傷んだ古写本と、硬くなったパンと魚の骨の入った銀の皿。そして、革のついたて。階段をのぼってきた筋肉痛を感じ始めて、ヴァージルはため息をついた。すると、ついたての向こうで誰かが動く気配がした。

「誰かいるのか」そう言う声が聞こえたかと思うと、ついたてが押しのけられた。石壁の窓から差し込む太陽光が急に飛び込んできて、ヴァージルは片手で目を覆った。

「ここでキャプテンロードをお待ちしているのです」ヴァージルは言った。

「ああ……それなら、どうぞ、こっちで待つといい。そこよりも心地いいだろう」窓辺の壁龕に長いベンチが置いてあった。明るさに目が慣れてきたヴァージルは、声の主を観察した。話し方の特徴から、カルタゴ（地中海に面した北アフリカを中心とした地域。ローマ帝国に征服され、属州となった）かシリア（地中海の東側に面した地域。やはり帝国の属州になっていた）の出身かと思われたが、着ているものは上等なナポリ製だ。こちらを警戒しながらも、穏やかな態度で接しようとしている。年齢はまったくわからない。瞳の色はとても薄い青緑。顔は……。

「わたしの名は、アンソン・エベド＝サフィール、〝赤い男〟と呼ばれている。その理由は一目瞭然。わたしがフェニキアン（地中海東海岸のシリア一帯の出身者。前出のカルタゴを築いたのもフェニキア人）だからだ。われわれフェニキア人は太陽光を浴びても日焼けせず、肌に陽光が蓄積するらしい。そこから〝赤い人々〟を意味する〝フェニキアン〟と呼ばれるようになった。いや、もちろん、こんなことは全部知っているのだろうが」そう言って、少し疲れたように手を振り、黙り込んだ。しばらくして男はまた話を始めた。「キャプテンロードか。実は、わたしもまだ一度も会ったことがない」男は無理に会話をするのはあきらめ、ヴァージルにも景色を見るようにと窓辺へ手招きをした。そこへ、綿毛のような髭を生やしたタルティス人の男がバタバタと入ってきたが、フェニキア人は顔を上げることも、話しかけることもしなかった。入ってきたタルティス人は両手の身振りと深刻な表情だけで、ヴァージルについて来るよう無言で伝えた。ヴァージルはすぐには動かず、声をひそめて〝赤い男〟エベド＝サフィールに早口で尋ねた。「緋色の外套を着た男は何者ですか？」

外の景色にすっかり見入っていたフェニキア人の視線が曇った。「それを訊いてはいけない、関わってはいけない」そう言うと、ナポリ湾沿いに何マイルにもわたって点在する郊外のヴィラを再び眺め始めた。

「どうした？」綿毛の髭の男が声を上げた。「どうした？　キャプテンロードに？　何のため？」

すると、彼は突然悲鳴を上げた——まるで必死で生まれ落ちようとしている赤ん坊を腹の中に抱えた分娩中の妊婦から、抑えきれずにあふれ出る涙のように、信じられないほど激しい苦痛に満ちた叫び声がこぼれ出した。

何か赤っぽいものがヴァージルの目の前を駆け抜けた。綿毛髭の男は体をくの字にして床に転がっている。フェニキア人の姿はどこにも見えない。さっきまで外の石の上に立っていた男が、緋色の外套を翻し、はためかせながら、奥へ繋がるドアの向こうへ走り込んでいった。はっきりと聞き取れないが、恐ろしい言葉を叫んでいるようだ。持っていた短剣からは血が滴っていた。ヴァージルは彼の後を追って走りだした。

まるで悪夢の中を走っているかのようだった。巨石を積んだ廊下は果てしなく続き、前を走る男はひどく興奮した叫び声を上げている――しかも、ときどき振り返って、ヴァージルを短剣で突こうとする。その顔はもはや人間のものとは思えなかった。ヴァージルは転んで石壁に頭をぶつけ、嫌な音が響いた。緋色の外套の男はまた前を向いて走りだした。男の外套が、壁から突き出ていた火の消えた松明の台に引っかかってもぎ取られ、壁にぶら下がった。ヴァージルは松明の前を走り抜けざまに外套を掴み取って片手で持ちながら、もう片方の手でベルトを懸命に探って、提げていた筆入れを手に取った。

次の瞬間、二人は家具のある続き部屋の中にいた。ドアが勢いよく開いた。ドア口に現れた男が、驚きや恐怖の表情を浮かべる間もなく凍りついたように立ち尽くした。狂った男は吠えながら、その男のほうへ駆けだした。ヴァージルもすぐそちらへ向かい、体を縮めてから、先端に筆入れを結びつけた外套を鞭のように勢いよく前方へ打ち出した。それからすぐに足を止め、外套を後ろに引いた。

自分の外套に引っかかって転んだ襲撃者は、ヴァージルの目の前で倒れ、しばらく動かなかった。今しかない。ヴァージルは男に飛びかかった。すぐに踵を地面につけて立ち上がれるように足首は曲げたまま、男の肋骨のすぐ下を狙って、全体重をかけて膝から着地した。そして、狂った男の両肘を押さえ込んだ。

どこから現れたのか、四方八方から急に男たちがなだれ込んできた。人斬りの犯人は再び床に引き倒され、追っ手の一人が男の短剣を高く掲げた。

「強いワインはよく効く」キャプテンロードがしゃがれ声で言った。「しかも、これには薬を一つ二つ混ぜてある。だが、酒は飲むためのものだ、杯に入れて持つものではない」

ヴァージルは酒を飲んだ。彼にはなじみのないワインで、ハーブの風味がした。少し苦みがあり、こらえきれずに身震いをした。すると、まるでその身震いが連れ去ったかのように、彼の中からすべての衰弱感が消えた。「あの男はどうしてこんなまねをしたのでしょう?」

キャプテンロードは小さく息を吸い込んで呼吸を止めた後、肩をすくめた。「すべてを説明するには、長い時間が必要だ——さらに、その説明の説明が必要となる。今は手短に話す。女がらみの問題で、わたしは彼に罰を与え、彼の請願を却下した」キャプテンロードは、座ってさえいればかなり大柄な男に見えた。大きすぎるほどの頭に、分厚い胸板、広い肩。ところが、脚の長さが人より短く、歩くときに足を引きずった。彼がすべての面会を拒絶し、見知らぬ者の視線を避ける理由は、ほかにもあるのかもしれないが、ひょっとするとこういう事情だったのではないかとヴァージルは推察した。キャプテンロードの髪は白く、顔にはしわがたくさん刻まれていた。

「かつて、城のあちこちに番人がいた」キャプテンロードは説明を続けた。「危機から守ってくれた。わたしは、危機などないと思って、番人を排除した。結果はこのとおり、危機が起きた……しかも、身内から。さて、本当のことを教えてくれ。きみは何者で、何の目的で来た？」

　部屋の家具は精巧で贅沢なものばかりだったが、どれも少し古ぼけていて、少しみすぼらしく、少し汚れてさえいた。

「〈大いなる鏡〉、聞いたこともない。魔術、わたしにはまったく関わりがない。王太后、カルスス、銅――どれもわたしには馴染みがない」キャプテンロードは大きな頭を横に振り続けていた。すると、眉を上げて分厚い胸に息を吸い込んだ。「いや、待て――錫？　ほお！　錫か！　それだ！　錫には関わりがある。このキャプテンロード、きみに錫は売らない、欲しいだけ分け与えよう。それで……ヴァージル。博士。マグス。どれほどの錫が必要だ？」

　ゆっくりと、丁寧に、できるだけ簡単な言葉を選びながら、ヴァージルは両手いっぱい程度しか必要としていないことを説明した……ただし、無垢なる錫でなければならないのだと。

「話はわかった」老齢のキャプテンロードは言った。「きみは丁寧に説明してくれた。わたしもできるだけ丁寧に説明する――いや、説明を試みる。こういうことだ。きみは家の中にいる。何かが欲しくなり、奴隷に市場へ買いに行くよう言いつける。そのとき、きみはこう言う。『行け、これを買え』と。そうだろう？　簡単に手に入る。だが、きみが今欲しいと願っているものは、簡単には手に入らない。われわれの交易品は、北から、そして西から、ここへ届くまでに時間をかけて、ウォードからウォードへと順に渡ってくる。無垢なる錫は、ここへは入ってこない。ずっと遠くで、キャプテンロードのわたしにもわからないどこか別の場所で、すでにインゴットに成型されてしまうからだ。探してみることはできる。だが、わたしはあくまでもここのキャプテンロードでしかない。別のウォードへ行けば、キャプテンロードではない。無垢なる錫が見つかるほど遠い地においては、もはや何者でもない。

　ここでなら、人の生死を握るほどの力を持っている。ここ以外では、何の力もない。わたしの影響力は、ローマでは強いが、マルサラ（フェニキア人がシチリア島に築き、その後ローマ帝国の支配下に入った都市）では弱い。氷――氷を知っているか、博士？　氷が人の手から手へ渡るとどうなるか。溶ける。溶けて、なくなるのだ……」

　溶けてなくなるのは氷と人の影響力だけじゃない、とヴァージルは思った。細々《ほそぼそ》と存在し続けてきたタルティスそのものが消えつつある。廃れていく。過去の栄光の名残でしかなくなる。そして、それはヴァージル自身にもあてはまるのだった。

　だが、名残であれ何であれ、残っているうちは存分に利用しなければ。

「手を尽くしてみよう」キャプテンロードが言った。「やってみて損はないだろう？　きみへの感謝のしるしだ。うまくいけば、三年後には手に入るかもしれない――無垢なる錫が」

　誰かが入ってきて、部屋じゅうのランプに火を灯していった。薄暗かった部屋が明るくなると、みすぼらしさや、擦り切れた古くささが一気に消えた。ゆらめく影の中で、キャプテンロードはどんどん若返って見えた。壁にかかったオーロックス（野生の牛の一種）の角笛の隣で、円形の盾の打ち出し模様が光を反射してきらめいた。

「キャプテンロード」ヴァージルが言った。「三年後では間に合いません。三ヵ月後でも時間がかかりすぎ、遅すぎるのです」

　年老いたキャプテンロードの唇に、かすかな苦笑が浮かんだ。「魔術と科学の博士であるきみでさえ、時間に縛られるのか。それなら、わたしは言うに及ばずだな。まあいい。その角笛を取ってくれ」

陰鬱な音が響き渡った。しばらくして召使いが入ってきた。松明を持ってこさせると、キャプテンロードとヴァージルはシューシューと燃える炎を頼りに、来たときと同じキュクロプス式の巨石を積んだ、曲がりくねった長い階段の通路を下りていった。着いたのは、鼻が曲がるほど強烈な腐敗臭に満ちた中庭だった。腕に革のバンドを巻いた男が顔を上げた。水の入った椀に小さな肉片をいくつか入れているところだった。鷹匠にちがいない、とヴァージルは思った。だが、タルティス人はいったいどこで鷹狩りをするのだろう？　彼らが鷹狩りをするという話は聞いたことがない。さらに言えば、中庭の設備の中には、彼の知る鷹の訓練場におなじみの〝鷹用の家具〟とは異なるものもあった。

年配の男たち二人は母国語で何やら話した後、城壁に接して建てられた木製の小屋に向かった。キャプテンロードがヴァージルについて来るよう手招きした。中は馬小屋のような臭いがして、いくつもの鳥籠や止まり木から、おとなしく休んでいる鳥たちの物音が聞こえていた。

「この男は、うちの〝空《そら》の匠《たくみ》〟だ」キャプテンロードが紹介した。ヴァージルはお辞儀をした。〝空の匠〟は、それを光栄だとも、嬉しいともまったく思っていない様子で低く唸った。そして上官であるキャプテンロードが続けて「この男が伝言を引き受ける」と言ったときには、激しく抗議した――ヴァージルには匠の話す言語がひと言も理解できなかったが、その声と態度はまちがいようがなかった。まだ不満そうにぶつぶつ言いながら、匠は籠の中に手を突っ込んで、ヴァージルが見たことのない鳥を一羽取り出した。全身が金色で、頭に冠羽があり、まるで匠に親愛の情を示すように彼の人差し指に顔を寄せて甘噛みしている。険しかった匠の表情がやわらぎ、初めてヴァージルに声をかけた。

「こいつは、卵で送られてきた」匠は言った。「同じ母鳥が生んだ二つの卵のうちの一つだ。もう一つは孵らなかった。こいつはわしが育て、訓練してきた。重大な危機が迫ったときに飛ばすために

――」

「重大な危機は、今日訪れた」キャプテンロードが遮った。「このマグスのヴァージルが、危機から救ってくれた。鳥を飛ばす権利は、彼にあるはずだ、充分に」

〝空の匠〟は今にも泣きだしそうだった。心を打たれたヴァージルは、その権利とやらが何であれ――事実、どういう話なのかまだよく飲み込めなかった――辞退を申し出たい気持ちになった。だが、譲れないものと心の痛みならこちらも負けていないのだと思い出し、黙っていることにした。

　最後にひと言つぶやくと、匠は金色の鳥を小脇に抱え、小屋の暗い片隅へと歩いていった。戻ってきたときには、両腕の革バンドに隼《ファルコン・イーグル》を一羽ずつ載せていた。隼《はやぶさ》たちは黄色い目で睨みつけるように辺りを鋭く見つめている。キャプテンロードが金色の鳥をそっと自分の手に取ると、鳥は彼を見上げた。キャプテンロードが鳥に何やら話しかけた。鳥は言われていることを理解しているように見えた。また何か話し――間を置き――また話した。いずれも同じ言葉を伝えているらしい。まるで、鳥に何かを指示しているようだ。

「ひょっとすると」急に何かを思いついたヴァージルが口を開いた。「この金色の鳥が伝言を伝えに行くんですか？　今教えたとおりの言葉をしゃべると――オウムのように。この短時間に伝言を記憶するんですか？」

「いいや、この鳥はしゃべらない」

「それなら……」

「きみの伝言を、わたしの言葉に変えて運ばせる。目的地に着いたら、鳥はその言葉をそのまま書き記す」

書き記すだって！

たしかキャプテンロードは、魔法など信じないと言わなかったか！

「これでいい。確かに記憶したはずだ。二羽の隼は、護衛として一緒に飛ばす。空の匠よ、鳥たちを放て」

空の匠は三羽の鳥を、愛情を込めて優しく撫でた。耳元で何かささやきかけ、獰猛そうな隼たちの頭にキスをした。それから、足に結んだ革紐をほどいてやった。隼たちは翼をバタバタさせた。金色の鳥は上空へ放り出された。金色の翼が松明の明かりにきらめいた。鳥が一度鳴いた。もう一度。さらにもう一度。隼たちは石弓から発射された矢のようにまっすぐ空へ飛び立った。やがて三羽とも夜空に消えた。柔らかな灰色の羽が一枚ふわふわと落ちてきて、ヴァージルの足元に着地した。遠く、どこかはるか向こうの高い空から、夜風に乗ってかすかな悲鳴に似た鳴き声が聞こえ、松明からは煙が漂い、炎が明るく燃え上がった。

第五章

松明を持った召使いに家まで送らせるという申し出を丁重に断わって、ヴァージルはタルティス城を後にした。歩いて戻りながら、慣れ親しんだナポリ港のさまざまに入り混じった臭いにも気づかないほどあれこれと考えを巡らせていた……。あの金色の鳥と護衛の二羽の隼《はやぶさ》には、この先どれほど過酷な旅が待ち受けていることか！　海、嵐、岩山、森——いったいどこまで飛ぶのだろう？　想像もつかない。農園地帯、湿地帯、森林、何もない荒野。広いローマ帝国の国境を越え、さらに巨大な〈オイコノミウム〉の境界をも越え……ひょっとすると、凍える海に囲まれた岩だらけの最果ての地〈ウルティマ・トゥーレ〉（〝トゥーレ〟は古代ヨーロッパにおいて、遠い北にあるとされた伝説の島。〝ウルティマ・トゥーレ〟は中世の言葉で、人の既知を越える世界を指す）まで飛んでいくのかもしれない。目指すティンランドは、いったいどこにあるのやら。

　ときに弧を描き、ときには円を描くように飛びながら、あの鳥たちは人類が目にしたことのない光景を目の当たりにするのだろう。水平線からのぼる、磨かれた真鍮の円盤のような太陽や、氷に閉ざされたアルプス、人知を越えて広がる〈偉大な森〉までもが、はるか眼下に見えることだろう。そしてついには、何日もかけ、さまざまな危機を乗り越えた先に、吹きつける強風と、凍るほど冷たく灰色の〈北の海〉が見えるだろう。そこでは、シェイプシフター（自分の姿形を変える伝説の生物）は狼ではなく、アシカに変身するのだという。

盲目の物乞いがヴァージルの近づく足音に気づいて、歌うような調子で施しを求めてきたが、持っていた椀にコインの落ちる音が聞こえたとたん歌うのをやめ、もごもごと礼を言った。調理場の炎以外にほとんど明かりのない小さな食堂が通りに向かって大きく開け放たれており、肉が煙を上げながらジュージューと焼け、豆がぐつぐつと茹でられ、スパイスを加えたワインがふつふつと湧いていた。入口の階段には荷役人や港の労働者たちが座り込んで、パンをちぎっては夕食の皿に浸して食べていた。それを見たヴァージルは、自分がまだ夕食を摂っていないことを思い出した。顔に濃い化粧を塗り、胸の露わなドレスを着た女が、ランプを灯した窓辺から身を乗り出して誘いかけてくる。ぼろを着た子どもと乾いたかさぶただらけの犬とが、向き合って体をくっつけたまま路地で眠っている。

ヴァージルは、港の中でも夜通し休むことのない最も活気ある区域から、昼間しか使われない倉庫の建ち並ぶ区域へと入っていった。暗く大きな影の中をいくつも通り抜ける。明かりはほとんどなく、あったとしても薄暗い。前方で道が上り坂に差しかかる辺りから、言い争う声が聞こえてきた。仕事を終えた建築職人が砂と砂利を路上に置きっぱなしにして帰ったらしく、それを迂回しようとしたヴァージルは、ちょうど諍いのただ中へ足を踏み入れてしまった。

こん棒のぶつかる鈍い音、警告する大きな声、卑猥な言葉の応酬。男たちが互いに間合いをとってぐるぐる回り、しゃがんでは飛びかかっていた。砕けた壺の周りに安物の酸っぱいワインがこぼれている――この喧嘩の結果かもしれないし、原因なのかもしれない。ヴァージルが横を通り抜けようとしたとき、男たち――五、六人ほどいただろうか――の一人が勢いよく倒れ込んできて、ヴァージルはよろめいた。文句を言うだけ無駄だ。ヴァージルは姿勢を立て直し、再び歩きだそうとした。すると、倒れ込んできた男が急にこちらを向いて追いかけてきた。何かを叫びながら。こん棒を振り上げながら。

話が通じるとはとうてい思えない。ヴァージルのベルトには、刃渡りの長いナイフが差してあった。ヴァージルはそれを抜いて「近づくな」と警告し、ゆっくりとその場を離れようとした。

だが、その行動は無条件の通行証とは認められなかったらしい。ほかの男たちもそれぞれの諍いを中断し、一団となってヴァージルに近づいてきた。「こいつ、おれたちにナイフを向けたぜ」抵抗されると不機嫌になるという、ごろつき特有の理屈で腹を立てた男の一人がつぶやいた。別の男が足を止め、上半身をひねりながら、高く上げた手を振り下ろした。男が投げつけた石は見切れなかったものの、何かが飛んでくるのを察知し、ヴァージルはその場にしゃがみ込んだ。その判断は大まちがいだった。

突然、道の敷石に弧状の光が現れた。ヴァージルは初め、石が命中した鋭く激しい痛みによるものかと思った。だが、男たちが立ち止まって足元を見下ろすのを見て、すぐにそうではないと悟った。その光る曲線はゆっくりとさざ波のように広がり、やがて炎の輪となって燃え上がった。ヴァージルの肌の表面がチリチリと痛み、はっきりとは感じないものの、何かしらの圧力がかかっているような気がした。刃先を上に向け、ナイフを握った手を前方に伸ばしていたヴァージルは、その姿勢のまま後ろを振り向いた。同じように片手を前方に伸ばしている男が立っていた。ただし、その手にナイフは握られていない。男が何気なく向けている人差し指の先に、あの炎の輪があった。その指を少し上に向けると、炎が高く燃え上がった。

襲撃者の一団——つぎはぎの短い胴着を着た薄汚れた男たち——は、口を開けて荒い息をしている。遅れて登場した謎の男はヴァージルの隣へ移動し、大きく手を払うような仕草をした。燃える輪はたちまち一つの大きな炎となり、暴漢たちに襲いかかると同時に、扇形に広がった。男たちは恐怖に声を上げながら逃げ出した。炎は次に巨大な蛇に姿を変えると、体をくねらせながら男たちの後を追い、すぐ後ろまで迫った。周囲の建物の埃だらけのレンガ壁に男たちの影が躍った。炎の追跡は徐々に遅れだしたが、逃げていく男たちは速度を緩めようとはせず、振り向きもしなかった。やがて炎は弱まり、小さく収縮していった。黄色とオレンジと赤だった炎が、リン光のような青白い色に変わった。そしてついには蛍の光に似た小さな点になった。ヴァージルは、隣に立つ〝赤い男〟を見やった。

やがて、ヴァージルの目に映っていた最後の炎までもが消えた。

「いったい、どういうふうにやるんだ」クレメンスは推測を巡らせるように言った。「炎を――いや、正確には熱を――自在に操る術《すべ》は、錬金術において永遠の課題なんだよ。そのことは、アンソン船長、あんただって当然知っているだろう。うーむ。ふーむ。そういえば、サマリアだかペリシテだかに住んでいた、エリアだかエリオだかいう男が、天から火を降らせたと聞いたことがある。最後には火とともに空へのぼったきり戻ってこなかったと（旧約聖書の中で、預言者エリヤは神の奇跡の一つとして火を降らせ、最後は火の戦車に乗って天にのぼったとされる）……ふーむ」

〝赤い男〟が言った。「ああ。そうだな。どうやるのかと訊かれたら――かつてルクレティウス（古代ローマの哲学者）が唱えたように、すべてのものは原子の配置、並びによってできている。その並びが安定しているものもあれば、不安定なものもある。さらには、流動的なものもある。火の形状は常に流動的だ。風に曲がり、水に屈する。要は、その基本が掴めるかどうかだ。それさえ身につければ……」そこで口をつぐんでほほ笑んで見せたが、相手が先に何か言いだすのを無言で待っているらしい緊迫感は顔から消せなかった。まるで遠くの物陰に身を隠したまま、用心深くこちらを覗いているかのようだ。

クレメンスはうなずきながら、ぐっと身を乗り出した。テーブルに両肘をつけ、髭の中に拳を埋《うず》めるように顎を載せている。クレメンスもまた次の言葉を待っているのだ。だが、〝赤い男〟はそれ以上何も言わなかった。クレメンスはため息をつき、乗り出していた上半身を引っ込めた。「まあ、またいつか、そのうちに」彼はつぶやいた。

「そのうち、か」ヴァージルはクレメンスとは対照的にくつろいだ様子で椅子にもたれ、その午後に石段をのぼり続けて酷使した筋肉を緩ませながら、ゆっくりと夕食を摂っていた。鈍い痛みも恐怖も一時的に収まっている。「わたしはそのうち、他人の揉めごとに首を突っ込まない術《すべ》を覚えるべきだろうな。一日に二度は多すぎる——まあ、どちらも大してひどい目には遭わずに済んだが。それはきっと、あなたが——」そう言ってフェニキア人のほうを向いた。「二度ともそばにいてくださったおかげでしょう」

エベド＝サフィールは、ヴァージルがずいぶん前に開発途中で放り出した新型のアストロラーベ（金属板を組み合わせた複雑な円盤状の機器。天体の計測、時間や位置の算出、複雑な計算など、様々な機能を備え、古代では航海や占星術などに重宝された）の試作品から顔を上げ、ヴァージルの言葉を否定するように下唇を突き出した。二つの案件は偶発的に起きたもので、性質もまったくちがう。自分が称賛されるいわれはない。一件めは、一人の男が自分の犯したまちがいについて執拗に思い悩んだすえに正気を失くしたというだけの話。二件めは、おそらく——いや、ほぼまちがいなく——最初から仕組まれた狂言だ。

「まだそんなことを？　本気でそう思ってるんですか？」

フェニキア人は揺るがなかった。「あれは単なる乱闘ではない。待ち伏せだ。あの一団の中で一番体が大きい——そして一番たちの悪い——顎に傷のある男は、トゥルヌス・ルフスの息がかかっている」クレメンスが馬鹿にしたように鼻を鳴らした。ナポリ人の半分、それもたちの悪いほうの半分は、みなトゥルヌス・ルフスの息がかかっていたからだ。だが、フェニキア人は主張を曲げずに、こう説明した。今日は一日じゅう、キプロスとの交易が再開されるらしいとの噂がナポリ港界隈を駆け巡っていた。銅の代理売買人たちはうろたえた――大儲けしてきた独占市場が根本から崩れ去る、倉庫に積まれた銅の価値が著しく暴落する、と。では、銅市場を独占してきた商売人たちを束ねているのは誰か。答えは、トゥルヌス・ルフスだ。キプロスとの交易再開の噂は、むろん真実ではないが、ルフスは本当だと信じたにちがいない。確信はなくとも、ほんのわずかでも可能性があると疑うだけで、相当に慌てたはずだ。

「あんたの言うとおりだとしたら」とクレメンスが言った。「これからもっと面倒なことになるな。われらの友ヴァージルは、厄介ごとに巻き込まれずにはいられないのだから」

　彼らの友ヴァージルは、それほど心配していないようだった。その日タルティス城を訪れたことや、タルティス人たちについて話しだした。

　〝赤い男〟がその話題を継いだ。「わたしも、行く先々の港に〈タルティス・ウォード〉があると必ず訪れる。わたしの船でもタルティス人の交易品を運ぶことがあるが、いつも誠実な人たちだと感じてきた。一筋縄でいかないところもあるがね。そもそも、タルティス人には親近感をおぼえる。わたし自身、国を追われた民の末裔だからだ。わたしは自分がフェニキアンであると名乗った。それは真実だ。だが、より具体的に言えば、ティルス（フェニキア人が現在のレバノンに築いた都市国家）人だ。ティルス包囲戦の話は、もちろん知っているだろう？」

　ヴァージルとクレメンスは、詳しく話してほしいと頼んだ。それぞれの杯にワインを注ぎ、そこにクレメンスの蒸留した〝第五精髄〟を少しばかり加えた。海風にさらされた赤ら顔のエベド＝サフィールは、よりいっそう顔を輝かせながら、海に囲まれたティルスの偉大さと栄光について語り始めた。かつての宮殿。海軍。かぐわしいヒマラヤスギの建築材。誰にもまねのできない美しい紫色の布地。その染料の作り方は、ティルスが最初に発見した秘密の技法であり、その交易によってティルスは富を築くきっかけを得た。

「ああ、われわれの祖先は、どれほど高い知識を持っていたことか」彼は目を輝かせながら言った。「かつてのティルスの占星予言者《アストロマンサー》たちは、天体を観測し、その配置や予兆を読み取って、陸影が一切見えない海でも夜間に航行する方法や、どの夜なら順調に航海でき、どの夜には海上で錨泊するか港に停留するべきかを知った。哲学者たちは、人間と物体と、三分される魂《ピュシュケ》にまつわる秘密を暴いた。神官や預言者たちは神々と親しく交わった。中でも最たる賢人は、ティルス王ヒラムの息子、ペレスだ。ただ、賢人とはいえ、欠点もあった……。

ある日、ペレスのもとに〈偉大なる神《エル》たち〉が現れた。ミカ・エル、ガヴリ・エル、ラフォイ・エル、そしてオリ・エルだ（ユダヤ教、イスラム教、キリスト教などにおける四大天使。聖書では、ミカエル、ガブリエル、ラファエル、ウリエルと記されている）。

この〝天地の四隅《よすみ》の王子たち〟はペレスに向かって、四人の中で最も賢いのは誰か決めてほしいと言った。星の巡りの悪いことに、ペレスはこれを承諾し、オリ・エルを選んだ。そして答えたことへの報酬を求めた。

彼が望んだのは世界一の美女、エレアナの愛だった。だが、エレアナはすでに〝アレキサンダー大王〟ことアレキサンドロス三世（マケドニアの王。東方遠征によりギリシャから中東にかけて巨大帝国を築く）と結婚の約束を交わしていた。エレアナを奪われたことに激怒したアレキサンドロスは、同盟関係にあったギリシャじゅうの民族を引き連れてアジアへ攻め込み、ティルスを七年間も包囲した。

アレキサンドロスは、本土から切り離された小島にあるティルスまでの海を埋め立てて道で繋げようと、来る日も来る日も部下たちに巨大な石を海中へ沈めさせた。一方のティルス人は、夜になると海へ潜り、沈められた石にフックを結びつけて海の中から引き上げた。七年にもわたって、ティルスはギリシャ軍の包囲に耐えた。が、最後には裏切りに遭った。さて、きみの挑戦が成功することを祈っているぞ、ヴァージル博士。もし船が必要になったら、いつでも――」彼はそれ以上何も言わなかった。

物語が唐突に終わったことがすぐには受け入れられず、二人はぽかんとした顔でエベド＝サフィールを見つめていた。〝赤い男〟は二人にそっけなく会釈をし、外套を体にきつく巻いて部屋を出ていった。

「どうしたんだろう、急に……?」思わず立ち上がったクレメンスが、あっけにとられて尋ねた。

「一族の古い記憶を語っているうちに、感情が昂ったんだろうか?」

ヴァージルが首を振った。「それだけじゃない。きっと何か深いわけがあるはずだ」

「いや、だって……」

「ひどく疲れる一日だった。今日はもう泊まっていくかい?……そうか、帰るのか。それなら、わたしは失礼して寝室へ引き上げさせてもらうよ。明日やらなきゃならないことが山ほどあるんだ」

自分がどれほどくたびれきっていたのか、ヴァージルはそのときになって初めて気づいた。疲れすぎて何も感じなくなった体を引きずりながらベッドに潜り込んだ。雑音の聞こえる暗闇に飲み込まれてしまう間際に、一つの考えが頭に浮かんだ――といっても、はっきりしたものではなかった。眠りという黒く柔らかい外套に一刻も早く包まれたいと願いながら、そのぼんやりとした考えを懸命に追いかけた。ついには、ほんの一瞬だけ、鮮明に見えた。輪《リング》だ。〝赤い男〟のはめていた指輪《リング》……。その画像がぼやけて消えた後、どうしてそんなものが頭に浮かんだのだろうと、薄れゆく意識の中で不思議に思った。ほんの一瞬しか目にしなかったのに……よく覚えていない……思い出せない……何だったか……コルネリア……指輪が……〝そこを行くのは誰だ？〟ヴァージルは声を出さずに問いかけた。真鍮の頭像の真鍮の唇が動いた。

だが、そこには静寂しかなかった。

第六章

翌日届いた招待状には、小型の肉牛の皮をまるごと剝いだのかと思うほど大きな羊皮紙が使われていた。〈シュビラの書〉（古代の神殿の巫女〝シュビラ〟たちが受けた神託をまとめた何巻もの詩集）が全部書き写せそうなほど広い紙面には、たっぷりと行間を空けてほんの数行しか書かれていない。これはまたとんでもなく丁重なお招きだな。ヴァージルは、まさか自分がナポリのドージェ閣下の家臣たちにこれほど重要視されているとは夢にも思わなかった。風呂から上がったばかりで、絡まった巻き毛のあちこちに水滴の光るクレメンスでさえ、その書状には感銘を受けていた。

「おれまで招待するぐらいだから、どれだけきみを高く評価してるかがわかるってものだよ」クレメンスは言った。「なにせ、前に一度だけドージェに呼ばれたとき、おれは面会時間の最短記録を作ったからな」

「どういうことだ？」

「ドージェから『おれのために金《きん》を作れ』って言われて『嫌です』って言ったら『帰れ』って言われたんで、帰ってきたんだ……。まったく運のいい男だよ、運命の女神たちのおかげで新しいドージェになれたんだから。所領の統治に関する業務は、自分よりも頭のいい部下たちに全部任せきりなんだ。もしもドージェじゃなくて荷車の御者になっていたら、きっと毎日のように道を塞いで混乱を引き起こしていたにちがいない。どれどれ。ふーむ……ふむ。〈鹿狩りの催し〉か。騎士階級の方々は仰々しいことをなさるものだな、たかだか鹿を殺して肉をさばくだけのことなのに。まあいい、そのおかげであいつらの便通がよくなって、おれとは関わりのないことに夢中になってくれるなら大いに結構。それに、〝コウノトリの王より丸太の王〟と言うだろう？（イソップ寓話より。自分たちの王を求めた蛙たちにゼウスが丸太を与えると、もっと強い王が欲しいと不満を言い、コウノトリを与えると、一部の蛙が食われた。三たび助けを求める蛙たちにゼウスは、おまえたちの望んだ結果だと言った）まあいい、きっとうまい朝食を食わせてもらえるだろう。それなら楽しみだ」

　今回の鹿狩りは、カルススのコルネリア王太后の帰還と、帝国南部の偉大なる地方総督アンドリアヌス・アグリッパ閣下の来訪を記念し、ナポリのドージェ閣下が主催するという。狩りを指揮するのは、モドゥス王の子息である名高きポイボス伯だ。〝追跡の一番大将〟とも呼ばれる伯は、この鹿狩りのためだけにナポリを訪れるのだそうだ。これほど重要な催事ともなると、当然のことながら〈馬飾り屋通り〉の廏舎にはそれにふさわしい上等な馬などいるはずがなかった。ヴァージルがこの点を思い悩むだろうことは、初めから折り込み済みだったらしい。招待状が届いて一時間もしないうちに外の通りが騒がしくなり、真鍮の頭像が〝ドージェの部下たち〟の来訪を告げた。

　深緑の胴衣《ジュポン》にぴったりしたタイツといういでたちの日焼けした男は、今回の鹿狩りの担当下士官だと名乗った。「そして、こちらはナポリのドージェ閣下の馬丁長です。ご高名なヴァージル博士と、もう一人のご高名な博士……ああ、失礼」彼はクレメンスに向かって帽子を軽く持ち上げた。「お二人がこちらの廏舎の中から馬を選ぶお手伝いにまいりました。もしもふさわしい馬が一頭もいない場合は、この者が別の馬を十二頭か二十頭ばかり連れてまいります。おい、そうだな？　費用はすべてドージェ閣下が負担されます。馬の鞍やその他の馬具類も同様です」そう告げた下士官は、通りかかった売春婦に投げキスをしたり、唇を鳴らしたりするのだった。

こうしてヴァージルとクレメンスは鹿狩りの当日、かなりの早朝からヴェスヴィオ山の手前の、ソンマ山にほど近い〈ディア・パーク〉へ赴き、そこに設営された仮設小屋《パヴィリオン》で朝食を摂っていた。まだランプに火が灯り、〈スカルデリーニ〉と呼ばれる炭火の火桶が冷え込んだ早朝の空気を温めていた。現在のナポリのドージェであるタウロは、かなり大柄で毛深い男だ。ヴァージルとクレメンスに向かって毛むくじゃらの大きな手を振ったものの、硬そうな黒い髭に朝食の全種類の料理くずをくっつけ、口いっぱいに食べ物を詰め込んでいるせいで声をかけることはできなかった。コルネリアはヴァージルに対して、嫌いではないがあまりよく覚えていない相手に向けるような、小さな愛想笑いを浮かべただけで、ゆっくりホットワインを飲んでいた。そこに集まっていた貴族階級の面々も、尊敬と物珍しさの入り混じった視線を向けるだけで、誰もヴァージルたちに話しかけようとはしなかった。その役回りを買って出たのは、細身で物腰の丁寧な男だった。目端《めはし》も利けば鼻もよく利く、無関心な皇帝と無能なナポリのドージェのあいだを繋ぐ聡明で有能な存在、帝国南部の地方総督、アンドリアヌスだ。

「賢人のお二人は、どんな料理がお好みですか?」彼は話しかけた。「『パンのないところに哲学なし』と言うでしょう? わたしなら、まずはこちらの、オレンジウッドの薪で焼いたあつあつのパンをお勧めします。ケーキよりおいしいですよ。ケーキももちろんありますけどね。ホットワインを一杯、いかがですか、ヴァージル博士? それとも、スパイス入りの温かいビールのほうがお好みですか? このすばらしくおいしい蜂蜜を加えるといいですよ。焼きチーズも試してください、クレメンス博士。帝国領の牧場で作ったものです。こちらの大きなグリル・ソーセージは三人で分けませんか？　仔牛と仔豚の肉を使っていますから、それはもう柔らかいんです。かといって、濃厚なクリームを載せた焼き梨も、手をつけないわけにはいきませんね。その後には――ああ、なんてことだ」彼は、ほんのわずかに声を落として言った。「どうやら〝雄牛《タウロ》〟が大きな鳴き声を上げるようですよ」

　ナポリのドージェは大きく見開いた目で三人を凝視し、立派な顎で料理を激しく咀嚼しながら、ずっと彼らに何やら身振りを送っていたのだが、ついにテーブルを離れ、足を踏み鳴らしながら近づいてきて、ヴァージルとクレメンスの肩を叩いた。口に詰め込んだ料理は、歩いてくるあいだにほとんど飲み込んでいた。「時間を無駄にするな！」彼は低く吠えるような声で命じた。「あれも鹿狩りと同じぐらい重要だ。明日になったら――作業に戻れ。何のことかって？」――ドージェは周りを確認してから、密かに陰謀を打ち明けるかのように声を落として言った。「何のことかって？　おれの従妹の娘が――レディ・ラウラが――カルススを発ったきり――三ヵ月前にだ――今どこにいるかわからない。ほら……これを見ろ！」ドージェは濃い胸毛の中を探って、提げていた太い金のチェーンを引っぱり出し、そこについているロケットを開いて見せた。中には象牙板に描かれた小さな肖像画が収まっていた。「な、きれいだろう？　はあ……」

　ちょうど大人になりかけた年頃の少女の顔を披露しながら、まるで自分の所有物であるかのような口調で説明した。「彼女の祖父も、以前はナポリのドージェだった」みなが存分に肖像画を堪能したのを見て、ドージェのタウロはロケットをパチンと閉めて、大きな声で言った。「だから、必ず作れ――何のことかはわかるよな？――急げ！　彼女の居所を突き止めるんだ！　おれが直接乗り込んでやる。そこで見つけた連中はみな、こうしてくれる……」彼はひとしきり何かを引き裂くような動作を見せてから、偉そうな足取りで自分の席へ戻り、まったく同じ動作で雌鶏の姿焼きを手で割き始めた。すると、コルネリアと狡猾なアグリッパのあいだで、奇妙な、静かな視線が交わされた。

蜂蜜入りのホットワインに口をつけたヴァージルの耳に、周りの会話が途切れ途切れに届いた。

「シロハヤブサが何羽かと、雌のハヤブサが一羽……まるまると太ったヤギに、ときには大きめの雌鶏が獲れることも……最高の獲物……」

「野ウサギは?」

「そうだな……まあ、週に一度ぐらいは、野ウサギも」

「ドージェの狩場は餌が豊富だから、獲物がいつも立派だ。そうとも。狩った雄鹿をここへ運び込んで皮を剥いだら、どんなに痩せたものでも脇腹に二インチは脂肪を蓄えている」

「女神ヴィーナスの名にかけて! どうりで、ドージェは食べているか、女と寝ているとき以外は、狩りに明け暮れるわけだ」

ヴァージルはアグリッパと目が合った。アグリッパが言った。「ここに集まっている者たちが、同じだけの熱意を堅実な財政政策や満足な給水設備の整備に向けてくれさえしたら……。ヴァージル博士、これから狩り場へ向かう小道の途中に、パヴィリオンがもう一つあるんです。あなたがわたし以上に狩りに情熱を燃やしているのでなければ、後でそこに立ち寄ることをお勧めします。あなたさえよかったら、先ほどドージェが話していた案件について、そのときわたしから詳しく説明しましょう。それまでは、この話には触れないでください。さて、せっかくの朝食です。水とナプキンを持った使用人たちが出てくる前に、どんな料理を取ってきましょうか? ヒバリがおいしそうでしたが、アユも捨てがたいですね。わたしにお任せいただけますか、博士。見つくろってきます」

コルネリアがまた彼らのほうを見ながらワインを口に含んだ。が、今回は笑みを浮かべていなかった。その顔は真剣で、落ち着いていて、不可解で、美しかった。そして、今はヴァージルがまったく目に入らないようだった。

　鹿狩りの参加者たちが朝の爽やかな空気の中へ踏み出したとき、草はまだ朝露にきらめいていた。が、どこかで鳥たちが愛の歌をさえずり合っていたとしても、とても聞こえそうになかった。人も馬も、馬を引く馬丁たちも、ざわざわしながら待機していたし、グレイハウンドやハウンド・デ・モタ――獲物を追い立てる犬と、臭いを追跡する犬――は、犬の訓練士や犬使いたちの日給であるオボルス銀貨一枚分の働きをしようと、さっそく吠えたてていたからだ。そこには、例の狩り担当の下士官もいたし、馬係の従僕に弓係の従僕、森の管理人にパークの管理人、そして猟犬たちが集まっていた。追跡猟犬《ライム・ハウンド》たちは気がはやるあまり、黒くほっそりとした首に繋いだ〝ライム〟と呼ばれる長さ一ファゾム半の馬革の紐をピンと張り詰めていた。一方、白と茶色の雌の探索犬《ブラッシェ》たちは、ゆったりと休んでいた。馬の尾を編んだ紐で二匹ずつ対《つい》に繋がれ、三対をひと組として、疲れたときに交代できるよう、いくつかの組が編成されていた。

　こうしたハウンド犬たちは、嗅覚で獲物を嗅ぎつけ、歌うような深い鳴き声で居場所を知らせる。だが、グレイ一色、あるいは灰色と白の混じった大型犬のアーラントはちがう。狩猟だけでなく戦場にも駆り出されるアーラント犬たちは、視覚のみで獲物を見つけ、黙って追いかけるのだ。

　なごやかな雰囲気に包まれていた混乱とざわめきは、今回の狩りを指揮するポイボス伯の登場によって静まった。ポイボス伯は薄い口髭を撫でてから前に歩み出ると、犬を一匹一匹見て回り、美しい金髪の頭を深く下げながら犬たちの足を順に手に取っていった。「きっとこの場には、おれ以上に鹿狩りに無知なやつなどいないんだろうな」クレメンスが言った。

その発言を聞いていた狩りの担当下士官が、同情するように話しだした。「では、説明いたしましょう。〈シルヴェストルス・タントゥム〉つまり〝狩猟の野獣〟あるいは〝森の野獣〟と呼ばれる動物は、全部で五種類います――雄のアカジカ、雌のアカジカ、野ウサギ、イノシシ、そして狼です。ここに普通の鹿は含まれません。なぜかって？　鹿は〝野の野獣〟だからです。一方〝森の野獣〟は、日中は大きな茂みの中で過ごし、森の中にそれぞれの秘密の場所を持っています……よろしいですか？　そして、夜になると野原や牧草地や、餌が豊富な場所に出てきます……そこなんです、大事なのは！　〈ディア・パーク〉という呼び名を聞いた方は『鹿《ディア》の公園《パーク》とは何だ？』と不思議に思われますが、緑の草地が広がっていて、狩りの対象となる動物が棲んでいて、囲われた場所――それがこの〝狩猟場《パーク》〟なのです。一方、普通の森や、一般的に狩りが行われる場所はどうでしょう？　獲物はいるかもしれない、緑の草が生えているかもしれない、その両方を満たしているかもしれない。ですが、囲われていないのです。ええ、そうです。このパ、ー、ク、だけが、三つの条件をそろえているのです」

ちょうどポイボス伯が猟犬の確認を終え、犬使いたちを前に呼び出していた。伝統にのっとった質疑に答えるために、そのうちの一人がさらに一歩前に出て立った。

「犬使いよ、昨夜のうちに狩り場を歩いて下調べしたか？」

「はい」

「土を踏んだ跡や歩いた跡、臭いを消した跡、その他何かしらの痕跡は見つけたか？」

「土を踏んだ跡と歩いた跡を見つけました」

「踏んだばかりだったか？　足跡は続いていたか？　残った足型は踵からつま先まではっきり目視で

きたか？」

「はい」

「蹄の形状をじっくり調べた結果、獲物は狩猟条件に適っていると判断できるか？　雌のアカジカでも、普通の雄鹿でも、若い鹿でもなく、まさしく適齢の雄のアカジカだったのか？」

「はい……」

　ポイボス伯は次にパークの管理責任者を前に呼び、そのアカジカの足跡を見つけて調べたかと尋ねた。アカジカが牧草地を踏んだ蹄の跡から、どこを隠れ場所としているか、体長はどのぐらいかが推定できるからだ。いかにも経験豊かで信頼できそうな管理人の男は、気安い口調で自信たっぷりに、調べたと答えた。足跡を見つけた場所がわかるように地面に線を引き、アカジカの角で削られた木の幹にも目印をつけてきたと。また、アカジカが全速力で小道を駆け抜けるのに備えて、道の途中に網や罠を張り、見つけにくい脇道に逸れないよう、束ねた羽などのさまざまな鹿よけを吊るしておいた。さらには、獲物に気づかれずに襲いかかれるように、何ヵ所か待ち伏せ地点を設け、従僕たちがすでに待機していると報告した。

　ポイボス伯は再び犬使いたちに尋ねた。「アカジカの排泄物は見つけたか？」木の葉に載せた、きれいな状態の糞が差し出された。ポイボス伯はそれを観察した後、表情をやわらげてほほ笑んだ。「体が大きく、健康なアカジカにちがいない、そう思わないか、犬使い？」（「はい、たしかにそう思います」の返事）「では、鐘を鳴らし、犬たちを組み分けせよ」

　甲高い鐘の音が震えるように響き渡り、狩り人たちはそれぞれ馬に乗り、猟犬たちは三つの組に分けられた——先駆け組、中継ぎ組、そして仕上げ組だ。こうして、角笛の音とともに狩りが開始された。

　狩りに参加している馬上の男たちは、みなゆったりとした緑色の衣を着ており、馬を駆っているうちに帽子が飛ばされないよう、顎の下で紐を結んでいた。ヴァージルは先ほどのアグリッパ地方総督の話が気になっていたものの、ひとまず考えないことにして、この贅沢で儀式的な催しに集中した。アカジカを仕留めること自体は趣味に合わないし、何の喜びも感じないが、初めての体験には興味を持って臨むべきだと思ったのだ。それに、何かに神経を注いで体を動かしているあいだは、絶え間ない喪失感と悲壮感から逃《のが》れることができた。

「犬使いよ」乳白色の馬に乗ったポイボス伯が呼びかけた。「犬たちに追跡を開始させよ」

「ホー・メイ、ホー・メイ、隠れ場所を探せ、探せ、探せ！」それぞれの犬種の犬使いたちが大声で指示を出した。犬たちが広がった。ライム・ハウンドとブラッシェは懸命に臭いを嗅ぎ、アーラントはじっと目を凝らしていた──すると、痕跡を見つけたハウンド犬たちが我先にと一斉に吠えだし、繋がれている紐を引っぱった。犬使いたちが喜びの声を上げた。

　すぐに猟師の男が駆け寄ってきて、「通った形跡と足跡！」と叫びながら地面に伏し、顔を近づけてさらに詳しく調べた。やがて、悔しそうな表情を浮かべて立ち上がり、指を二本立てて見せた。うめき声が漏れ、「なんだ、〝いたずらっ子〟か！」「いや、きっと〝愚か者〟だ！」との声が上がり──狩猟が許可されている年齢よりも若いアカジカの足跡だったのだ──一団は先へ進んだ。だが、今度はアーラント犬の目が、ハウンド犬たちの嗅覚が見逃したものを捉えた。またしても猟師の男が地面に伏し、新しく見つかった足跡を調べた……今回は慌てたように飛び起き、表情を輝かせながら、指を四本上げた。

「四本、四本、規定以上の四本！」

　足跡の窪みは、猟師の指四本分の幅があった。三本以上という規定を越えている。「獲物を隠れ場所から追い立てろ！」狩りを指揮するポイボス伯が叫んだ。犬たちが足跡をたどって先へ進み、徒歩の者も馬上の者も犬たちの後に従った――叫び声が上がり、何かがぶつかる音がした。お目当ての〝パークの草を食んで育った巨大な雄のアカジカ〟だ。大きく広がった角を冠のように頭上にいただいたアカジカは、隠れ場所で休んでいたが、立ち上がると走って逃げ出した。

「そら、逃げたぞ！　そら、逃げたぞ！　ここだ《エッコ》、ここだ《エッコ》！」

　獲物を隠れ場所から追い出した合図に、角笛が二度鳴らされた。続いて、追跡犬たちの最初の組が解き放たれた合図に三度鳴らされた（ドージェ、ポイボス伯、担当下士官の順で鳴らしていった）。さらに、下士官のみが角笛を四度鳴らしたのをきっかけに、ついに本格的な追跡劇が始まった。まずはアカジカが堂々と頭を上げ、まるでつややかな緑の絨毯を敷いた廊下を走るように、軽い足取りで木々のあいだの草の上を駆け抜けていった。そのずいぶん後から、最初の組のライム・ハウンド、ブラッシェ、アーラントが追いかけていく。続いて、馬に乗った従者たち、長い金髪を風になびかせたポイボス伯、膝と肘を外向けに広げて黒い雄馬の背にまたがり、身をかがめたドージェのタウロ、まるで庭園の椅子に腰かけているかのように危なげなく（そして、いつもと変わらず深刻そうに、美しく、無関心な様子で）横乗り用の鞍に脚をそろえて座っているレディ・コルネリア。そのさらに後から、残りの犬たちを連れた犬使いたちと、その他のさまざまな人々が続く。

「鹿《セルフ》！　鹿《セルフ》を発見！」

「若いアカジカ《スタッガート》、発見！　雄のアカジカ《スタッグ》、発見！　鹿《セルフ》、発見！」

　どうやら目当てのアカジカは単独で逃げているのではなく、より若い二頭――スタッガート（四歳のアカジカ）かブロケット（三歳以下のアカジカ）――と一緒らしい。「やつは〝いたずらっ子〟と〝愚か者〟とともにいる」との声が上がった。ほかにも「若き従者たちを追い払え！」――体のより小さい鹿たちのことを指しているらしい――「〝いたずらっ子〟どもを切り離せ！」などと言い交わしている。〝若き従者たち〟を切り離して追い払うと、巨大な雄のアカジカ《スタッグ》は単独で逃げ続けた。犬使いたちが叫ぶ。

「列に戻れ！　列に戻れ！　ソー・ハウ、ソー・ハウ！」別の犬使いがしなやかな鞭を振り下ろし、〝愚か者〟を追って一団を離れた若い犬たちを牽制した。その鞭の効果か、犬たちを呼び戻す〝トルルル、トルルル、トルル、トルル〟という角笛の合図が聞こえたのか、犬たちは元の列に戻ってきた。

「前進だ、諸君、前進！」

「前へ！　前へ！」

「気をつけろ、みんな、気をつけろ――慎重にいけ、みんな、慎重に、慎重に！」

「エッコ、エッコ、エッコーーーー！」

　そしてまた、犬たちを呼び戻す〝トルルル、トルルル、トルル、トルル〟という角笛、ハウンド犬たちの吠える声、重々しい馬の蹄の音、何を言っているかわからない叫び声、風の音……。

　それでもなお巨大なアカジカは、立派な角を高く掲げて、猛スピードで走り続けていた。追跡者たちとずいぶん差が開いたので、一瞬足を止め、状況を確認しようとその場に立って後ろをじっと見た。すると、またいきなり駆けだし、茂みの中へ身を隠して完全に見えなくなった。

　獲物の行方を尋ね合う角笛が鳴った。

左方向に、鹿を待ち伏せしている従僕と、例のもう一つのパヴィリオンを見つけたヴァージルは、狩りの一団から抜け出すと、馬に乗ってパークを横切り、そちらへ向かった。待ち伏せ場所は〝待機基地〟と呼ばれており、ヴァージルがそこを通るには、待ち伏せ中の従僕にいったん網やら罠やらを取り外してもらわなければならなかった。パークの構造上、目当てのアカジカはいずれ必ずこの小道の〝基地〟を通るはずだ。近くには待ち伏せ組のハウンド犬たちが待機しており、とどめを刺すのに助けが要る場合に備えて、石弓を持った従僕たちもすぐ飛び出せる態勢で潜んでいた。太陽はすでに高くのぼり、気温も上がってきた。が、パヴィリオンの中は涼しく、薄暗く、床には香りのいい緑の香草が敷きつめられ、壁は切り出したばかりの青々とした木の枝でできていた。部屋の中には果物と冷たい飲み物と、絹のクッションを並べた長椅子が置いてある。

　そこにコルネリア王太后、そして南部地方総督のアグリッパがいた。

「正しい判断をされましたね、マグス殿」それまで明らかにコルネリアと何やら小声で秘密めいた話をしていたアグリッパが、そう言いながらヴァージルを出迎えた。「わたし個人としては、あれ以上猟犬たちの後を追っていたら、思わず叫びだしていたことでしょう。もうたくさんですよ。ああいう行事のいいところは、愚かな上流階級の者たちを楽しませ、悪だくみや陰謀、扇動、反逆——ある意味では、人間の生み出す芸術《アート》——から目をそらしておけることです。そうしたものの代わりに自然《ネイチャー》を楽しみ、結果としてすべての者が幸せになる。もちろん、あのアカジカを除いてですが。かの短気な古代イスラエル人、サムエリデスの言葉を借りるなら、あのアカジカの運命は〝すでに詳細まで定められて〟いて、どれだけ速く、あるいは遅く、どれだけ遠くまで逃げたところで、その運命から逃《のが》れることはできないのです」

コルネリアがヴァージルのほうを見た。彼女の視線に、初めて弱さを感じた。ヴァージルが口火を切った。「あそこまでなさる必要はなかったでしょう」彼はコルネリアに向かって言った。「まったく必要のないことです。あんなことをしなくても協力したのに。そのことは、あなたもよくわかっていると思っていました。わたしがあなたの心のほんのわずかな部分しか占めていないのだとしても、そのことはわかってくださっていると」

彼女は素早く、まさに素早く首を振った。そして、聞き取れないほど小さな声で言った。「わたしの心のすべては、けっして会ってはならぬ方に差し上げた……それから、そなたの指摘だが、わたしはわかっていなかった。そなたがそんなふうに思ってくれていたとは、全然知らなかった。すまぬ。だが、一度行なったことは取り消しようがない。すでに物事は動き始めているのだから」

「裸で怯えているわたしを見て、さぞ蔑まれたことでしょうね」

彼女の目に抗議の色が浮かび、結んだ唇はヴァージルの言葉を否定していた。「そなたが示してくれた友情と敬意を嬉しく思う」彼女は言った。「あんなことをしたせいで、それが永遠に失われていないことを願っている。だが、わたしにはもはや、ああするしかなかったのだ」彼女の視線と思考は遠くへとさまよい、まるで見知らぬ海や海岸を眺めているかのようだった。「わたしを長く繋ぎ止めておける男は一人しかいない。あの方のためなら、わたしはどんなことでもしよう……どんなことでも……ただ一つ、あの方がわたしに望んでいることを除いて……」ヴァージルは、ふと頭に浮かんだ〝トゥーリオのことか?〟という疑問を〝いや、そんなはずはない〟と打ち消したが、〝では、誰のことだ?〟という疑問の答えは見つからなかった。

皿のぶつかる音がして、コルネリアははっと顔を上げた。まっすぐヴァージルと視線を合わせた。

「すまぬ」彼女は言った。「だが、どうしてもあの鏡を作ってもらわねばならないのだ」

アグリッパは奥のテーブルへ移動して料理を物色していた。さまざまな果物を選んでボウルいっぱいに盛りつけ、雪で冷やした飲み物を杯に注ぐと、ヴァージルのもとへ運んできた。そうして、小さなテーブルを挟んでヴァージルと向き合うように椅子を持ってきて腰を下ろした。懐に忍ばせた金色の箱から宝石で装飾された小さなナイフを取り出し、梨の皮を剝いて四つに切り分けていく。

「博士、今の時代において、地方を統治する立場にある者たちのあまりの無知と頭の固さときたら、真に教養ある者にはとうてい理解できるものではありません。わたしなどは、ナポリのドージェの狩り場、パーク、森、小動物の群生地、そして獲物となる獣たちを保護するためだけに、毎年いったい何千デュカットの金がつぎ込まれているかと考えるだけで、ぞっとしますよ。そのくせ、帝国の道路網を維持するためにと、それぞれの領地内を通る距離に応じたわずかな分担金を徴収しようとしたとたん――ああ、ヨベ（ローマ神話の神、ユピテルの別名）よ、わたしにご加護を！――それはもう、大声で怒鳴るわ、泣きわめくわの大騒ぎですよ！」

ヴァージルは慎重に言葉を選びながら言った。「地方総督閣下、道路というのは、帝国にとっての動脈と静脈そのものです」

アグリッパの目がきらりと光り、思わず何か言いたそうな表情を浮かべた。が、またすぐに元の表情に戻り、口を開いたときには、いつもどおりに本心を見せない、用心深い声で言った。「ええ、おっしゃるとおりです。それなら、博士、あなたもよくおわかりでしょう。わが帝国と同盟国や連合国の――さらには、西洋の文明世界そのものである、この〈オイコノミウム〉全体の――平和と繁栄のためには、道路を利用した人の往来をけっして止めてはならないと。

　わけてもローマ街道は重要度の高い道路です。レディ・ラウラ——連合国カルススの現国王の妹ぎみ——ほどの重要人物でさえ街道を安全に旅することができないとしたら、いったい誰が通れるというのでしょう？　山賊行為を見過ごすことはできません。あの街道の途中のどこかに、われわれ全員の安全を脅かすものが潜んでいるのです。皇帝陛下が——そうです、〈尊厳ある皇帝《アウグストゥス・カエサル》〉（名前ではなく皇帝の称号）おんみずからが——その危険がいったいどこにあるのかを突き止めよとおっしゃっています。それも、すみやかに。さて、博士、わたしたちはあなたの力、あなたの魔法と科学の力を借りて、その地点を割り出したいのです。引き受けてもよいと思われるまで、ダカット金貨を何袋も積み上げて交渉するような侮辱的なまねはいたしません。皇帝陛下がご用意くださるというものを、あなたがすでにお持ちでないとは限りませんから。ですが……」

　アグリッパはそこで間を置いた。笑みを浮かべ、肩をすくめる。「あなたにだって、今お持ちでないものがないとも限りません」そう言って、皮を剥いた果物の皿を差し出した。ヴァージルは皿を受け取り、ひと切れを口に運んだ。果物はよく冷えていて甘く、果汁をたっぷりと含んでいた。狩りを続ける喧噪と角笛の音が、ぼんやりとくぐもって耳に届いた。

　しばらくしてヴァージルが言った。「そうですね、地方総督閣下。今のお話をしっかりと心に留めないのは、とても愚かな行為ですね」

　アグリッパは返事代わりに短く息を吐いて、その話題を終了させた。「さてと、狩りがどうなったか、見に行くとしましょうか」

坂を下ったずっと遠くで、茂みの中からアカジカが出てくるのが見えた。その位置と距離を知らせる角笛が鳴らされた――長音二つ、次に短音二つ、長音二つと短音一つ。アカジカはハウンド犬たちの嗅覚を混乱させようと、丈の高い草の中、低い草の中、大きな木の下、陰の多い谷間の低いほうへと、何度も行ったり来たりしながら移動していた。葦の茂みに身を隠そうとしたものの、思い直したのか、川の中へ入って下流へ進み始めた。角笛がそれを知らせた。アカジカは臭いを消しながら川を下り、見えなくなったが、引き返してきてまた岸に上がり、そこにいた徒歩の従僕を脅かした。角笛が危険を知らせた。アカジカは従僕から離れて走りだしたが、今度はハウンド犬たちが吠えながら後を追った。暗い顔をした灰色のアーラント犬たちは、押し黙ったまま追いかけていた。

　余裕を失い始めたアカジカは、避けきれずに折った木の枝や、口からこぼれ落ちた泡の粒など、さまざまな痕跡を残すようになっていた。さらに、柔らかな地面についた足跡は、前よりも大きく広がっていた。疲れてきた証拠だ。そして硬い土の上でさえ、副蹄（蹄の後ろの爪のようなもの。鹿の副蹄は高い位置にあるので、普段なら地面につかない）のつけた窪みが見られるようになった。足を痛めているらしい。すでにハウンド犬たちはアカジカの臭いをはっきりと捉え、訓練されたとおりに声をそろえて吠えていた。最後の〝仕上げ組〟を投入するタイミングだ。角笛が長く引き伸ばした音を鳴らした。汗で毛並みが真っ黒になったアカジカは、よろめきながらようやくパヴィリオンのそばまでやって来た。ついに待機していた犬たちが放たれ、鹿はその一群を避けようと向きを変えた。

「茂みに隠れるぞ！　身を潜めている！　地面に伏している！」角笛がアカジカの足取りを伝える。アカジカは体を起こし、こわばった足で走りだした。「ハウ、ハウ、そこだ、そこにいる！」そうしてついにアカジカは泡を噴きながら姿を現し――首《こうべ》を垂れ、口は黒ずんで渇き、茂みに背を向けて犬たちと対峙した。時おり前足を蹴り出したり、角を振りかざしたり、ただ睨みつけたりしている。角笛が鳴った。「犬と向き合っている、向き合っている、姿を現して、向き合っている！」狩りの担当下士官がアカジカの背後から近づき、その喉を掻き切った。「後ろ脚に気をつけろ！」——犬使いが鞭を鳴らして犬たちを後退させ、角笛が鳴らされた。アカジカは地面に倒れ、立ち上がり、また倒れ、脚を激しく蹴った。犬使いがアカジカの血に浸したパンを若い犬たちに投げてやった。アカジカは最後にもう一度宙を蹴ったきり、動かなくなった。獲物を仕留めた合図に角笛が鳴らされた。

ヴァージルはいつの間にかコルネリアとアグリッパに挟まれて立っていた。「わたしがそなたにしたことは」彼女は真剣な口調で早口に言った。「追い詰められてのことだ。そなたを傷つけるつもりはなかった。ほかに手段が思いつかなかったわたしの弱さのせいだ。だが、今そなたに誓おう。例の鏡に映ったあの子の顔を見ることができたら、すぐにそなたから奪ったものを返す。この言葉に偽りがあれば、あのアカジカのように絶命してもかまわぬ」彼女は懸命に目でヴァージルに懇願した。

ナポリのドージェはアカジカの見事な角を摑んで体を仰向けにひっくり返した。「さてさて！」大きな笑みを浮かべながら、大声で言う。「誰が前足を押さえて、誰がペニスを持って、誰が最初にナイフを入れる？」

アカジカが脂肪をどれほど蓄えているかを調べるために、参加者の一人の年少の息子が最初のナイフを入れて腹を開いた。ヴァージルは、最後にもう一度アカジカに目を向けた。そこにあるのは自分の姿であり、自分の置かれた窮状そのものだ。逃げ出すことはできる。だが、逃げきることはできない。

第七章

ヴァージルは白い乗用馬に、クレメンスは焦げ茶色の丈夫そうなラバに乗り、並んで走っていた。ラバは時おり意地悪そうに片目を背中に乗ったクレメンスのほうへ向け、ずらりと並んだ黄色い歯で噛みつこうとするのだった。道の両脇はイトスギ並木で、ところどころに墓石が立っている。二人は速度を緩め、ある墓石のラテン語の碑文を読んでみた。

さらば　ユリア　最愛の妻
永遠に　達者で

「心を動かされる言葉だなあ」クレメンスが言った。「おれに動かされるような心があるとすればだが。どうせこの夫婦も生前は喧嘩ばかりしていて、夫は嬉々としてここに妻を埋葬したんだろうよ。ところで、帝国政府公式の渡航証明書は発行してもらえたのか?」

ヴァージルがうなずいた。どこか見えないところで、羊飼いが犬に向かって口笛を吹いた。犬が応えるように吠えると、羊たちの大合唱が聞こえ、群れのリーダーである去勢された雄羊の首の鈴がガランガランと鈍く響いた。

アグリッパの部下の書記官には、怪訝そうに何度も考え直すよう勧められた。「よろしいですか。実のところ、帝国の巨大船団と行動をともにするのでない限り、どんな書類を持っていようと何の意味もないのですよ。〈海のフン族団〉は、まず真っ先にあなたたちの船を襲い、すべてが終わった後に初めてその書類を読むのですから……いや、そもそも読みもしないでしょう。読める者など一人もいないかもしれません。来年の船団の出航まで待てないのですか？」

「時間がないんだ」ヴァージルは答えた。

心配そうにしていた書記官が、突然安堵の表情を浮かべた。「ああ、なるほど！　魔法の力を使うのですね！　やつらの船とのあいだに何らかの障壁を立てて、ご自分の船が見えないようにするおつもりでしょう。あるいは、やつらの船の帆が張らないように風を止めたり――あるいは、オールを重くしたり――あるいは――あるいは、そのようなわざを使うのでしょう？」

「そうだな、必要となったら……そんな対策をとるかもしれない」ヴァージルのその言葉を聞いて、書記官は上質皮紙と羊皮紙に黒と朱色と紫色の文字で記した公式書類を用意してくれたのだった。紙面に押された印影や、皮紙を丸め、スリットに紐を通して結んだリボンに施された封蠟は、いかにも威厳を感じさせた。

その威厳が感じ取れるまで、〈海のフン族団〉が攻撃を待ってくれたらの話だが。

ラバがまた噛みつこうとしたので、クレメンスは大きな音を立ててその鼻づらを平手で打った。そのおかげか、ラバは頭を振った後はおとなしくなり、納得したのか言うことを聞くようになった。クレメンスはラバを叩いた大きな手で、前方を指さした。「おそらく、あれがヴィラの入口の門だ――それにしても、どうしてあそこだけ何もかも灰色なんだろう？」

グレイのシルクの衣を着て、鉄灰色の顎鬚の先を尖らせるように丁寧に刈り込んだトゥーリオが、灰色の軍馬に乗って門の前で待っていた。さらに、灰色のまだら模様のポニーに跨ったグレイの麻布の服の従者を二人従え、一般的には（イタリアを除いて）〝イタリアン〟と呼ばれる小型のグレイハウンド犬の一団が、彼らの周りを跳ね回っている。

「あの男が、コルネリアの家令だ。きみも知っているだろう。名前はトゥーリオという――わたしが以前ここへ来たとき、地下水路の扉を開けて助け出してくれた男だよ」トゥーリオが開けた別の扉については黙っていた。その扉を、再び閉ざされたことも。

クレメンスが言った。「どうしてきみはそんなに笑っていられるんだ？　おれなんか、近づけば近づくほど圧倒されるばかりだぞ」

ヴァージルは、これは病的な笑いなのだと説明したかったが、その時間はないとあきらめた。というのも、ちょうどトゥーリオの一団が出迎えにやって来たからだ。

「魔術師《マグス》殿、カルスス王太后であられる〝クイーン〟コルネリア陛下の名において歓迎する」トゥーリオが馬の上からお辞儀をした。

ヴァージルもお辞儀を返した。「トゥーリオ殿、感謝します。こちらはわたしの同僚のクレメンス博士です。冶金《やきん》術の知識に長けた博学な男であり、錬金術の第一人者です。また、音楽に詳しいほか、多岐にわたる分野において博識です。今回のご依頼に一緒に取り組んでくれるそうです」

トゥーリオの顔に、さまざまな表情がゆっくりと入れ替わるように浮かんでいった。クレメンスの称号と学識には感心したが、乗っているラバにはまったく感心しなかった。清潔できちんとした服装に身を包んでいるヴァージルに対して、クレメンスのいでたち――清潔でも、きちんとしてもいない

――には困惑をおぼえた。クレメンスの大柄な体形には満足した。しばらくして、すべてをじっくり検討した結果が出たというように、トゥーリオはうなずいた。クレメンスに向かって手短に挨拶の言葉をかけてお辞儀をすると、ヴァージルと一緒に一団の最後について門の中へ向かった。

コルネリアは、天井や壁や床が色とりどりの大理石でできた部屋の中で待っていた。明るい色の大理石は、部屋じゅうを満たしている柔らかな太陽光を受けるだけでなく、自らも光を放っているように見え、部屋の中央に置かれた彼女の（まるで王座のような）椅子もその光の中で輝いていた。今日のコルネリアは、身じまいにずいぶん気を使ったらしい。大きな樫の木の下で初めて会ったときに着ていた胸元の大きく開いた衣装とはちがい、襟の詰まった服の上に、金色の飾り紐を首に巻いている。二度めに会ったときの狩猟用の簡素な服装よりも女性らしい衣装は――カルスス風のデザインも取り入れているのか――力強さと華麗さを感じさせる組み合わせで、野蛮であると同時に上品でもあった。今ナポリで流行している柔らかさは微塵もなく、それはそのまま、彼女のはっきりとした性格を表していた。頬が輝いているのは、けっして化粧の成果だけではないはずだ。

「今日は、わたしのクイーンの称号は忘れてくれ」ヴァージルたちを迎え入れた後、コルネリアが切り出した。「ただのレディ・コルネリアとして接してもらいたい。もっと近くへ寄って座るといい。ワインを」まるで魔法を使ったかのように、あっという間にワインが運び込まれ、杯に注がれ、それぞれの手元に配られた。「あれから進展はあったか、マグス？　鏡作りを始める準備は、どこまで進んだ？」

ヴァージルはため息が出そうになるのをこらえた。「レディ・コルネリア、われわれの作業は、昨日に比べて一日分だけ完成に近づいております。明日には、キプロス島まで乗せてもらえそうな帝国の船を見つけられたらと思っています」

一瞬コルネリアの顔がぴくぴくと動いたが、すぐに収まった。「一日、また一日と過ぎていく。マグス、わたしの娘は危険にさらされているのだ――何の情報も入らないからといって、危険がないわけではない。どうしてそなた自らがキプロスまで赴いて時間を無駄に使うのだ？　魔法の力を使って、銅の鉱石をナポリまで移動させればよいではないか？　わたしの知っているネクロマンサー（死者や死霊を呼び出す魔術師）であれば――」

「失礼ながら、わたしはネクロマンサーではありません」

コルネリアの落ち着いた美しい顔が醜く崩れた。「そんな些細な呼び名のちがいぐらいでわたしを苛立たせるな、マグス！」彼女は声を荒らげた。「どうしても完成させねばという思いに苛まれているのだ。少しでも遅れれば、その分だけ死に近づく」

ヴァージルはかすかに頭を下げた。「わたしに可能な限り、全速力で作業を進めます」彼は言った。「ですが、作業を進めるのはわたしであって、ほかの誰でもありません――たとえレディ・コルネリアであっても、わたしのやり方を批判したり、変えたりすることはできません。もしもこのやり方に不満があるとおっしゃるのなら、わたしを解放して、ほかに協力してくれる人を探せばいいのです」

コルネリアは口をぽかんと開け、途方に暮れたような目でヴァージルを見ていた。肘掛けに置いた両手はわなわなと震えながら、先端に彫刻されたライオンの頭を掻きむしっている。トゥーリオが剣に手をかけた。クレメンスは、まるでうっかり持ち上げてしまったとでもいうように、大理石の天板のエンド・テーブルを片手で抱え上げた。

ヴァージルはその場を動かなかった。かすかに首を傾け、何かに聞き入っているように見える。差し込む陽光で明るかった部屋が徐々に暗がりに包まれていき、それまでいなかったはずのぼんやりとした人影がその薄闇の中を動く気配がする。何やらつぶやく声がいくつも聞こえる。部屋はますます暗く、見えづらくなり、ぼんやりとした人影は増えていった。

レディ・コルネリアは視線を左右に走らせた。口を開け、身震いをした。ヴァージルは、人影が一番多く集まっている部屋の片隅に顔を向け、首を振った。徐々に室内の暗がりは薄くなり、声は遠ざかり、奇妙な影のような集団は完全に消え去った。太陽は再び明るく、温かい光を大理石に降り注いでいた。

低く、苦しそうな声を不安定に震わせて、コルネリアが言った。「些細な呼び名のちがいをあげつらって、わたしを苛立たせたのが悪いのだ」彼女は顔を上げ、両手を振り上げた。「わたしはただの女だ、科学や魔術のことなど何も知らないのだぞ。マグス、そなたに言われたとおり、娘の宝石やよく使う装飾品を全部――旅に持って出たものを除いて全部――そこのテーブルの上に用意させた。どれでも好きなものを持っていくがいい。そちらへ運ばせようか？」

ヴァージルはうなずき、彼女の正面に置かれた細長い台の前に座った。コルネリアが指を鳴らした。すぐに左右から召使いが飛んできて、ヴァージルの目の前に箱や貴重品入れやさまざまな容器を、蓋を開けた状態で並べていった。

「真珠と宝石は使えません」ヴァージルは言った。「金属製のものでなければ効力がないのです」彼は珊瑚の首飾り、紅玉髄《カーネリアン》のビーズ紐、緑柱石《ベリル》の指輪と腕輪を脇へどけた。山積みになっていたルビーやエメラルドは、宝飾品に加工されたものも、石のままのものも、積み上げられた山ごと遠くへ押しやった。宝石がついていない金の指輪や腕飾り、それに銀のフィリグリー細工のブローチや耳飾りは残しておいた。「この中のものなら、どれでも効果はあるはずなのですが」そう言いながら、選ぶのをためらっていた。金や銀の宝飾品を探る彼の指の動きには迷いがあった。どれもちがう……どれも、しっくりこない。

　あるいは、期待していたほどには、しっくりこないのだ。

「レディ・ラウラは、ずいぶんたくさんの装飾品をお持ちなのですね――」

「カルススの前国王の娘だからな」コルネリアが言った。「さらには、現国王の妹でもある。ラウラの祖父は前のナポリのドージェだったし、祖母の祖父は皇帝だった」娘の血筋を伝えるコルネリアの顔は誇らしさに輝きだし、目がきらめいた。「宝石をふんだんに持っているのは当然であろう。それがどうかしたか？　たくさんあってはいけないのか？」

　ゆっくり、慎重に言葉を選びながら、ヴァージルはどんなものを探しているかを説明した――レディ・ラウラが特に好んで何度も身につけていたものだ。これだけ多くの宝飾品があったのなら、おそらく毎回ちがうものを選び、どれもそう何度も繰り返し使わなかったのだろう。選択肢が多いのだから、あれこれ試したいのも無理はない。だが、何かたった一つ、大事にしていたものはなかったのだろうか。今この台の上にないとしても、すぐ手近なところに。たとえば、お気に入りのピンとか？　いや、行方のわからない娘が頻繁に身につけていたものであれば、どんなものでもかまわない。

　コルネリアは、金色の小さなきらめきに囲まれながら、その説明を熱心に聞いていた。やがて、彼女はヴァージルには理解できない言語で何かを指示した。すぐに召使いの女が部屋を出ていった。ヴァージルが何気なくその姿を目で追ううちに、大理石のエンド・テーブルが目に留まった。さっきクレメンスが、まるでヤナギの小枝で編んだのかと思うほど軽々と持ち上げていたものだ。クレメンス。

そういえば、クレメンスはどうした？　部屋のどこにもいない。

召使いの女が老女を連れて戻ってきた——かなり年老いたその女は肩にショールを巻き、歩くたびに裸足の片方の足首につけた何かの飾りがチリンチリンと音を立てた。ヴァージルは、その老婆が鼻にリングをつけているのを見てぎょっとした。そういう風習があることは、話に聞いたり、文献で読んだりしていたが、実際に見るのは初めてだ。老婆は堂々とコルネリアの前に歩み出ると、どこか外国の言葉で無遠慮に話しかけ、小さな箱を差し出した。コルネリアは箱を受け取って蓋を開け、顔をしかめた。それから、ヴァージルに渡すようにと、別の召使いに渡した。

「この女は、娘の乳母だ」コルネリアが言った。「名前はデスフィヤシチャという——いかにも野蛮人らしい名だろう？——だが、実に優しく、誠実な老女だ。そなたと直接話ができればいいのだが、この者はカルススの言葉しか話せぬ。彼女が言うには、娘はまちがいなくそれを毎日のように身につけていたそうだ。娘がそんなものを持っていたことさえ忘れていたが、ひと目見て思い出した。ツァン・フォア、デスフィヤシチャ・ン、ラウラ・ツ？」

「アナー、アナー、パッシリッサ・ン」老婆はうなずきながら、元気よくそう答え、窪んだ小さな黒い目を鳥のようにきらめかせてヴァージルを見つめた。

「やはり娘のものだそうだ。これなら使えるか？」

それは、ブローチの形をした、使い古された小さな銅製のフィブラ（外套や衣などを留めるピンのついた金具）だった。ライオンが両前足を使って口の中に自分の尾を突っ込もうとしている絵が、ひどく稚拙に描かれている。しばらく肌着を留めるのにちょうどよさそうに思われた。ヴァージルはそれを箱の中から取り出した。しばらくそのまま動かなかった。やがて、かすかな笑みを浮かべた。ほんのわずかだが、何かに困惑しているような笑みだった。

「ええ、これで結構です、レディ・コルネリア」

「ほかの金や銀や琥珀金《エレクトラム》（金と銀の合金）の品でなくて、本当にいいのか？」

「実のところ、材質は重要ではないのですよ……ですが、銅製品であれば、鏡を鋳造するときに流し込む材料と合致します。無垢なる銅ではありませんが、少量であれば問題ないでしょう。この装飾品――レディ・ラウラがたびたび肌身に着けていたもの――を加えることによって、彼女と鏡とを物理的に繋ぐことができ、鏡は効果を発する瞬間、彼女がどこにいるかを映し出すでしょう。このフィブラの用途はそれだけです。金銭的な価値はまったく関係ありません」

　コルネリアは何か言いたそうだった。なんとか言葉を絞り出そうとさえしていた。だが、どうしようもない絶望感が顔じゅうに広がった。彼女は椅子に座ったまま力なくうなだれ、あきらめたように手を振った。「わたしには、危険と、苦痛と、死しか見えぬ。言っただろう、わたしには科学や魔法はまったくわからぬと。どうか急いで鏡を作ってくれ、一刻も早く彼女の――娘の行方が突き止められるように」彼女はさっと立ち上がった。「マグス、航海の無事を祈っている。そなたが安全のうちに行き、また帰れるよう、いけにえを捧げよう」正式な別れの決まり文句だ。だが、躊躇したように付け足した。「そなたなら時間を無駄にしないと信じているぞ。さらば」最後にヴァージルに向かってうなずき、トゥーリオに対しても同じようにうなずくと、彼女は部屋から出ていった。ヴァージルは、背を向ける瞬間のコルネリアの目を捉えた。と思う間もなく、彼女はいなくなっていた。

　召使いたちのほとんどが女主人に続いて部屋を出ていった。最後はラウラの乳母、デスフィヤシチャだった。彼女はヴァージルを興味深そうに観察し、母国語で話しかけ、何が面白いのか笑っていたが、ついには足首の飾りをチリンチリンと鳴らしながら、足を引きずって出ていった。

「それはわかったが、きみが〈大いなる鏡〉作りを引き受けた本当の理由は何だ?」クレメンスはしつこく食い下がった。午後から夕方へとゆっくり時刻が移るなかを、二人はナポリへの道を戻っているところだった。暗くなるまでには家に帰り着けそうだが、ぎりぎりになるだろう。

「もしかしたらただ単純に、今まで一度も作ったことがないから、というのが理由かもしれない」ヴァージルが言った。

クレメンスは勢いよくため息をついた。「それならよかった」彼は言った。「それ以外に理由がないことを祈るよ」

「どうして?」

道から離れたところに火が見えた。ということは、さっきまで小さな丘と思っていたあの小高い影は、羊飼いか小作農が泥と柴で作った掘っ立て小屋だったのか。紫色の皮を剝いたナスの焼ける匂いが漂ってきて、今夜の献立を辺りに知らしめていた。風に乗って歌が切れ切れに聞こえたが、あまりにも小さな声で、歌詞を聞き取ることはできなかった。

「どうしてって、何もかもが雲をつかむような話だからだよ」クレメンスが言った。「手の込んだ、と同時に謎めいたペテン話。そうに決まってる」

ヴァージルが行方不明の娘の宝石や宝飾品を調べ始めたとき、クレメンスは、彼自身の言葉を借りれば、〝どんな王も即刻応じなければならない緊急召喚〟を受け、トイレを探しに行ったのだという。何人かの召使いに尋ねたが、まったくラテン語が話せないか、わずかばかりの単語しか知らなかったそうだ（「野蛮人らしく、文までズタズタに切り刻みやがる」とクレメンスは言った）。何度かまちがった部屋に迷い込んだ挙句、ようやく目的地を見つけた。

「鹿狩りの日にドージェのタウロがおれたちに自慢げに見せていた肖像画を覚えているか？」

ヴァージルは顔をしかめた。ドージェがあのロケットを開いて見せたときに感じた、皮膚がチリチリするような感覚がよみがえってきた。「少女だった頃のラウラの絵のことかい？ 覚えてるとも。それがどうかしたのか？」

「あの絵のおかげで、彼女が何者かすぐにわかったんだ」

「彼女って？」

クレメンスは落ち着き払って説明した。「ラウラだよ。行方不明の娘さ。彼女は行方不明なんかじゃない。ここに、あのヴィラにいるんだ。〝そんな馬鹿な〟なんて言うなよ——おれは見たんだから。もちろん、あの絵よりも五つほど歳はとっていたが、絶対に彼女にちがいない。髪は赤毛で、光の下では茶色っぽかった。瞳の色は茶色で、光を受けると赤っぽかった。真っ白い肌、きれいな耳、きれいな口。まあ、おれの好みじゃないけどな——おれはもっと若いか、もっと年を重ねたほうがいいんだ。チーズみたいに。だが……どうかしたか？」

どうかしたどころではない。ヴァージルが思わず自分の腿を平手で強く叩いたせいで、驚いた白い乗用馬が警戒して速度を落とした。「わたしとしたことが！」彼は大声を上げた。「ああ、父の遺灰にかけて！ わたしも彼女を見たんだ！ どうして忘れていたんだろう？ 初めてコルネリアに会ったとき……ほんの一瞬のことだった……だが、どうりでドージェに肖像画を見せられたとき、何か引っかかる気がしたわけだ……そうとも！ 彼女は召使いの恰好をして、コルネリアの足元に跪いて、刺繍を手に持っていたんだ。それから……」

ヴァージルは眉をひそめ、懸命に思い出そうとした。影が長く伸び、青みがかってきた。ほかに何かあったはずだが、何だっただろう？　あの刺繍か？　少しずつ形を取り戻しかけていたイメージを、クレメンスの言葉が打ち砕いた。

「召使いの恰好か。なるほど。つまり、それが答えだ、驚くべき博士《ドクトル・ミラビリス》のヴァージルよ——あいつらはドージェを騙して、あるいは皇帝陛下（皇帝陛下に永遠の命あれ。まあ、永遠に生きることはないだろうが。それでも、われわれをむさぼり食うコウノトリの王より、何もしない丸太の王のほうがましだ）、そう、ほかでもない〈皇帝《カエサル》〉を騙して、ただの召使い女を一国の王女と偽って結婚させようとしているんじゃないか。もしそうなら、無垢なる青銅を使って鏡を作る話などすべてたわごと、召使い女が完璧に王女役を演じられるようになるまでの時間稼ぎにすぎない。ようやく鏡が出来上がったとき、コルネリアは何かが見えたふりをする。早速みんなでそこへ駆けつけてみれば、驚くなかれ！　用意されていた隠れ家で、二つの結婚話に半分ずつ婚約した、あるいは二重に婚約した娘が〝発見〟されるというわけだ……そういう筋書きじゃないのか？」

ヴァージルは首を振った。ちがう。そんなはずはない。若き王太后がどうしても鏡を作らなければならないと思い詰めている気持ちは本物だし、娘の身を案じているのは明白で、嘘はない。そう信じるヴァージルには、クレメンスの考えを受け入れることができなかった。だが、彼の推論が真相でないとしたら、ほかに何が考えられるだろう？

クレメンスは別の疑問を口にした。「きみは今回の作業と旅を始めるにあたって、哲学的な面での準備はできているのか？　まさか足元もおぼつかないまま、いきなり暗闇の中へ踏み出そうっていうんじゃあるまいな?」

マグスのヴァージルは、そんな無謀なことはしないと断言した。「〝扉の向こう〟へ行ってきたんだ」

クレメンスが激しくうなずいた。「それはよかった!」彼は声を上げた。「うんうん、それは実にいいことだ!」

扉の向こうへ行く……この先に何が待ち受けているかを調べるために、精神あるいは魂《ピュシュケ》を別次元の認識あるいは経験に置くという、哲学的な試みだ。たいていは夢を介して行われる。きわめて強い集中力と投影力を必要とし、実行できる者はほとんどいない——そして、その数少ない成功者たちも、長い修行のすえにやっと会得できるわざなのだ。

「だが、扉の向こうで見てきたさまざまなものの中で」ヴァージルはゆっくりと話した。「筋の通っていることと言えば、かつての恩師、イリュリオドロスの言葉ぐらいのものだ」そう言って、どんな体験だったかを説明した。

クレメンスは耳を傾けながら、波打つ巨大な髭のかたまりを指で梳いていた。ナポリ市を取り囲む城壁のポンペイ門に近づく頃、ようやく話を聞き終えたクレメンスが言った。「きみが〝見てきた〟ものの筋が通っているかどうかについてだが、ご存じのとおり、後から現実でも同じ体験をしない限り、夢の中の出来事というのはまったく荒唐無稽にしか思えないものだ。いや、現実で体験してもなお、よくわからないこともある……ずっと後になって振り返ってみるまでは。それから、イリュリオドロスが言っていたことだが、たしかに筋は通っている。実に説得力がある。〈無垢なる鏡〉を覗き込む行為は、すなわち触媒反応を起こすことだ。鏡のある場所で行われていることは——それがどこであれ――宇宙じゅうに、そしてすべての場所に充満している〝エーテル〟にその痕跡が残される。エーテルはわれわれ全員の中にもあり、われわれ一人ひとりもまたエーテルの中にいる。太陽光線はどこにでもあるが、かつてアレクサンドリアのユダヤ人の賢人が言ったように、太陽を見るには太陽光線がなければならない。その光線を集めるには凸レンズが必要だ。〝大いなる鏡〟とは、光を集めて焦点を合わせる、すなわち凸レンズのようなものなのだ。

とはいえ、イリュリオドロスの言葉は、彼がきみのために取った行動に比べれば、大して重要ではない。もしきみが彼の蜂蜜を口にしていたら、命取りになっていた。そんなことをすれば、哲学的な要素と物理的な要素が直接衝突してしまう。きみが蜂蜜を口に入れた瞬間――もし口にしてしまっていたらだが――きみの魂《ピュシュケ》、霊魂、精神、アニマ――何とでも好きな呼び方をすればいい――とにかく、あちら側にいたきみの一部はそこに囚われたまま、永遠にこちら側に戻ることができなくなるのだ。肉体だけは、それでもしばらくは生きながらえるかもしれないが、いずれにしろ分別のない、愚かな行動にちがいない。きみはもはや、おれたちの知っているヴァージルではなくなっていたはずだから……」

だが、クレメンスの知っているヴァージルは、もはやクレメンスが知っていると思っているヴァージルとは別人なのだと、ヴァージル本人の知っているヴァージルは、半分苦笑し、半分苦々しい気持ちで思った。さまざまなヴァージルやヴァージルの一部が、いったいどれだけ存在していることやら。

夕闇が迫っていた。松明に火が灯され、ポンペイ門の脇の台に差し込んであった。大きな門扉がゆっくりと、重々しく閉まり始めた。ヴァージルたちはそれぞれの馬とラバに拍車をかけ、急いで駆けだした。門の兵士が首を横に振って二人に合図を送り、それでも二人が近づくのをやめないのを見て、槍を低く構えた。すると、兵士は急に後ずさり、門の内側に向かって声をかけた。ヴァージルたちの耳にも、その声が聞こえた。「マグスのヴァージルだ！　まだ閉めるな！　閉めるな！」

閉まりかけていた重厚な扉が止まった。二人が門を通過するとき、兵士は槍を掲げて敬礼し、詫びるようにばつの悪そうな笑みを浮かべた。兵士のほうを見ていたヴァージルたちは、やがて前を向いて先へ進んだ。門扉が重い金属音を立てて閉まり、留め金がかけられた。これで今夜はナポリの壁の内側で安全に過ごせる――もっとも〝安全〟というのは、いつの時代においても相対的な言葉にすぎないのだが。

「感謝しなければならないな」クレメンスは〈馬飾り屋通り〉の端にある厩舎にラバを向かわせながら言った。「われわれの知っているヴァージルが、少なくともまだこれほど名が知れ渡っていることに」

ヴァージルは心の内側に渦巻く苦く当惑した考えを口に出すことはしなかった。

第八章

ヴァージルが海軍局に出した使者は、その日の正午までに来られるのであれば、南部艦隊を指揮するセルギウス・アマデウス長官が面会に応じるとの返答を持ち帰ってきた。

そういうわけで、コルネリアとの奇妙な面会の翌日、ヴァージルは正式な訪問の準備を整え、指定された時刻に間に合うよう、かなりの余裕を持って家を出たのだった。決められた作法には細部まで気を配った。学者用の正装の上から元老院の名誉議員である証拠の金のチェーンを着けた。片手に抱えているのは、帝国のモノグラム刺繡が施された紫色のシルクの袋で、アグリッパが手配してくれた政府発行の証明書類が入っていた。もう片方の手には、バクルムと呼ばれる杖が握られている。ヘーゼルウッドでできたその小さな杖は、彼が魔術師であることを正式に示す象徴でもある。今の海軍はかつての面影をすっかり失っていたが、儀礼的な要素を重んじる点においては昔と変わりないのだ。

ヴァージルは徒歩でも乗馬でもなく、六人の男たちが担ぐ輿《こし》に乗って海軍局へ向かった。担ぎ手の六人以外にも、手にステッキを持った男が前方に二人、後方に二人、輿に付き添って歩いている。合計十人編成の男たちは、贅沢を愛した老執政官代理《プロコンスル》のレントニウスが、ヌビア王国（現在の南エジプトから北スーダンにあたる地域）の属州総督だった頃に奴隷の中から選抜し、訓練した精鋭だ。レントニウスが亡くなったとき、彼の遺書によって奴隷から解放されるとともに永続的な年金を約束された彼らは、何か特別な機会に利用したい人たちのために、その儀礼的な輿を担ぐことを商売にしたのだった。

男たちは、坂が多く狭い小道ではただ輿を揺らさないように注意しながら歩いたが、〈王たちの道《キングズ・ウェイ》〉の広く平坦な大通りに差しかかると、本来のゆっくりとした儀式的で複雑な歩行に切り替えた。なんでも、ヌビア王国に隣接するクシュ王国の女王、カンダケの宮廷で始まった風習らしい。片足を一歩踏み出して止め、もう片方の足を、最初の足と完全に平行になるまでゆっくりと引き寄せて止める。そしてまた、初めの足を踏み出すのだ。

こうして男たちは混み合った朝の大通りを、ゆっくりと、異国の宮廷を思わせる動きで進んでいった。通行人はさまざまに反応を示した。ひと目見ただけで無視する人、畏敬の念を抱く人、恐怖を感じる人、大声で感想（よいものばかりではない）を述べる人、そして気の利いた冗談を言う人など——というのも、ナポリでは古くから、人間に権力や財力をもたらす〝幸運の女神〟と〝運命の女神〟は、そのどちらももたらされなかった者たちへの埋め合わせとして、不満を好き勝手に口に出すことを許されると伝えられていたからだ。

輿の一団は、ピチピチと跳ねるイワシをいっぱい詰めた籠の並ぶ魚屋の前を、弓術や剣術や琴の稽古に向かう少年たちの列の横を、背中を丸めて木炭の重い荷を運ぶ運搬人の横を、黄色い広幅織物や縞模様の木綿織物の長い生地を展示している布地屋の前を、行進しながら射的訓練に向かう石弓隊の横を、学校など見たこともない、これからも一生見ることのない、腕や足や鼻の汚れた子どもたちの一団の横を、ゆっくりと通っていった。

そうした汚ない子どもたちのうちの一人が——少なくとも、ヴァージルはそういう子だろうと思った——輿のそばへ駆け寄ってきて、ヴァージルの注目を引こうと飛び跳ねたり、横を走ったりしながら、大声で呼びかけてきた。「旦那！　旦那！」見たところ十歳か、発育の悪い十二歳ぐらいの薄汚れた少年だ。

　ヴァージルがほとんど反射的に杖を膝に置いて小銭を取り出そうとしたとたん、少年が跳び上がって輿の枠を摑み、よじ登るように乗り込んできた。輿の前後を歩いていた四人が行進をやめ、少年を引きずり降ろそうと駆け寄ってきたが、少年は身をかわして男たちの手を逃れた。

「旦那！」少年が叫ぶ。「旦那の家が燃えてるよ！」

「何だって！」

「本当だよ、旦那――火が、めらめらと燃えてるんだ！」

　ヴァージルは担ぎ手たちに向かって、すぐに輿を地面に下ろして、代わりに馬を引いてくるよう伝えた。ところが、男たちは母国語で何かひと声上げたかと思うと、すぐに輿を方向転換させ――先導していた二人が大声と身振りで通りの人々に道を空けさせて――来た道を戻り始めた。軽々と、疾走しながら。老レントニウスの厳しい訓練は実を結んだようだ。

　ほどなくして、ヴァージルは煙が上がっているのを見つけた。自分の家なのかどうかははっきりわからないが、方向は合っている。火事だと！　ヴァージルは、たいへんな苦労と犠牲の上に世界じゅうから集めた書物の数々を思った。何年もかけて作り上げた機械類や原動機のことも――あれらを再建できる人間は、今この世に三人といるまい。いや、二人といないかもしれない。頭の中で、進行中の作業を思い出してみた――〈大いなる鏡〉についてはまだ着手すらしていないが、ほかにいくつもの案件に取り組んでいた。長期間かけなければならない作業もあり、中断すれば、たとえそれがほんの短時間だったとしても、すべてが無に帰する。あの精巧な水道設備や、光る球体、ホムンクルス

（錬金術師が蒸留器の中で作る人間に似た小さな生物）、時計装置、マンドレイク、装置や器具……家具や衣類や芸術品……そのとき、卓越した職人である三人の助手を思い出した。ティヌス、イオハン、ペリン。三人とも、仮に誰かにさらわれたとしたら、王族に匹敵するほどの身代金を払ってでも救い出すべき貴重な存在だ。

そして、三人は生身の人間であり、友人であり、それぞれに家族がいる……。

火事の噂はあっという間に広がり、道はますます人でごった返してきた。輿を先導する二人が口をそろえ、人々の喧噪を上回る大きな声で輿が通ると警告し、道を空けさせていた。後に続く担ぎ手たちは、息を漏らす以外はひと言もしゃべらず、軽い足取りで走っていた。

〈馬飾り屋通り〉は、秩序と狼狽の二極に分かれていた。通りの両端に住む人々は、おそらくあと何時間かは自分たちのところまで燃え広がる心配がないと思っているのか、どこからか手押し車や荷車を調達してきて、動かせそうな家財道具を安全な場所に避難させようとしていた。ほかの者たち——たとえば、金属製の馬具職人のアポローニオや、〈太陽と馬車〉の店主である悪名高きごろつきのプロセンナなど、ヴァージルの家と隣接する者たち——は、〈クレオの泉〉からバケツリレーの列を作っていた。あふれるほど水をいっぱいに汲んだ革張りのバケツは、途中で少しずつこぼれながらも、列に並んだ男たちの手から手へと渡り、開け放たれた〈真鍮の頭像の家〉の扉の奥へと運び込まれて見えなくなった。

叫び声や甲高い声が煙の充満する通りに響いていたが、警告や恐怖の声ばかりではなかった。

隣の屋上にアレグラ婆さんが立っていた。ヌビア人たちが大急ぎで人混みを掻き分けながら進み（「アブレック！」輿の先頭の男たちが、エジプト王家と同じほど古い言語で叫んでいた（旧約聖書『創世記』においてエジプトのファラオがヨゼフの乗る車の前で叫ばせていた言葉。意味は諸説あるが、日本聖書協会版によれば『ひざまずけ』）。「アブレック！　アブレック！」と）、輿に乗ったヴァージルが近づいてくるのが、婆さんの目に留まった。

「旦那！」彼女は甲高い声で叫んだ。「旦那！　こりゃ〝ギリシャの火《グリーク・ファイヤー》〟だよ！　まじないだよ！　呪いだよ！　四文字《テトラグラマトン》（特にイスラエルの神の名を示す神聖四文字のこと）だよ！　グリーク・ファイヤー！　旦那！　グリーク・ファイヤー！」

　輿の担ぎ手たちは群衆の中を突き進み、ヴァージルの家の階段の下に着いた。何かひと言号令をかけ、肩の上に掲げていた輿を腿の辺りまで下げた。また別の号令で、そのまま膝をつく。ヴァージルは輿から降りて階段を駆けのぼった。男たちは輿を家の壁に立てかけ、腕組みをして立っていた。彼らの献身ぶりは完璧だったが、そこに消火活動は含まれないようだった。

　炎の噴き出ている広間のバルコニーまで来てみると、扉の前に何人かが集まって火を消そうとしていた。彼らがヴァージルに、あるいは互いに何か言葉をかけるより早く、ヴァージルは赤やオレンジの炎の上がる暗闇の中へと姿を消した。汗と煤にまみれた男たちは咳込みながら、引き続き革張りのバケツを受け取っては、バルコニー越しに水をかけ、空になったバケツを列に戻すのだった。

　しばらくして、ヴァージルが戻ってきた。「もういい」彼は言った。「やめろ！」男たちはバケツリレーのリズムがすっかり体に染みついていて、やめろと言われても体が勝手に動き続けていた。ヴァージルは先頭にいた男の手首を摑んだ。「火は消えた！」彼は叫んだ。「もう消えたんだ！」

　男たちが呆然とヴァージルを見つめた。すると、手首を摑まれていた男が口を開いた。「旦那……でも、煙が……」

「煙が収まるまでには、まだしばらくかかるだろう。だが、火はもう消えた」彼はいっそう大きな声を張り上げた。「火は消えました！　お集まりのみなさん――友人たち、隣人たち、見知らぬ方々

——わたしの家を守ってくださり、感謝しています。どうぞみなさん、プロセンナに言って一番上等のワインを飲ませてもらってください、わたしのおごりです。それから、牛を一頭——」

「たしかに、ここの燃えかすだけで充分牛の丸焼きができそうだな」誰かが言うと、どっと笑いが起きた。が、それぞれに邪魔なバケツを抱えたままだったことにはたと気づき、笑い声はぎこちなくやんだ。やがてバケツ隊は再び、今度は逆方向に動きだし、バケツが次々に下へ戻されていった。

　立ちのぼる煙の中から、荷馬車の御者なのか、男の一人が粗野な口調で言いだした。「感謝してくださるのはありがてえよ、旦那、それが人としての礼儀ってもんだからな……だが、おれたちは火を消してたんじゃねえんだ。旦那さえ戻ってきてくれたら、あんな火なんざ呪文であっという間に消せるんだから。おれたちはただ、旦那が戻ってくるまで、あれ以上燃え広がらねえように食い止めてただけなんだ」同意するような低い声がいくつも上がった。もやの中から、見慣れた男が進み出た——イオハンだ。

「師匠、出火原因は〝ギリシャ火薬《グリーク・ファイヤー》〟（主に東ローマ帝国が使用した火炎兵器）です」彼は言った。「発射体が一つ飛んできて——」

「ああ、サリマンドゥロス（サラマンドロスまたはサラマンダーと呼ばれる、トカゲか小型のドラゴンの形をした火の妖精のこと。火の中に棲み、火を起こすと伝えられる）の仕業か」先ほどの男が言った。「サリマンドゥロスってのはギリシャ語なんだろう? おれも一度見たことがあるし、音も聞いた。炎に包まれて、空を飛んでたんだ。嘘じゃねえ——」

「話を聞いているひまはないんだ。すぐにまた出発しないと——海軍局に——」そう言いながらも、ヴァージルはすでに歩きだしていた。時計装置の一つをちらりと見た。間もなく正午になろうとしている。ヴァージルは走りだした。水浸しの床は滑りやすくなっていたが、階段の上まではどうにか転ばずにたどり着けた。が、階段に足を踏み出したとたん、バランスを崩した……。

海軍長官であり、南部艦隊を指揮するセルギウス・アマデウス提督は、旗艦の船尾甲板に立ち、疑り深く目を細めて岸のほうを見やった。身につけているものは上から下まですべて真っ白で、糊が利いている。しばらくして、染みだらけの毛深い手を伸ばして海のほうをさした。

「後ろから猛スピードでこの船を追ってくる、あの薄っぺらい小船は何だ?」彼は訊いた。

航海長のボニファヴィオも同じように小船を片手で示して答えた。「おそれながら、わたしには、カルタゴ船のボートのように見えます」

提督は相変わらず疑り深い目を小船に向けていた。陸上にあるもの、陸の近くにあるもの、そして陸から近づいてくるものは、すべて信用しないことにしている。「さっきまで吹いていたくそみたいな風が、くそみたいにやんでしまわなければ、あんな船に追いつかれることもないんだがな」提督は言った。「あれに乗っている男は誰だ? 何かの装飾品を手に持って、仰々しい衣装を着込んでいるだろう?」

「おそれながら」ボニファヴィオが言った。「あれは魔法使《メイジ》いとか呼ばれている男で、名前はヴァージルです。身につけているあの衣は、学者の正装でしょう」

「今朝おれとの約束を無視した、あのくそみたいな男か」提督が腹立たしそうに言った。「気に入らんな。この船には乗せるなよ。女、白馬、まじない師――この三つは船に乗せると運が悪くなる……くそったれの風め、どこへ消えた?」

ボニファヴィオはしぼんだままの帆を見上げ、太陽の光に四本のオールをきらめかせながらぐんぐん追ってくる小さな船を見た。「おそれながら」彼は言った。「ふと思ったのですが、もしかするとさっきまで帆がしっかり張るほど吹いていた風は、あのメイジが止めたんじゃないでしょうか？　つまり、この船に追いつくために」

セルギウス・アマデウスは悪態をつき、足を踏み鳴らしたが、細く小さな船があっという間に追いついたときには、小船に縄を下ろすことに反対はしなかった。むしろ、どうせ受け入れるしかないのであれば、きちんと応対したほうがいいと考え直し、礼儀作法にのっとって出迎えるよう指示した。二人のラッパ吹きがラッパを吹き鳴らし、兵士たちが槍を捧げ持ち敬礼をする中、ヴァージルは、学者の衣が煤と水で真っ黒に汚れていることも、まだ生々しい額の傷から血がにじんでいることも、まるで意に介していないような顔で旗艦に乗り込んだ。

ヴァージルは杖を振って船尾甲板に向かって敬礼し、紫色のシルクの袋を提督に差し出した。提督は袋に軽く触れただけで、受け取ろうとはしなかった。「海神ネプチューンの臍にかけて！」礼儀作法などさっそくかなぐり捨て、大声でわめいた。「冥界《ハデス》の名にかけて訊くが、おまえは知恵《サピエンス》とやらを、いったい全体どこに置き忘れてきたんだ？　まるで洪水と火事と騒乱にいっぺんに巻き込まれたようじゃないか……まさか、皇帝陛下に刃向かう者たちに襲われたんじゃあるまいな？」最後の質問をしたときには急に表情が深刻になり、返答によっては戦闘態勢をとって、目に留まる船を片っ端から攻撃しかねない勢いだった。

「下までついて来てくれ」提督はヴァージルにそう言いながら、ボニファヴィオが悪い運を追い払うためにこっそり唾を三度吐いたことも、よい運を招き入れるためにヴァージルの衣から滴り落ちた水の中に右足の親指を突っ込んだことも、見て見ぬふりをした。

提督の船室に通されると、マグスは手短に用件を説明した。

提督は興味を示した。「〈大いなる鏡〉か。あちこちで話に聞いたことはある」彼は言った。「この船にもそんなものが一つあれば、敵の艦隊がどこに配置されているのかわかって便利そうだがな。〈海のフン族団〉め、薄汚い豚野郎どもだ。おれのいる海には出てこない、絶対に。なにせ、おれは捕まえ次第、やつらを縛り首にするからだ――だが、むろん捕まえられないときもある、アメンボのように素早く散り散りに逃げやがって。キプロスといえば……パフォス港……アフロディーテの神殿（アフロディーテはキプロス島の海で生まれたと言われ、その神殿は愛の女神崇拝の聖地になっていた）……ははん、そういうことか、博士！」――そう言いながら、ヴァージルの脇腹を小突き、高笑いをした――「本当のお目当てはあそこだろう？ ちがうのか？ ふむ、まあ、きみほどサピエンス豊かな男なら、海で生きる年寄りのジョークに気を悪くすることもあるまい。少なくとも、あの神殿を見に行くつもりはあるんだろう？ おれのモットーは〝どの宗教にも敬意を表し、どの宗教も信じるな〟だ。実に理にかなってるじゃないか。だがな、何と言っても、あの神殿には二千人もの美しい巫女がいるんだぞ！ 彼女たちはみな、愛すべき女神を拝みにくる男たちを元気づけるためならどんなこともいとわない覚悟と、意思と、能力を持っているし、さらには――忘れちゃいけない――訓練を受けている！ ははん、どうだ？」

海風にさらされ続けてきた提督の顔は、何かを思い出してぱっと明るくなった。どの宗教も信じないと言っていたが、神殿を訪れたご利益《りやく》は受けていたらしい。すると、提督はため息をついた。「きみを帝国の艦船でキプロス島まで送り届けることは、絶対に無理だ。すまんな、力になってやりたいが、それはどうしてもできん」

「どうしてですか、長官？」ヴァージルが尋ねた。

「帝国の艦船を使うには」と提督は（しぼんだままの帆を、落胆と、悔しさと、隠しきれない苛立ちとともに見上げながら）説明を始めた。帝国の艦船を使うには、皇帝陛下から直々に承認してもらうことが必要だ。地方総督のアグリッパに与えられている承認権限といえば、せいぜい新しいコインを発行するか、貴族階級であることを認定する証明書を出す程度のものだ。ヴァージルの持参した書類は帝国政府による正式なもの——見栄えのいい言葉を羊皮紙に書き連ねたもの——にはちがいないだろうが、そんな紙切れで帝国の艦船を危険にさらせるものか。皇帝陛下ご自身の承認がなければ、そんなことはできない、と。

　ヴァージルは自分の手のひらを拳で叩いた。「それでは、ローマに使いを出さなければならないというのですね?」彼は苛立ちもあらわに言った。「ますます予定が遅れてしま——」

　セルギウス・アマデウスが遮った。「いや、気の毒だが、ローマに行くのは無駄足だ。今のローマはまったく機能していない。〈帝国皇室《アウグストゥス・ハウス》〉の業務が何週間も前から滞っているのは、誰もが知っているとおりだ——きみは知らんのか? まったく、きみのサピエンスを疑うね。まあいい、〝冠と杓〟——皇帝陛下のことだ——におかれては、新しい女がおできあそばし、そのことに皇后陛下が怒り狂われたので、皇帝は愛人を連れてアヴィニヨン（今のフランス南部の都市）に引っ込んでしまわれた。常に新しい若い女を好まれるのは公然の事実なんだがな。もはやお若くない皇后陛下にとっては、それがひどく腹に据えかねるらしい。おれだってそんなことで怒るような女は気に食わないんだから、皇帝陛下もきっと同じお気持ちなのだろう。もちろん、この新しい情事は単なるお遊びで、そう長続きするはずはない——だが、噂によれば、皇帝陛下のご結婚そのものも、そう長くもたないだろうという話なのだ……」

ヴァージルは丁寧な言葉を適当に並べて暇《いとま》を請うと立ち上がった。提督も甲板まで同行した。またしてもラッパの音が響き、兵士たちが槍を捧げ持つなかを、ヴァージルは小船へ降りようとした。「わかっていると思うが」提督が声をかけた。「おれは船を出し惜しみしているわけじゃない。規則なんだ。守らねばならない決まりごとなのだ」

「ええ、ええ。おっしゃるとおりです。ありがとうございい――」

提督の顔がいっそう赤くなった。「それなら」彼は低い声を張り上げて言った。「風を返してくれ！これからくそったれ艦隊の視察に向かわなきゃならないっていうのに――」

大きなきしみ音を立てて、風をはらんだ帆が大きく張った。艦船が勢いよく走りだしたので、ヴァージルはあやうく小船に転がり落ちそうになった。セルギウス・アマデウスが感謝の言葉を叫んだ。「フン族には気をつけろよ！」遠ざかる旗艦から提督の声が聞こえた。「やつらに情け容赦は無用だぞ！　それから、女神の神殿には必ず行ってみろよ！　なにせ、二千人も……」彼の声は風に掻き消されたが、何を言っているかは身振りで明白に伝わってきた。

今日のナポリ湾は珍しく、広く知れ渡ったその美しい青さを取り戻していた。風と波に、さほど揺られることもなく、ヴァージルは考えごとをしていた。ほとんど忘れかけていた、あの狂った老女のアレグラの言葉についてだ。〝あの方が欲しいのは帝国だよ、旦那〟――あの方とは、コルネリアのことか？　あのときは、その言葉に大した意味があるとは思えなかった。辺境の弱小国の王の未亡人が、一地方のドージェの娘が、帝国を手に入れたいなどと野望を燃やすだろうか？

だが、アマデウス提督の言うとおりだとしたら――提督が聞いた噂が本当で、皇后が夫の不義を許せず、婚姻関係が解消されることにでもなれば――あの猫婆さんのインチキ神託のような言葉も、少なからず意味を持つことになる。〈アウグストゥス・ハウス〉の新しい妃になるチャンスがあれば、帝国そのものを手に入れるチャンスもあるからだ。今の皇后は政治に関心がなく、これまでにその地位を乱用することもほとんどなかった。せいぜい、影響力のない実家の親族の誰かをつまらない役職に就けてやる程度のものだ。何にも興味を示さない皇后の唯一の執着が、夫である皇帝だった。その夫が愛人たちから離れようとしない、離れられないことが、彼女にはどうしても受け入れられないのだ。皇后はもはや年を重ね、怒り狂った一人の女にすぎない……それも、子どもを産むことのできない女に！

そうだとしても、コルネリアが皇后の冠を夢見ていると考えるのは、あまりにも馬鹿げてはいないか？　今その冠をかぶっている皇后よりも歳は上のはずだ。もっとも、子どもを産めることは証明済みだが……。

そうか。ああ、なるほど、そういうことか！　ヴァージルは、鹿狩りのときにコルネリアとアグリッパ地方総督のあいだで交わされた、奇妙な目くばせを思い出した。あれは、ドージェのタウロがラウラの肖像画を周りに見せて大声で自慢しながら、コルネリアの娘との結婚をほのめかしているときだった。普通に考えれば、かつてのナポリのドージェの娘だったコルネリアが、自分の娘とナポリの現ドージェとの結婚に難色を示す理由などあるだろうか？　そこだ。理由はあるのだ。コルネリアはわが娘を新しい皇后にしたいと目論んでいる。そうにちがいない。

今の皇帝は帝国の統治には興味がなく、その煩わしさから逃れる口実ばかり探している。それなら、若く美しい新妻を迎えることで、その業務を誰かに……たとえば、アグリッパ地方総督の手に委ねるのは、実に自然かつ必然的な結果だ。そしてアグリッパなら、野望に燃える未亡人との結婚もいとわないだろう。それによって皇帝の義理の父となるのだから。そうか、そうか。筋書きがどんどんはっきり見えてきた……もしも二人がラウラを皇帝に嫁がせたいと企んでいたのなら、彼女の行方を探す意図は、娘の身を心配する母心（それも本心にはちがいないのだろうが）や、ローマ街道の通行の安全の確保よりも、ずっと重要なものになる……。

　遠慮がちな咳払いが聞こえた。ヴァージルは顔を上げて目をぱちくりとさせた。自分が今、ぐっしょりと濡れて汚れにまみれた衣を着て、ナポリ港から四分の一リーグほどの海上で小船に揺られていることをはたと思い出した。

「すみません、アンソン船長」ヴァージルは言った。「ご協力には感謝しています。実のところ、あのとき運よく埠頭でこの小船に乗ったあなたを見かけなければ――」

「ああ、わかっている」〝赤い男〟はそう言いながら、オールを漕ぐ合図を出すために、船べりを木切れで叩き続けていた。うわの空のように見えながら、その合図はどんな船の指揮官よりも正確だった。漕ぎ手の男たちは背中を丸めては、ヒマラヤスギのオールを海面の上に素早く走らせた。ヴァージルは再び考えにふけり、港が近づくまで没頭し続けていた。船で混み合う湾の中で、荷下ろしの済んでいないシチリアの穀物輸送船が何隻も、重そうに海面に浮き沈みしていた。そのとき、ヴァージルの乗る小船のオールが水を跳ね上げたかと思うと、ゆっくりと滑るように一隻の大きな船の船首の下へと近づいた。船の先には、激しく様式化された奇怪な鳥の像が取り付けられている。

「これはどこの船ですか？　どうしてここへ連れてきたんですか？」

　だが、アンソン船長はすでに大きな船から降ろされた縄に片足をかけ、ヴァージルの手首を摑むと、引きずり上げるようにして乗り移らせた。「わたしの船だ」彼は言った。「かまわないだろう？」

　ヴァージルは、この惨めな姿のままナポリ市内に戻る意思も勇気もなかった。〝赤い男〟の船なら、清潔な服に着替え、血や汚れを洗い流すことができるだろう。

　〝赤い男〟は、香り高いレバノンスギでできた船室に客人を案内し、ヴァージルが濡れた衣を全部脱いで、甘松と桂皮を加えた水で体を清めるあいだ、近侍役を務めた。船長室の衣装棚から好きなものを選ぶようにと言われ、ヴァージルはなるべく今のナポリの流行に近い、薄い黄褐色のシャツとタイツに着替え、銀のレースのついた黒い胴衣《ダブレット》をその上に着た。

　着替えが済むと、主人である〝赤い男〟は「きみは火の臭いがする」と言いながら、ヴァージルを連れて甲板に上がり、天幕代わりに帆を張った日陰の下へ案内した。そこには赤い絨毯が敷かれ、クッションが並べられていた。それぞれに腰を下ろすと、フェニキア人はワインを注いで、皿に盛ったオリーブや干しブドウや小さな乾燥ケーキを差し出した。

「たしかに、火の臭いが染みついているかもしれませんね」

「火というのは、それぞれにちがう臭いがする……この嫌な臭いは、ビザンチンの火だ。きみは魔法のような術を使って、ビザンチンまで行ってきたのか？　それとも、ビザンチンの火がきみのところへ飛んできたのか？　あの火は、きみたちが望まなかった〝贈り物〟だ。ティルスの最後の包囲戦で、神官だったレオ・コハンの残した言葉を思い出す。『贈り物を携えたギリシャ人には気をつけろ』と」

（トロイ戦争でギリシャ軍が巨大な木馬に兵士を潜ませたことから〝敵に油断するな〟の意。なお、このフレーズが初めて登場するのは、詩人であるウェルギリウスが書いた『アエネーイス』とされる）

　ヴァージルは杯に鼻を突っ込むようにしてワインを飲んでいたが、ふと、アレグラ婆さんが〝ギリシャの火《グリーク・ファイヤー》〟と叫んでいたことを思い出し、〝赤い男〟にその話をした。〝赤い男〟は〈真鍮の頭像の家〉で起きた火事の一部始終を聞き終わると、口を開いた。「たしかに〝サラマンドロス〟の仕業だと考えることはできる。だが、その可能性はとても低い。サラマンドロスを卵から孵化させるには七年もかかる。ナポリじゅうで、それを成功させることのできる人間は誰だ？　きみとクレメンス博士だけだ。だが、火事を起こしたのは、そのどちらでもない。

やはり、きみの助手のイオハンの言ったのが正しいと思う。何らかの発射体が――ギリシャ火薬を浸した繊維を、おそらくは鉄の容器に詰め込んだものが、飛んできたのだろう。だが、それを狙いどおり正確に、カタパルトできみの家まで飛ばす技術のある人物となると、わたしにはわからない。ドージェの兵器係に訴えるか、少なくとも問い合わせてみれば、何かわかるかもしれない。ところで、きみはアマデウス提督に帝国の船を出すよう懇願しに行ったのだろう？　結果はどうだった？」

隣に停泊している船の上で、肌の黒い甲板長の男が船べりに近づいてきた。筋肉の盛り上がった腕を手すりにもたれ、エベド＝サフィールとカルタゴ語で挨拶を交わした後、そのまま休憩するかのように、穏やかな目をしてそこに留まっていた。

「提督は、直接皇帝陛下に訴えなければ無理だと。ただ、その皇帝は今、煩わしい訴えなど届かないガリア（イタリアの北側の一帯）南部でお楽しみ中なのだそうです」

「それなら、キプロス島へ渡る船はどうやって手配するつもりだ？　そんな破滅的な航海を引き受けてくれるような民間船の船長に心当たりは？」

ヴァージルは首を横に振ってから、〝赤い男〟をじっと見た。

「きみが何を考えているかはわかっている。わたしが引き受けてもいい。あくまでも正式な取引としてだ――この船を貸し切るのに一千ダカット、さらに、キプロスに十四日以上留まる際には、規定どおりの超過料金を請求する。ただでさえこの航行はかなり危険な賭けになるし、戻るのが遅れたせいで通常の運行計画に支障をきたすわけにはいかないからな。そのための保証だ。それでかまわないか？」

　答える代わりに、ヴァージルは手を差し出した。〝赤い男〟も手を出して握手を交わし、少し躊躇してから言った。「もう一つ条件がある。銅カルテルの連中と揉めごとを起こしたくない。わたしがこの件に関わっていることは、絶対に内密にしてほしい。出発の際には、メッシーナ海峡（イタリア半島南端とシチリア島の都市メッシーナの間のごく狭い海）で待ち合わせをし、キプロスから戻ってきたときも、きみをメッシーナ沖に置いていく……キプロスから無事に戻れたら、だが」

　フェニキア人の船は充分立派そうに見えた。これ以上条件のよい船は見つからないだろう。ナポリとメッシーナのあいだは船がひっきりなしに往復しているから、その程度の不都合なら条件をのんでもいい。ヴァージルはもう一つ二つ質問をして、再び手を差し出した。「忘れないでくれ」〝赤い男〟が念押しした。「わたしが関わっていることは、誰にも知られてはならない。誰にもだ」

「誰も知る必要はないし、誰も知ることはありません」

　隣のシチリアの輸送船の黒い肌の甲板長が、手漕ぎボートでヴァージルを埠頭まで送ってくれた。男はラテン語をひと言、ふた言口にしただけで、それ以上何も言わなかった。ヴァージルがお礼にと金《かね》を渡そうとしても、にやりと笑って辞退したが、ワインの入った壺を差し出すと、さらに大きくにやりと笑って受け取った。

　ヴァージルが戻ったとき、〈馬飾り屋通り〉はまだいつもの状態には戻っていなかった。丸焼きにされた牛はすっかり骨だけになり、後は骨を割って中の髄をすするばかりだったが、ワインはまだまだお代わりが注がれていた。当のアレグラはヴァージルを出迎えるように手を振ってくれたが、牛の胃袋を食べるのに忙しく、話すことはできなかった。通り過ぎるヴァージルに向かって、あちこちからワインの瓶が掲げられ、酔った声で彼の健康が祈念され、気前のよさが賛辞された。中には、またいつでも火事の一つや二つ消してやる、と声がかかった。今回と同じ謝礼が振る舞われるのならば、と。

胴着《ダブレット》の裾を引っぱられた気がして視線を下げると、まるでハエがたかるように牛の周りに集まっていた子どもの一人が足元に立っていた。きっとあの子たちにも牛肉は等しく分け与えられたのだろう。分けてもらえなかったとしても、勝手にかすめ取ったにちがいないが。裾を引いた子の顔——元からあった汚れの上に肉の脂がべったりとついている——を見る限り、分け前について不平を言いに来たのではなさそうだ。

「坊や、肉はたっぷり食べたかい？」

子どもは大きくうなずいた。「たっぷり一年分は食べたよ、旦那」

牛の丸焼きにはめったにお目にかかれないが、空腹はたびたびやってくるぞと忠告するつもりで、ヴァージルは財布に手を伸ばした。ふと、今日は何度かこんなふうに金を出しかけたことを思い出した。あの肌の黒い甲板長のボンカルと……ほかにもいたはずだが、どこで、誰に？

「あっ、おまえはうちが燃えていると知らせてくれた子だね！」ヴァージルは声を上げた。子どもは大きくうなずき、やつれた顔にはやたらと大きな目を鋭く光らせながら、ヴァージルを見上げた。

「名は何というんだ？」

「モルリヌスだよ、旦那」

「あのとき金を渡そうとしたのに、受け取らなかっただろう？　実のところ、ナポリじゅうの金を全部掻き集めても、おまえのしてくれたことへの謝礼には足りないぐらいだ。おまえの親族で、わたしが力になってやれそうな者はいないか？」

　モルリヌスは首を横に振った。「おいら、ロタールさんのとこでふいご係をやってるんだ」子どもは近所の小さなパン屋の名前を出した。「代わりに、パンと寝床がもらえるから。でも、おいらが本当にやりたいのは——興味があるのは」彼はそこで言いよどんでから、一気に早口でまくしたてた。「旦那、おいらもマグスになりたい！　でも、字も読めないんだ」


　家の中はまだ煙の臭いが立ち込めていた。ヴァージルはイオハンに声をかけた。「大きな被害が出ていないといいんだがね」

「ご心配には及びません、師匠。幸運でした。乾燥させていた材木はかなり燃えちまいましたが」イオハンの背後の暗がりの中で助手が一人、相変わらず木炭のかけらの重さを測り、砂時計でタイミングを確認しながら、密封容器を熱している炎の中に放り込んでいた。

　ヴァージルは彼のほうを指さした。「あの作業は長く中断されたのか？」これまで四年も火の勢いを維持し、あと二年燃やし続けてから一年かけて徐々に火を弱め、さらに六ヵ月かけて冷却する予定の作業だ。

「いいえ、いっときも中断されていません」

　ヴァージルはその男の背中を見た。今朝早く見たときも、彼はこうして慎重に作業を続けていた。

あの発射体が爆音を上げながら壁を突き破ったとき、炎が上がり、煙がうねっていたとき、彼は自分のそばまで、すぐ上や下にまで火の手が燃え広がるとは思いもしなかったのか――それとも、いずれ師匠が魔法の術や技を使って消してくれると信じきっていたのか――いずれにしても、彼はこうして座り続けていたのだ。固い意志をもって。勤勉に。

「あの男に、わたしの保管棚の中からどれでも好きな小型装置を持っていっていいと伝えてやってくれ」ヴァージルが言った。「アストロラーベでも、時計装置でも、何でもかまわない。銀製のものなら金の飾りを、金製のものなら銀の飾りを、どちらでもなければ、金と銀の両方の飾りを入れてやってくれ。そこにたったひと言、刻んでもらいたい。〈誠実〉と!」

ヴァージルは横に立っていた少年のほうを向いた。「モルリヌス、おまえもそんなふうに誠実に取り組めるかい？　慎重に、恐れることなく？」

少年は少しとまどった後で言った。「旦那――先生――おいら、ものすごく慎重にやるよう努力するよ。でも、たぶんちょっとは恐れちゃうと思うんだ」

マグスはほほ笑んだ。「イオハン、この子を鍛冶場見習いに使ってやってくれ。それから、誰か字を教えてやってくれ――まずは、ラテン文字からだ。それが読めるようになったら、ギリシャ文字、ヘブライ文字、エトルリア文字、サラセン文字、ルーン文字、それにブージュの記号やその他のものも始めよう。覚えが速いようなら、昇格させる。覚えが悪ければ、鍛冶場見習いのまま、食事と着替えと部屋と賃金は保証する」

少年は目を大きく見開き、口をぽかんと開けたが、言葉は出てこなかった。

「おまえの覚えが速ければ」とイオハンが少年に向かって、分厚い胸から声を響かせて言った。「おれの家に下宿させてやろう。覚えが悪ければ」イオハンは腕を曲げ、大きな筋肉を盛り上げてみせた。「覚えるまで殴ってやろう」

モルリヌスは目を白黒させ、言われたことを懸命に理解しようとした。生唾を飲み込むと、嫌な音を立てながら喉仏が上下し、かすれた声で絞り出すように言った。「いいよ、それで」

ヴァージルは再び笑みを浮かべた。「イオハン、クレメンス博士に伝言を頼む。わたしはじきに出発するから、その前に早急に会いたいと。ペリン、ティヌス、留守中の作業の指示を職人たちに伝えたい。いつがいいかを決めて、前もって教えてくれ。きみたちには、以前の旅支度を手伝ってもらったように、今回も手を貸してほしい」

だが、今回の旅がこれまでとはまったくちがうものになることは、暗い気持ちとともに、ヴァージル自身が重々承知していた。

第九章

フェニキア人の船長は、失われた故国にまつわる数々の伝説について、またしても夢中になって語っていた。

「ティルスの主たる半神の名は、メルカルトという。語源は〝ティルスの王〟を意味する〝王《メレク》・都市《カルタ》〟であり、〝王《キング》・アルタ〟つまり〝アーサー王〟とも――」

ヴァージルはおとなしく座っていた。どうせアンソン船長はこちらの反応にはおかまいなしに話し続けるだけだし、聞いているふりさえしておけば満足するからだ。ヴァージルは、隼の足につける小さな鈴さえ鳴らないほど微動だにしなかったが、頭の中ではあれこれと考えを巡らせていた。船は順調に進み、海は美しく、太陽は温かかった。しばらく留守をするにあたり、〈大いなる鏡〉の鋳造に向けた準備作業の監督責任者という、名前ばかりで中身のない役目をクレメンスに任せてきた――実際には作業を〝監督〟してもらうつもりがないことは、誰にも伝えずに。それぞれに充分な能力を備えた熟練職人たちは、すべてが自分たちの手に任されたと思うと、仲間うちで意見が対立したり、いがみ合ったりしかねない。クレメンスを〝監督〟に置けば、基本的には無害なあの錬金術師の気まぐれや風変わりな性格に反発することで、職人たちは一丸となるはずだ。

こうした密かな狙いを当のクレメンスが見抜いていたかどうかはわからない。いずれにせよ、そのことに少しばかりの後ろめたさを感じたヴァージルは、友人のたった一つの頼みごとを断ることができなかった。

「おれのガーゴイル（屋根に取り付けられる怪物の像で、魔除けと雨どいの二つの役割を持つ。ここでは、その元となった空想上の怪物そのもの）も連れていけ」大きな髭と縮れた髪の学者は言った。「おれにとって痛手にはちがいないが、無防備なまま旅に出るきみよりも、ガーゴイルなしでここに残るおれのほうがはるかに安全なはずだ。立て、グンテル！　マグスの手にキスをするんだ。この者をすべてから守り、この者の命令のすべてに従え。ヴァージルよ、〈白く美しき婦人〉と、その夫〈赤ら顔の男〉が、そろってきみの上に幸運の光を降り注がんことを。もしもキプロスで錬金術に長けた人物に会うことがあれば、例のアンチモンについて訊いておいてくれ。その代わり〈無垢なる鏡〉作りの準備作業は、おれがしっかり取りまとめておいてやる。その間はおれ自身の重要な研究は進められそうにないから、合間の時間でもできる簡単なものに留めておくよ――カトゥルス（古代ローマの詩人）の詩集の編集や、ガレノスの医術に関する研究書の執筆や、古代の音楽を今の旋法《モード》に移調する作業や……立て、グンテル！　立て！」

　クレメンスのガーゴイルは重そうな体を起こして後ろ脚で立ち上がり、よだれを垂らしながらヴァージルの手にキスをした後、不機嫌そうな唸り声とともに元の姿勢に戻り、食い散らかしていた大好物のブラッド・オレンジの残骸をもぐもぐと食べた。かつてクレメンスは、ガリア・トランサルピナ（古代ヨーロッパ南部のガリア地域のうち、アルプス山脈の西側の一帯）のドルイド教の僧たちとの会合に参加した帰りに、山の中のひどくみすぼらしい集落でひと晩を過ごすことになった。その日、集落じゅうはたいへんな興奮に包まれていた――野生のヤギを追っていた猟師の一団が、風の吹きすさぶ高原でガーゴイルの群れに出くわしたのだという。群れはすぐに逃げたが、病気の子が一匹取り残され、猟師たちはそれを簡単に捕まえることができた。群れのリーダーである雄のガーゴイルが、唸ったり、鳴いたり、襲いかかるような仕草を見せたりしながら、少し距離を置いて追いかけてきたが、猟師たちの石つぶてを受けて、ついにはあきらめたらしい。クレメンスはそのガーゴイルの子を、半ダカットとベーコンひとかたまりと引き換えにもらい受けてきた。さらには、牛の体液から作った薬液を点滴で投与し、病気を治してやった。

よく知られるように、ガーゴイルは人に飼われると長く生きられないものだが、グンテルはすでに十年以上もクレメンスのもとにいる。長い舌をだらりと垂らし、コウモリのような耳をピンと立てたりパタパタと動かしたりし、口を開け閉めするたびに鋭い牙をガチガチと鳴らし、首はほとんどなく、背中にはヨーロッパバイソンのようにごわごわとした巻き毛がびっしりと生え、驚くほど広い肩と前脚（歩くときにはその足の甲を地面につける）と弓なりに曲がった後ろ脚を持ち、左右に視線を走らせながら忍び歩くときには先の広がった足に生えたかぎ爪がカチカチと音を立てる。ひと言で言うなら、グンテルの姿を見せるだけで、歩兵隊一つ分に匹敵する防衛効果があった。

ヴァージルは、特に妨害に遭うこともなくメッシーナ行きのカラック船（大型帆船の一種）に乗り、アンソン船長との待ち合わせの前日にシチリア島に到着した。メッシーナの町には知人のほか、歓迎してくれそうな貸しのある相手もいたし、アグリッパが発行してくれた公的書類さえ見せれば、どこでもかなり無理な要求を聞いてもらえると思われたが、結局は島内で最も評判の高い宿屋である〈大きな後宮《グレート・セレール》〉に泊まるのが何より無難な選択に思われた。食事は素晴らしく、庭園は美しく、部屋にはさまざまな備品が用意され、居心地のいい家具が備えられ、掃除が行き届いていた。その夜、ヴァージルは奇妙な夢を見た。部屋の大理石の壁が奥へと引き込まれていき、そこから誰かの手が伸びてくる夢だ。ベッドの足元にいたグンテルが思案げに体を起こし、ヴァージルの視界を遮った。だが、当然ながら、翌朝には何もかも元のままだった。部屋に温かい湯が運ばれ、続いて朝食が運ばれてきた。それでも何かが気にかかり、ヴァージルは眉をひそめながら部屋の中を眺め回した。しばらくして、ようやくわかった。グンテルがずっと何やら音を立てているのだ。

ガーゴイルはそれなりに機嫌よく床に座り、何かを噛んだりすすったりしていた。見せてみろと命じる代理の主人に向かって威嚇するように唸ったが、ついには仕方なさそうに、噛んでいたものをヴァージルの差し出した手の上に吐き出した。

それは、人間の指だった。

ヴァージルは深く考え込みながら朝食を済ませた。何かの役に立つことはあるのだろうが、やはりグンテルを連れていくことはできない。そういうわけで、グンテルは次のナポリ行きのカラック船に、籠いっぱいのブラッド・オレンジとともに積み込まれた。グンテルはオレンジの皮も種も残らず噛み砕いては飲み込んでいた。

〝赤い男〟との約束どおり、ヴァージルは荷物を持ってメッシーナにもあった〈タルティス・ウォード〉の港から小さなボートに乗り込み、海峡に面した町の景色がぼんやりと見えなくなるまで沖へと向かった。オレンジの香りが徐々に薄くなり、熱く乾いた風が顔に吹きかかった。

「サラセンの風だ」ボートの舵をとっていたタルティス人の男が、ヴァージルの様子を察して伝えた。「リビアから吹いてくる。よくない風だ」男はそれきり何も言わず、ただ肩をすくめてみせた。

やがて、沖のほうから黒い影が近づいてきた。アンソン船長の商船かと思ったが、迎えの小船だった――スカル（一人で二本のオールを漕ぐ細身のボート）ほどの狭い船には、どう見ても二人しか乗れそうにない。その貴重な空間の半分を占めて小船を漕いできたのは、驚くことに、あの肌の黒いボンカルだった。タルティス人の男は別れを告げることもなくボートを方向転換させ、ボンカルは歓迎するように笑みを浮かべた。

ヴァージルが乗り込んだ小さな船は、まるで餌を探す魚のように海を疾走し始めた。身を隠す以外には何の役にも立ちそうにない岩だらけの小さな島の風下で、〝赤い男〟の商船が待機していた。

「ようこそ、雇い主殿《パトロン》」フェニキア人船長はそう言うと、ヴァージルのわずかな荷物を指さした。

「なるほど、ライオンは陸に置いてきたのか」

「ライオン?」

「きみが新しい都市《ネアポリス》(ナポリの古い呼び方)から、何らかの生物――ライオンか、グリフォンか、マンドリラか――を連れて船に乗ったことは噂になっていた」

「残念ながら、噂というのはあっという間に伝わるわりには不確かなものです。船長《キャプテン》、あれはライオンではありません。友人のクレメンスが手なずけたガーゴイルです。長い船旅に同行させるには不向きだと判断し、飼い主のもとへ送り返しました。ところで、新しい甲板長を雇ったようですね、キャプテン」

「そうだ。今までの甲板長は、自分より若く、強く、機敏な男を相手に、若い娘を取り合うという愚かな選択をした。一方のボンカルは、麦の袋ばかり運んで往復するのに飽き飽きしていた。このようにして、大いなる原理の働きにより、すべては究極の秩序に収まるものだ。きみはわたしの船室を使うといい。わたしは甲板で眠るほうが好きだ。天候がよければ寝心地はいいし、天候が悪ければ、そもそも船室に引っ込んでいる場合ではない」

船はオールを上げ、鳥の飾りのついた船首から海へ突っ込むように出航した。ありがたいことに、海峡はいつもとちがって流れが静かで、〈海の王子〉(おそらく船や船員の守護神パライモンのこと。非業の死を遂げた人間の王子が神となった)に捧げるためのパンが海に放り込まれた。すぐに〈王子〉の使いであるイルカが現れ、パンをくわえてどこかへ行ってしまった。何リーグか進んだところで、小さな海獣が一度だけ海面に顔を出したが、聖なる平穏を打ち砕くことはなく、月のような大きな目で船をじっと見た後、再び海に潜って見えなくなった。海はラピスラズリ色に輝いていた。遠くに曇った青灰色の山々が連なって見えた。沿岸の海は暗い緑色だが、沖合には——白波の立つ海峡のはるか向こうに——荒涼とした焦げ茶色の海原が広がっていた。きれいに洗って櫛で毛をすいたばかりの巨大な羊が群れるように、天空を白い雲がいくつも横切り、海面に映った雲の影が、それぞれの羊の暗い双子の片割れのように空の下で優雅に草を食んでいる。命に限りある人間がそここに住んでいる証しに、時おり白漆喰の家が太陽を受けて光ったり、細い煙の筋や雲が立ちのぼったりしている。

まさに〝パンを得るために地を耕さねば滅びてしまう〟人間の世界だ。

途中でティルス人のアンソンが赤い手を挙げて、岩だらけの海岸を指さした。「パトロン、見えるか？　あの岩穴の中に……」ヴァージルは船長の長い指が示す先を懸命に目でたどり、その殺風景な断崖の中に、洞穴の入口に見えなくもない黒い点を見つけてうなずいた。「あの岩穴の中には、力ある保護神〝智天使《ケルブ》・神《ディス》〟がいらっしゃる！　よい志《こころざし》を抱いて——たとえば、法にのっとった交易や通行を目的に——海を渡る者たちが、残忍な魔物の待ち構える、あの鋭い岩ばかりの海岸に取り囲まれたとき——見えるか、パトロン、あそこだ——そういうときには、ケルブ・ディスが炎の剣を手に出撃し、彼らを救いに来る。だが、もし彼らの志が悪いものなら——たとえば、戦争や略奪の目的で、あるいは〈すべての創造主〉の公正な罰から逃れようとしているのなら——ケルブ・ディスは助けない。そうとも。あのセキーラ——わたしの母国語で〝岩〟という意味だ——に巣食う影や精霊《ジン》や悪魔から逃れることができたとしても、ケルブ・ディスが攻撃を加える。それは正しい報いだと、わたしは思う」

ヴァージルは、〝赤い男〟が一族の古い伝説を半ば歌うような口調で語るのを聞きながら、これまでとは別人のような話しぶりだと、ぼんやり気づいた。つい先日、船の貸し切り契約や貨物、料金や遅延条件について話したときは、きわめて明瞭な説明口調だったのに。そういえば、この男については何も知らなかったのだと、ぼんやりではなく、はっと気づいた。彼の願い、狙い、さらには、密かに抱えている欲望は何だろう?

やがて、〝火の船に乗った太陽〟(これはフェニキア風の表現)が、〝天の赤道に沿って移動し〟(これは科学的表現)、日が暮れてきた。鳥の彫刻を取り付けた船首が陸に向けられた。地元の住民たちが漕ぎ手の男たちや乗組員に手を貸し、船を砂浜に引き上げた。ひと晩停泊させてもらうための料金を支払うと、住民らは薪と水、それに少しばかりのケッパーの塩漬けを持ってきた――彼らが提供できる食料は、それが精いっぱいなのだ。乗組員たちは、〈すべてを与えてくださる神〉に感謝を捧げ、船に積んでいた固いパンを祝福してからちぎって塩をつけ、オイル、マグロ、ケッパー、ワイン、それにイチジクのケーキを食べた。さいころの目で最初の見張り番が決まると、ほかの者たちは砂浜にそれぞれの腰と肩が収まるように窪みを掘って蚤よけのハーブを撒き、外套を体に巻きつけてそこへ横たわった。やがて、有り余る体力をたっぷりと消耗する一方、酷使しすぎることのなかった者にだけのしかかる心地いい疲労感の重みを受けて、彼らは安らかな眠りの中に沈んでいった。

暗闇が訪れ、月がのぼって沈み、牡羊座の羊が夜空の黒土を踏みつけながら駆け抜けた。

こうして、航海の最初の数日間は実に平穏無事に過ぎていった。

船は海峡を抜けて、広いイオニア海（イタリア半島南部からギリシャの間にわたる、地中海の中央海域の一つ）へ出た。エベド＝サフィール船長は、いつものようにアストロラーベを持って甲板に出た後、海図を確認しに自分の船室に戻った。そこへヴァージルが入ってきた。ちょうど芯棒の先端に象牙飾りのついた巻き物の海図を広げていた船長は、それをヴァージルに見せながら言った。「スパルタのドージェからの贈り物だ。彼がこれをどこで手に入れたかはわからないが、これほど正確な製図術を駆使した逸品があの野蛮な地域で生まれたはずはない……。パトロン、この先の航路だが、水と必需品の補給に、まずはザキントス島（ギリシャの南西にある島）に立ち寄るつもりだ。そこから、次はカンディア島（今のクレタ島。ギリシャの南にある島）への航路を模索し……そこからキプロス島への航路を模索する」

ヴァージルは首を横に振った。〝赤い男〟が驚いて見ていると、ヴァージルは地図の一点に指を置いた。

「コルフ島（今のケルキラ島。ギリシャの西にある島。ザキントス島より北にあたる）だと？」船長が声を上げた。「予定の航路より、何リーグも離れた島だぞ！」

「これ以上、今までのような航行を続けるわけにはいきません」ヴァージルが言った。「餌釣りをする漁師みたいに、いつまでも海岸沿いにへばりついて進むだけでは。このペースだと、キプロス島に着くのに何ヵ月もかかってしまいます。これまで言わなかったことを今初めて伝えますが、わたしの計画は、まず〈海のフン族団〉の代理人に会いに行って——その人がコルフ島にいるのです——彼が仕える三人の王、フン族の三人の首領との面会を依頼し、王たち直々にキプロス島までの航行の安全を保証してもらうことです。そうすれば、地中海を一気に渡れます。キプロスまでの往復にかかる時間も大幅に短縮できます」

フェニキア人船長は躊躇し、考え込んだ。それは無謀な企てであり、危険な賭けだと告げ、〝スフィンクスの謎〟（ギリシャ神話より。スフィンクスに出された謎に答えられないと食べられるため、旅人たちは遠回りを余儀なくされていた。オイディプスが謎に挑んで正解するとスフィンクスは去り、それ以降は安全に通れるようになった）になぞらえた。「だが……どの道を選んだとしても危険に変わりはないし、もし成功すれば、たしかに時間の短縮にはなる。わかった、コルフ島を進路に定めよう」

そう言って、船長は舵を取っていた乗組員に指示を伝えた。


〈海のフン族団〉の代理人を務めていたのは、エルナルファス、通称エルナスという男だった。半分フン族の血を引いており、母親はゴート族かどこかの部族の出身だった。彼の住居は海岸に近いヴィラの中にあり、コルフ島の名物であるシトロンの果樹園に半分囲まれていた。ところが、当のエルナスは中庭にテントを張って暮らし、周りには船から取り外した帆柱や、使い古された帆や真新しい帆、引っかけ錨などの道具類が散らばっていた。エルナスはシルクの衣を着て、狼の頭で作った帽子をかぶっていた。ヴァージルたちが訪ねたときには、ちょうどオールにやすりをかけているところだった。

「やあ、カルタゴ野郎」エルナスは、侮蔑を込めた親愛とも、親しみを込めた侮蔑ともとれる口調で〝赤い男〟を迎え入れた。「今日は何を売りに来た？」そう言うと、ヴァージルのほうを向いた。「〝シャマン・イ・ルーム〟――ローマのシャーマン（呪術師。特に死者や精霊と交信する能力を持つ指導者）よ、熊の毛皮をまとわないか？そうしたら、おまえのために太鼓を叩かせよう」

ヴァージルが真面目に答えた。「エルナス様、人間には、実行するには愚かしい行為というものがあります」

その返答にエルナスは訝しげに目を細め、口を結んで唇を突き出していたが、やがてうなずいた。

「そのとおりだな、ローマのシャーマン。おれがまだ子どもだった頃の話だ。ティルダス・シャーマンという、アトリの海のフン族の賢人が、老国王の葬儀の宴で熊の毛皮をまとった。人々は彼のために太鼓を叩いた。すると、熊の魂が彼に取り憑き、乗り移った。ティルダス・シャーマンは体じゅうが毛むくじゃらになり、よろよろと歩いた。爪が伸びて、かぎ爪になった。太鼓は鳴り続けた。タムタム！　タムタム！　アタム！　アタム！」

エルナスはフン族古来の太鼓の音をまねながら立ち上がると、背中を丸め、本当に熊が躍っているような姿勢で再現し始めた。黒目がまったく見えなくなるほど白目をむき、熊の前足のように両手を手首の先からだらりと垂らした。足を片方ずつ順に上げては下ろし、地面を踏み鳴らす。胸の中から荒々しい、苦しそうな唸り声が沸き上がり、熊のように咳込んだ。ヴァージルは、あまりの恐怖に動揺して体じゅうが凍りついた。目の前で唸ったり、跳ね回ったりしているのは、もはや熊のまねをする人間ではなく、シルクの衣を着た熊そのものだった。その〝人間だった熊〟はようやく激しい動きをやめ、ゆっくりと地面に横たわって熊のように眠り始めた。ヴァージルがじっと見守っていると、突然エルナスが立ち上がったので、驚いて後ずさった。だが、立ち上がったのは〝熊〟ではなく、元の〝伝説を再現する人間〟だった。なるほど、人類が演劇を、次に文字による記録を発明する以前は、歴史はこうして伝えられてきたのだな、とヴァージルは思った。

「集まっていたフン族は、だんだん苛立ってきた。さっさと続けろと。『やい、ティルダス・シャーマン！　やめろ！　いい加減に錨を上げて、小潮へ漕ぎ出せ！』」彼は足元にいるはずの見えない男の脇腹を蹴り始めた。「『起きろ、起きろ！　立ち上がれ、ティルダス・シャーマン、おれたちに預言を伝えろ。亡くなった老国王はおまえに何と言った？　先祖たち、それぞれの〝部族の母〟たちは、何と言ったのだ？』」

突然、男はまたしても熊に変わり、四つん這いになって嚙みつこうとしたり、爪で引っ掻いたりした。熊だ。完全に熊そのものだ。

激しい動きで浮かんだ顔の汗を軽く拭うと、エルナスは再び席に座った。「それきり、ティルダス・シャーマンは二度と口をきくことはなかった、二度とな。熊の魂が取り憑き、乗り移り、そして今も離れない。一度まとった熊の毛皮は、けっして脱ぐことができない。そういうわけでだ！　ローマのシャーマン！　おまえが『ノー』と答えたのは賢い選択だったが、何よりも、おれに向かって『ノー』と突っぱねない答え方をしたのは、さらに賢明だった。〈海のフン族〉は、そんな態度を許さないからな。帝国政府の書類を持っているようだが、どこへ、何をしに行くつもりだ？」

急な話の転換にも、マグスは動揺しなかった。

「この書類は、わたしの旅が私用であると同時に、皇帝陛下の意思にかかわることを示しています。あなたには、わたしが〈海のフン族団〉の王たちを訪ねるための取り次ぎをお願いしにまいりました。三人の王と面会して、協定により〈アウグストゥス・ハウス〉の友人となられた王たちから、キプロスとの往復を安全に航行できる保証をいただきたいのです」

エルナスは肩をすくめ、作業の途中だったオールを手に取った。「今は、おまえに面会できる王は一人もおられない。オッティル王はどこか小アジアの海岸都市を攻撃しておられる。オスメット王は〝アクサンド・イ・ルーム〟――おまえたちの呼び方では何という名だったかな？　ああ、〝アレクサンドロス大王の町《アル・アクサンドリア》〟か――を訪れて、貢物を増やすよう交渉しておられる。そういうわけで、王はおられない、取り次げない、航行の安全は保証できない。帰れ」エルナスは出口を示そうと腕を上げかけたが、急に公人としての誠実な役目を思い出したようだった。ゆっくりと、そして何かを考えながら、彼は上げかけていた腕を下ろし、何かを考えながら、そしてゆっくりと話し始めた。「〈海のフン族〉の代理人であるわたしが、〈アウグストゥス・ハウス〉からの公式書類を携えたきみの役に立てることがあるのなら、もちろん喜んで協力しよう」そう言いながらも、視線は相変わらずオールに向けられたままだった。

ヴァージルがすかさず言った。「あります。王を訪ねるための取り次ぎをお願いします」

エルナスは怒った声で言った。「さっきも言っただろう？　王はみな遠出していて、今は会えないのだ！」

「もうお一人いらっしゃいますよ。どこかへ出かけていると、あなたがひと言もおっしゃらなかったことから推察するに」

何のことかわからないという表情がエルナスの顔に広がり、困惑して一瞬眉をひそめた。すると、顔じゅうの筋肉が一斉に緩み、エルナスは大声で尋ねた。「バイラ王のことか？」そう言うなり、ヴァージルたちに向かって大笑いしだした。

しばらく経って話を再開したときにも、おかしさのあまり、エルナスの声はまだうわずっていた。「なるほど――おまえは、われわれの名高き王の噂を聞いたことがあるんだな？　おまえたちの大都市――たとえば、〝ルーム〟や、〝アクサンド・イ・ルーム〟や、〝ビザンチ・イ・ルーム〟や、〝エルサ・イ・ルーム〟――では、バイラ王の名声が噂になっているのか？　まあいい。お望みどおり、安全に航行できる保証をやろう。〈アウグストゥス・ハウス〉にとって、役に立つといいがな」

その言葉どおり、エルナスは安全な航行のための対策を授けてくれた……実のところ、二つも。一つは〝赤い男〟の船の帆柱に結びつけるための白馬のしっぽで、もう一つは、エルナスの家にいた使用人の男だ。もしも〈海のフン族団〉の船が、自分たちの支配する海に帝国の紋章を掲げたカルタゴ船が入るとは何事だと接近してきたら、その使用人が大声で事情を説明するというわけだ。ほかのフン族と同様に、いかにも百戦錬磨の年齢不詳の男で、船室を使うようにとどれだけ勧められても、(小ばかにするというより、思いきり侮蔑を込めた表情を浮かべて)けっして甲板を離れようとしなかった。出航してからずっと、半分毛の抜けた狼の毛皮にくるまりながら、船尾甲板を占拠し続けていた。飲み物はどうしているのか、そもそも水分をとっているのかさえ、誰にもわからなかった。食料は、革袋の中にくすんだ色の乾燥イルカ肉のかたまりをいくつか持っていたが、それが〝赤い男〟の船の乗組員たちをぞっとさせた。彼らはヴァージルにこう訴えた。「イルカは人間の友だ。友を食う人間がいるか？　だから、フン族は人間ではない、悪魔だ。イルカを食うのがその証拠だ」

マリッソス島の海岸に設営された〈海のフン族団〉の野営地は、半分眠ったような雰囲気に包まれていた。案内役となったエルナスの使用人が、船をどこに停留すればいいかを不機嫌そうに身振りだけで指し示した。指定された深い入り江は、大昔に沈んだ山の噴火口の一部のようで、砂利だらけの浜辺に転がる苔でぬめった岩や壊れた太古の柱列の上に、〝赤い男〟の船の飾り鳥が暗い影を落とした。船の大綱を石柱の穴に留め、案内役の男が岸に飛び降りると、お腹がぽっこりと膨らんだ子どもや老婆の一群が集まってきた。だが、それきり誰も船に関心を寄せる様子はない。結局、案内役の男についていくのがいいだろうという話になった。

フン族のテントは見るからに脆弱で、海岸沿いだけでなく、杉や松の森の中にもいくつか立っていた。だが、停泊している船の数に比べれば少なかった。テントのうちのいくつかは、ずいぶん前から海風にさらされてきたためか、そもそも海辺には不向きだったのか、ドアが内側へめり込み、デッキが傾いて草に覆われていた。いつでも戦いに出られそうな年頃の若い男たちがそこここで、壊れた船やドアの柱にもたれかかって膝を立てて座り、槍や引っかけ鉤を磨くなど、急を要しない手作業をしていた。よく見ると、その誰もが傷を負っており、そのせいで仲間の船に乗せてもらえないのだとわかった。年老いた男はほとんどいない。フン族の男は、長く生きるよりも、戦って死ぬことを潔しとするからだ。だが、年老いた女は何人かいて、みなおぞましい姿をしていた。歯は抜け、髪も抜け、すっかりくたびれた半裸の老女たちは、しなびた乳房をひらひらさせながら、腰を曲げて野営地の中をあさり回っていた。愛や寛大さや美といった概念をほとんど理解できず、むしろ忌み嫌ってきた部族のなれの果てが、まさしくこの汚い、口うるさい老婆たちなのだ。ところどころで、どこか別の国から連れてこられた者たちが力仕事をしていた。彼らは水や薪を運ぶ手を止め、忘れかけていた外界、自分たちなど取り返す価値のない存在だとみなした世界からの訪問者たちを呆然と見ていた。が、やがてそれぞれの仕事に戻っていった。野営地じゅうにひどい悪臭が立ち込めていた。人糞、古い尿、腐った魚、処置を怠った皮膚病、乾いた汗、年老いた犬、洗っていない衣類、酸っぱくなった馬乳、それに、何が源なのか想像もつかないさまざまな臭いだ。噂では、フン族は年に一度しか体を洗わないという……その日には、周辺の海で魚が大量死するのだと。

ヴァージルは、その噂が本当に思えた。

まるで大きな嵐が去ってずいぶん経った頃に流れ着いた船の漂着物のように、彼らが強奪し、略奪してきた戦利品の数々が野営地じゅうに散らばっていた。地面に置かれた家具は壊れて金箔が剝がれかけ、染色された上等の麻の反物は日常的に便器として使われ、栓を抜いた何本ものヴィンテージ・ワインは酢に変わりつつあった。鮮やかな色彩のさし絵が描かれた古い写本が破れて放置されそこへみすぼらしい犬が近づいて片足を上げた……何もかもが、そんなありさまだった。

　案内役の男が廃れた寺院の階段をのぼって姿を消した。フェニキア人船長とパトロンは、その後を追った。天井がすっかり抜け落ちた部屋の中には、二人がこれまでに見たこともないほど大きなテントが張られていた。それぞれ赤や紫や黒や灰色に染められた馬のしっぽが、テントへと導くようにずらりと吊るされている。太陽光を採り入れるためにテントの上部に穴が空いており、暗さに目が慣れてきた二人は、その隙間からテントの内部を窺うことができた。案内役の男が体を低く屈め、床に完全にひれ伏す直前でまた立ち上がり、何かを搔き集めて頭にふりかけるような仕草をし、数歩進み出てから、一連の動作を初めから繰り返した。そのあいだにも常に何かをぶつぶつと唱えているのだが、どうしようもなく退屈だと言わんばかりにあくびを繰り返していた。やがて、少し苛立ったように声をいっそう張り上げつつも途切れることなく唱え続けながら、テントの床に敷いた広く豪華な、薄汚れたバクトリア織りの絨毯の上に座った。それから、ヴァージルたちのほうへ手を伸ばし、それ以上近づくなと警告した。

　ヴァージルたちは足を止め、目を細めてテントの内部を見つめた。すぐ目の前には、脂に汚れた羊の毛皮の寝床の上で、汚いセーマイト（金糸を使った分厚い絹織物）の胴衣《ダブレット》を着て、かつては歯があったはずの茶色い残根がずらりと並ぶ（抜けているものもあったが）口内が丸見えになるほど大口を開け、いびきをかいている男が横たわっていた。てっぺんに金の飾り輪がついた柱に最後の馬のしっぽが吊るされている点、さらには、くすんでいるとはいえ、寝ている男のダブレットが紫色に染められている点から、二人は今まさにフン族の王の一人、バイラの前にいるのだと気づいた。

みすぼらしくはあったが、〝王の住まい〟には従者も給仕もそろっていた。目を覚ました王が、寝床の前に見知らぬ男たちが立っていることに気づいて吠える（あるいは唸る）声を聞きつけ、陰の中から部族の男が三人姿を現した。それぞれに傷を負っていたり、足を引きずったりしている。この〝王に仕える戦士〟たちもまた午睡《シエスタ》にふけっていたらしく、急なことに驚いてキャンキャンと吠えてた。奴隷や家臣たちもやって来た。ただし、すぐに駆けつけたわけではなく、バイラ王が鼻をかみ、痰を吐き、小さな椀の水で目を洗い、そのほかにも不潔で胸の悪くなりそうな粗野な身支度を済ませた頃、ようやく王の接見か謁見らしき儀式が始まった。

ヴァージルとエベド＝サフィール船長は、羊の毛皮を十枚積み重ねた上に毛皮の裏地のついた絹の衣（スキタイ人の有力者から略奪したものにちがいない）で覆った山に腰を下ろした。ワインが運ばれ、素晴らしい細工の、だが不揃いの杯が配られた。真水、馬乳酒《クミス》、乾パン、それに、かつては柔らかかったはずの、糖と小麦粉でできた色つきの練り菓子も提供された。部屋の隅では、胡坐《あぐら》をかいた女性が一人、鼻にかかった声で歌いながら、リズムのずれたティンブレル（タンバリンに似た小型の平たい太鼓）を叩き、同時に、膝に乗せた大きな赤ん坊に乳を与えていた。

〝王に仕える戦士〟たちがヴァージルたちの近くまでやって来て、それぞれ〝男爵《バロン》〟だと名乗り、手を出してきた。バロン・ムルダスは片目しかなく、バロン・ブルーダは左腕がほとんどなく、バロン・ガブロンは激しく損傷した右のアキレス腱をかばうために、槍に寄りかかって立っていた。三人は口々に低く唸った。「よこせ。よこせ。よこせ」

政府発行の書類が入っている、帝国のモノグラム刺繍入りの紫色の袋が差し出された。ガブロンがひったくるように受け取ってブルーダに渡し、ブルーダはそれをムルダスに渡し、ムルダスは袋を開けて、中の書類をバイラ王の膝の上に乱暴にぶちまけた。バイラ王は汚い指で書類を撫でた後、上下逆さまに持ち上げ、卑猥な絵でも探しているかのようにペラペラとめくっていたが、やがて放り出した。少し不機嫌そうにも聞こえるしゃがれ声で言った。「皇帝の本、とても美しい、とてもきれい。たいへん光栄。ルームは、ふむ、大事な友人。飲め。食え。肉、魚、すぐ来る。おまえ、何の名前だ？」

海を統べるバイラ陛下――バイラの子孫、オッティルの子孫、エルナスの子孫、〈海のフン族団〉王の子孫であり、みずからも偉大なる王、王の中の王、近隣の海と島々を共同統治する王――は、小さな赤茶色の目の、まばらな髭をだらりと垂らした、肉のたるんだ小太りで小柄な男だった。顔の左側にかなり深い刀傷があったが、ずいぶん前につけられたもののようだ。

フェニキア人船長が自己紹介をし（王は「カルタゴの男、よい船乗り。だが、いつも何かを売る、売る、売る」と少し楽しそうに言ってから「ここでは何も売らない。フンは、何も買わない。欲しいものは奪う」と言った）、続けてパトロンの紹介を始めた。だが、まだ終わらないうちに、またしてもムルダスとブルーダとガブロンのバロンたちが手を伸ばしながら低い声で迫った。「よこせ、よこせ、よこせ」客人たちはそれぞれ、君主への贈り物として持参したものを取り出した。〝赤い男〟からは、サメ皮の鞘《さや》に収めた長剣と短剣と砥石だ。ヴァージルからの贈り物は金の糸で編んだ靴下止め《ガーター》で、いびつな形の黒真珠《バロック・ブラック・パール》の装飾がついている。

バイラ王は、ガーターをブレスレットか腕飾りと勘違いして腕に巻きつけ、短剣を楊枝代わりに宙を見つめながら歯の隙間をつついていたが、いきなり立ち上がり、二人について来いと合図した。〝王に仕える戦士〟たちは、その合間にひと息つこうとさっさと腰を下ろし、部屋の隅にいた女（後で知ったのだが、彼女は〝フォックス部族の母〟であり、伝統的な宮廷歌手であり、偶然ながら――あくまでも、偶然の結果として――バイラ王の最年少の子の母親でもあった）は、王がいなくなったとたんにティンブレルを叩くのも甲高い声で歌うのもやめ、滑りやすくなった赤ん坊の口の中へ左の乳首を含ませた。

　太陽は明るさを増していた。バイラ王の身振りに従ってテントの裏側へついて行った二人は、何かの生き物が鎖で柱に繋がれ、閉じ込められている一画に着いた。

「ヴァージル・シャーマン」王が言った。「よいことを教える。おまえ、用心しろ。悪いシャーマンのようになるな。おい、そこのしらみ野郎！」王は突然甲高い声を上げ、大きな傷のついた顔を怒りで真っ赤に染めた。「豚の糞を食うやつめ！」

　鎖で繋がれていた生き物が頭を上げ、体を起こした。ヴァージルがこれまでに見た中で、最も年老いて、最も汚れたみすぼらしい熊だった。熊は顔をゆがめて瞬きをし、ほとんど歯の残っていない口をパクパクさせて弱々しい声を上げた。バイラ王が怒り狂ったように棒切れや石を投げつけると、熊は前足で顔を覆った。その瞬間の熊は、まるでひどく年老いた熊の皮をかぶったひどく年老いた人間に見えた。太陽が照りつけて暑かったにもかかわらず、ヴァージルは異様な恐怖に背筋が冷たくなるのを感じた。

「ティルダス・シャーマン、ですか？　これが？」言葉が途切れ途切れに口から飛び出した。

「ティルダス・シャーマン、そうだ！　ティルダス・娼婦《ホーサン》の息子！　死刑執行人のティルダス！　呪われたティルダス!」

こんなところにいたのか。〈海のフン族団〉の誰もが信じている、かつては人間だった態だ。「どうして彼をそこまで憎むのですか?」ヴァージルは尋ねた。

「どうして?」バイラ王は金切り声で言った。「どうして? どうして憎むか? どうして?」王の口から唾が飛び、汚れた小さな手は怒りのあまり、握ったり開いたりを繰り返している。怒りのせいで、片言ながらどうにか話せていたラテン語さえ忘れたのか、伝えたいことがはっきり言葉にできるまでしばらくかかった。王が言いたかったのは、おそらくこういうことだ。シャーマンであるティルダスが人間の姿と言葉を取り戻せなくなったせいで――そしてその結果、亡き前国王や各部族を率いてきた祖先の女たちの霊から彼の継承権の優位性を示す預言が伝えられなかったせいで――バイラ王は弟であるオッティルとオスメットに君主としての権力を奪われ、何の力もない今の立場に貶められたのだと。

「王だ!」バイラは自分の鳩胸を叩きながら大声で吠えた。「バイラも、王だ! オッティルは王、オスメットも王、だが、バイラは――バイラも、王だ!」

たしかに彼は王だ。バイラ王だ。この悪臭漂う野営地の王、老婆とお腹の膨らんだ子たちの王、傷を負って戦えなくなった戦士や体に障害を抱えた者たちの王。がらくたと、ハエと、皮膚病の犬たちの王なのだ。

かつて〈海のフン族団〉が水平線の向こうから、まるでイナゴの大群のように押し寄せて島を乗っ取るまで、ここはギリシャ人たちの〈聖なる井戸〉だった。放置されたせいで、今は壁が崩れ落ち、積まれた石には苔が生えている。この緑むす涼しい一画に一人で放置されたバイラ王は、誰にもかまわれず、今の自分と、ひょっとするとなれたかもしれないもう一人の自分とを比べて腹を立てるにも孤独すぎる環境の中にいた。ひとしきり感情を爆発させた後は、少し落ち着きを取り戻し、座ったまま客人たちに向かってぽつりぽつりとこんなことを話した。

おまえたちにキプロス島まで安全に航行する保証を与えるべきか？

その裁定を任されていたのなら、保証してやるところだ。だが、絶対にそんなことはできない。なぜなら、弟たち（あの二人に、膿をもったできものと、痔と、壊血病と、鞍擦れと、船酔いと、天然痘の苦しみを！）が怒り狂うにちがいないからだ。だめだ……自分にはできない……そんな危険を冒すわけにはいかない。

「残念です」とヴァージルは漏らした。「キプロスでは、かの有名なパフォスの街が見られると楽しみにしていたのですが」それを聞いて、バイラは汚れた小さな耳をぴくりと立てた。パフォスだって？　あの壮大なアフロディーテの神殿のある街か。パフォス――なるほど、おまえたちはあそこに行きたかったのか。ははあ、うんうん。パフォスか。

「そうです、バイラ王。パフォスです。壮大なアフロディーテの神殿があって――さらには七百人の――いや、千七百人だったかな――おおぜいの美しい巫女たちがいるのです。みな愛の神のわざの熟練者で、愛を信じる敬虔な巡礼者を、女神ご自身になり代わり愛してくださるのです。女神を崇拝するのは、称賛すべき立派な行為だと思いませんか？」

「女神を崇拝、うむ、はあ」

ヴァージルはアンソン船長と目を合わせた。船長もすかさず、自分の船でバイラ王をパフォスへの巡礼にお連れできたら、どれほど光栄なことかと強調した。小柄な王は、よだれに濡れた唇を舌なめずりした。ゆっくりと真剣に巡らせている考えは、はたから見ても手に取るようにわかった。「……女神を崇拝……」

王の顔に、思いとどまらせるような苦々しい表情が浮かんだ。「オッティルが……」不機嫌そうに低い声で言った。「うむ……オスメットが。ぐぬぬ……」

ヴァージルは、このような敬虔な旅に二人の王が反対する理由があるだろうかという、一見修辞学的な質問を投げかけようとしたが、不意に考えを変えた。「もちろん、バイラ王が誰かに許可をもらわなくてはこの野営地から一歩も出られないお立場であるなら、話は別ですが……。つまり、弟君たちの囚人なのであれば――」

まだ言い終わらないうちに、三番目の王《レギウス・テルティウス》は勢いよく立ち上がり、怒りに拳を掲げ、素早く剣に手を伸ばした。マグスはかろうじて「殺すなら殺せばいい、本当のところはどうなんです！」と言った。

バイラ王が剣を抜いた。「立て、立て！」王は叫んだ。「ヴァージル・シャーマン、エベド・キャプテン、立て！　船へ、船へ――今すぐ！　一緒に、キプロスへ行く」怒りが多少収まった王の顔に浮かんでいたのは、腹をくくった決心とはほど遠いものだった。ほほ笑みのつもりか、いやらしくにやついているのか、唇の端を引き上げたせいで大きな傷のある顔の左側が醜く崩れていた。「いざ、パフォスへ！」王であるバイラが叫んだ。「崇拝！　一緒に、女神を崇拝する！」

牧羊犬が羊を追い立てるように、王は二人を急かせて歩きだした。

かつて戦いで深手を負った三人のバロンは、その決定を聞かされても唖然とするばかりで、すっかり興奮した君主に何と言えばいいのか言葉を失っていた。とはいえ、この局面をただ黙って見過ごすわけにはいかない。そこで彼らは手のひらを上に向け、指先を軽く曲げて、またしても二人の客人のほうへ手を伸ばした。

「よこせ、よこせ、よこせ」

出し惜しみしている場合ではなかった。ヴァージルは筆入れを、エベド＝サフィールは携帯用のアストロラーベを差し出したうえ、二人のベルトの留め金、編み上げ靴《バスキン》の金具、ナイフ、財布、魔除け、櫛、帽子、それに外套まで渡した。ヴァージルはのちにこのときの自分の行動を、〝徳〟以外のすべてを手放したと表現している。

〝赤い男〟の船に必需品が手早く積み込まれ、鼻孔に黒いリボンを通して結んだ馬の頭蓋骨が船のバウスプリット（船首から前に長く突き出た棒）に取り付けられた――〈海のフン族〉は、このまじないなしには絶対に航海に出ることはないのだそうだ。いざ出航すると、海はまるで洞窟の中の水たまりのように、波も風もなく穏やかだった。それでも漕ぎ手の男たちは背中を丸めて必死にオールを漕ぎ、フン族の野営地の悪臭がはるか後方へ遠ざかり、マリッソス島の影が水平線の上の染みにしか見えなくなるまで、そのペースを落とそうとはしなかった。

朽ちつつあった宮廷――なんとひどい宮廷だったことか！――から解放されたバイラ王は、まるで別人のようだった。実のところ、彼は有能な船乗りであり、不器用だが勇敢な戦士だった。というのも、エーゲ海（ギリシャと小アジアに挟まれた地中海北東部の海域の一つ）沖で強風にあおられ、操舵手が思わず舵を握る手を放して倒れ込んだとき、すぐに舵柄を摑んで用心深く船を制御したのも、キクロデス諸島（ギリシャの東にある島々）の南の海で襲いかかってきたサルデーニアの略奪船を打ちのめして追い払った際に中心的な役割を担ったのも、バイラ王その人だったのだ。悪意の象徴のようなぎらぎらとした真っ黒い船体と、乾いた血を思わせるくすんだ赤茶色の帆を張ったフン族の船もたびたび近づいてきた。が、高く掲げられた彼らの王族のしるしである白い馬のしっぽに加え、船尾甲板に立つバイラ王のずんぐりとした姿を確認すると、手出しをせずに通り過ぎるのだった

ところが、風がやみ、バイラ王の出番もなくなった。こうなると、王はただ眠って過ごすばかりだった。

「むろん、船を漕いで進めることはできる、いつでも漕ぐことはできる」〝赤い男〟はかなり苛立った声で言った。「だが、うちの漕ぎ手たちは奴隷ではない。酷使した挙句、使い捨て、新しいのと取り換える、そういう存在ではない。人力で船を漕ぎ進められる距離はおのずと限られる。それに、時間がかかりすぎる。そう、時間は無駄にできない、それは常に忘れてはならない」

その発言はそのまま、ヴァージルの抱えている悩みでもあった。

「もしあなたが気に病んでいるのが、期日までにナポリに戻れるかどうかという点なら」ヴァージルは先の尖った短い髭を撫でながら言った。「前にも話し合ったとおり、あなたがいつもの定期貨物船の仕事に間に合わなければ、その分の損失は金銭で埋め合わせします」

だが〝赤い男〟は、たしかに時間への対価は支払われるべきだが、必ずしも金で買えるものではないと言った。「そして時間は、何を引き換えにしてでも手に入れたいときがある。ヴァージル殿、きみは風を起こせるんじゃなかったか？」船長は唐突に尋ねた。

〝何を引き換えにしてでも手に入れたい〟か。金で雇った船長が、わたしの気持ちを見事に言い当て

ている。ヴァージルは一瞬、自分の魂《ピュシュケ》の一部を奪われたうえ、すべての女性の中で最も愛した相手から裏切られた苦悩に、忘れたかと思ってもすぐに戻ってくるいつもの苦しみに、またしても完全に飲み込まれていた。首を振り、すぐに平静に戻って、船長に答えた。「この状況だと、風を起こすのは難しいのですが――」

アンソンがすかさず口を挟んだ。「〝風を起こすのは〟ということは……ほかに何か手があるんだな？ それなら、すぐにそれをやってくれ。今すぐに！」

杉材の香る船室の中は薄暗かった。ヴァージルは、大きな黒檀の箱の中から、非常に硬いシデ材でできたひと回り小さい箱を取り出し、さらにその中に収められている亀の甲羅で作ったいくつもの精巧な容器のうちから一つを選び出して、船室のテーブルの上に置いた。

「けっして気持ちのいいものではありませんよ」ヴァージルは忠告した。〝赤い男〟は胸の奥から苛立ち軽蔑するような声を漏らし、ヴァージルが長い指で慎重に包みを解く様子を見守っていた。何重にも包まれた、まるで新雪のように柔らかく真っ白い布は、北インドからの貴重な木綿で織られたものだ。中から出てきたのは、干からびて、先が枝分かれした茶色い物体だった。赤い絹糸で幾つもの結び目を作りながら、手足をしっかり縛ってある。

驚いた船長は、若い頃から今日にいたるまで、こんな奇妙な結び目は見たことがないと言った。「この結び目も、これも、これも、こっちもだ。船乗りのわたしとしたことが。どんな結び方もすべて知り尽くしていると思っていたのに」彼の声は低くなっていった。「なるほど、この物体は、わたしの知っている世界とはまったくちがうところから来たのだな。こいつが風を集めてくれるんだな？ ちがうのか！ それなら、どうして……」船長は口をつぐみ、包みの中身を凝視した。

中の物体は、長さはおそらくペンの半分ほど、太さは指二本分だった。見たところ、世界最小のミイラのようだ。うっすらと毛に覆われ、骨がないのか、二本の足が互いにぐるぐるとからまっている。明らかにつま先らしきものがない。「これは、〝アル・ラウネ〟と呼ばれるものです」ヴァージルが言った。「〝ペレノーズ〟や〝ペレスチューブ〟という別名もあります」そう言いながら、平たい器にワインを、深い器に土を入れた。物体をワインに浸すと、大急ぎで足先のほうから土の中へ突っ込み、周りの土をしっかりと押し固めた。

「ほかにも」ヴァージルは一歩下がって、土に半分埋もれた物体を見守りながら話を続けた。「〝マンドレイク〟や〝マンドラゴン〟という呼び方もあります。さまざまな呼び名があるのです。そして、さまざまな力も」土に水をかける。赤い絹糸の端を見つけて引っぱると、すべての結び目が一度にほどけた。マンドレイクが動きだした。全身で小さく身震いした。ひどく小さな瞼《まぶた》が震えて開き、暗い視線をあちこちにぼんやりと投げかけてから、愚鈍な生き物のように顔をしかめ、何かを吸いたいのか、唇のない小さな口でチュッチュッという小さな渇いた音を立てた。

ヴァージルは銀の小型ナイフを手に取り、自分の左の人差し指の先を軽く突いて、血を一滴絞り出した。こぼれずに指先に盛り上がったその血を、マンドレイクの口元へと差し出した。マンドレイクは、母の乳にむしゃぶりつく子羊のように、勢いよく顔を押しつけながら指に吸い付いた。やがてヴァージルが指を引き離した。「もう充分だろう、ホムンクルスよ。しっかりと見て、はっきりと話し、すべてにおいてわたしに従え」

ホムンクルスは唇をチュパチュパと鳴らした。小さな顔であちこちに向ける目つきは鋭く、もはや愚鈍ではなかった。薄ら笑いを浮かべ、甲高い声で何やらしゃべり、両手で髪をいじった。手といっても、胴の両側から根のようなものが一本ずつ伸びているにすぎない。

「はっきり話せ！」

「カンディアの女王は夫に隠れて廏舎の若者と寝ている」マンドレイクは、か細いが、しっかりとした甲高い声で言った。「ミソ・ヤニスは赤毛の少女に新しい客をつけようとしている。船乗りのカルリスは屈伸運動にいそしんでいるが、ボートを漕いでいるわけではない。相手の女は――」

「そんな話は要らない」ヴァージルが遮った。マンドレイクは馬鹿にしたように鼻を鳴らし、にやにやと笑った。

「この近辺の海を調べろ。風が見えるか？　風のにおいはしないか？　風を肌で、耳で、舌で感じられるか？」

マンドレイクは探るようにじっと考え込んだ。「イワシとヒラメが見える」しばらくして、そう言った。「それから、イカと、たくさんの海綿動物と――」

「風だ。風だけでいい。風を探せ」

マンドレイクは鼻梁のない鼻に空いた小さな二つの穴をひくひくさせた。「におう」

「どこだ？」

「小アジアの海岸沖。町が燃やされ、大量の血が腐り、犯された乙女たちが恐怖にびっしりと冷や汗をかいている臭いがぷんぷんする」

ヴァージルと船長は素早く目を見合わせた。「〈海のフン族団〉だ」〝赤い男〟が言った。「オッティル王が、その近辺で暴れているのだろう」

「その風はいい、ホムンクルスよ。別の風を探せ」

小さな口がしゃべるのをやめ、ぎゅっと閉じた。「味がする」

「どこだ？」

「太陽に向かって三リーグのところで、塩と水しぶきの味がする」

アンソン船長が首を振った。「そこは、岩と浅瀬だらけだ」

「その風もいい、ホムンクルスよ。別の風を探せ」

マンドレイクは不機嫌そうにぶつぶつ言っていたが、やがていやらしい笑みを浮かべた。「アテネの城守の娘が――」そう言いかけたところへ、ヴァージルがすかさず銀の小型ナイフを突きつけた。マンドレイクは甲高い声で危機を叫び、体をねじったり、土から抜け出そうとしたりした。「風を見つけた！」抗議するように叫ぶ。「風が見える！」

「どこだ？」

「ここから二リーグと、さらに一リーグの半分」マンドレイクは哀れっぽい声で伝えた。「南と東！南と東に挟まれた方向へ、二リーグと半分行ったところに――風だ！　ああ、温かい！　ああ、速くて、心地いい！　風が吹いている！」

〝赤い男〟が背を向け、階段を駆けのぼって大声で指令を出した。甲板の上を乗組員たちが足音を立てて走り、オールを次々にトールピン（オールを漕ぐときの支点となる小さな杭）にはめ込む音がする。指揮官がオールを漕ぐ合図をリズミカルに鳴らし始めると、船は一気に走りだした。「よし」ヴァージルがマンドレイクに向かって言った。「今のうちに、好きなだけしゃべるがいい」

　小さな生物の目がカタツムリの粘液のようにきらめいたかと思うと、堰を切ったように、ケンタウロスと羊飼いの娘の話や、人魚に魅了された漁師の少年の話や、欺かれたユニコーンや、竜族ではない者たちに宝を騙し取られたドラゴンの話をまくしたてた……。ときには甲高い声で、ときには猫のような声で、いつまでもぺちゃくちゃとしゃべり続けている。ふと口を閉じたかと思うと、また話し始め、熱意の感じられない機械的な調子で次から次へと話題を変えるのだった。ヴァージルは片手で頬杖をついて話を聞きながら、もう片方の手でときどき蠟板に何やら書き留めていた。

突然、船を漕ぐリズムが崩れた。大きな声が上がり、またしても男たちの走り回る足音が甲板に響き、今度は大急ぎで帆を揚げる音が聞こえた。帆がきしみながらはためく大きな音がした――一つ、二つ、そして三つ。男たちが一斉に歓喜の声を上げた。ヴァージルは急いで立ち上がり、蠟板の表面を尖筆で軽く引っ掻いて、筆先についた小さな蠟のかたまりを指で丸めた。ヴァージルが近づいてくるのをマンドレイクは困惑した目で見ていたが、突然口を大きく開けた。だが、人を狂わせ、死に至らしめるという恐ろしい叫び声を上げるより早く、ヴァージルはその小さな口の中へ丸めた蠟を押し込んだ。と同時に、間髪を入れず、声の出せないマンドレイクの体に赤い絹糸を巻きつけ、土の中から引き抜いたのだった。

マンドレイクは倒れ込んで全身を痙攣させた。次の瞬間、苦しそうに身をよじった。やがて、例の結び目を作って再び安全に――物理的にも、霊的にも――縛り上げると、もはや醜い、奇妙にねじれた植物の根にしか見えなくなっていた。ヴァージルは口を塞いでいた蠟を小型ナイフの先で素早く取り除いてやると、マンドレイクを木綿の布に包み、亀の甲羅の細工の容器に収め、それをシデ材の箱に戻し、さらに彫刻の施された大きな黒檀の箱にしまった。とたんに、ヴァージルは生命力の半分を一気に使い果たしたような気がして、倒れ込むように椅子に腰を下ろした。顔からは血の気が引き、吐き気が込み上げてえづいた。これも愛する女性から受けたひどい仕打ちのせいだと、あらためて痛切に感じながら、震える両手を顔に持っていこうとしたとたん、突然の痛みに顔をゆがめてうめいた。左手に目を向ける。

人差し指全体が真っ赤に腫れ上がっていた――指先の柔らかい部分を除いて。そこだけは灰色に変色し、膿をもっている。ヴァージルはゆがめた顔に疲れきった表情を浮かべ、ずいぶん長くその指を見つめていたが、どうにか力を振り絞って傷を洗浄し、包帯で巻いた。

「こんなこと、今年いっぱいはもうやるものか」ようやくヴァージルは言った。「できることなら、あと何年かやりたくない……いや、もう二度とやらない」固い決意が顔に浮かんだ。だが、すぐに苦笑を浮かべ、肩をすくめると、その決意は顔から消えていた。

「キプロスだ!」甲板から誰かが叫んだ。「キプロスだ! キプロスが見えたぞ!」

第十章

キプロス島は、まったくの別天地だった。

パフォスという街は、まるでマンドラゴンから抽出した〈タラキン〉という麻薬で頭が朦朧となったたった一人のギリシャ人が設計し、築き上げたかのように見えた。混ぜ物なしの乳脂のような黄色い大理石や、砂糖菓子《スイートミート》のようなピンク色の大理石、ピスタチオナッツのような緑色の大理石、葉脈のような模様や粒模様のついた大理石、それに蜂蜜やバラの色の大理石でできた建物が、斜面に沿って丘の上のほうまで、窪地を埋め尽くすようにびっしりと建っている。コリント式の柱が地味に思えるほど装飾的な彫刻をふんだんに施した柱頭と、豪華な浅浮彫りの柱礎のある、やたらと高い柱の列。道の角や交差路ごとに取り付けられた四重のアーチ。家々を見下ろすほど巨大な像と、各家の軒下で楽しそうに群れる何体もの小さな像。どこを向いても果樹園や庭園があり、噴水からは水が流れたり、勢いよく噴き出したりしている。

パフォス。

緑豊かな亜熱帯の風景には、赤く艶めくザクロの花を揺らすほどの風もなく、甘く重い空気が一帯に垂れこめていた。フン族の王が汚れた手を胸に当て、口を開けたままかすかに顔をしかめるのを見て、ヴァージルも少し――ほんのかすかな――息苦しさを感じていたことに気づいた。はたしてこのむせ返る甘い空気だけが原因なのだろうか……。

　突堤に男が一人立っていて、あまり関心のなさそうな様子で、到着したばかりの船と船上の人間たちを観察していた。ヴァージルはクマエ（ナポリ近郊の古代ギリシャ人の植民地）で話されているギリシャ語を思いつく限りに並べながら、港の役人はどこにいるのか、船の荷物を下ろす人を雇えるかと尋ねてみた。男は、島特有の少し古い方言で答えた。「もちろんだよ、旦那、じきに《アノン》……明日に……」

「今日ではだめなのか？」

「今日かい、旦那？　今日は、大きな祭りの日」

〈海のフン族団〉による事実上の航路遮断のせいで島の外との交流がなくなり、明らかに手入れを怠っている様子が街じゅうに見られた。通りの真ん中に、紫色に熟した実がたわわに実ったイチジクの木が生えている。港の波止場では、しっぽの伸びた羊の群れが草を食んでいる。横転して車輪のつぶれた馬車が壊れたまま放置され、柔らかな苔に覆われて緑色に染まっている。

「そう、今日は、旦那、今日は、海で生まれた女神ディティッサ（アフロディーテのこと。アフロディティッサの短縮）の息子、われわれの小さな神、イクトゥス様の生まれなさった日。お祝いのため、みな神殿の池に、聖なる小魚《スプラットリング》の餌やりに行ってる。旦那たちも行くといい。屋台で甘いケーキを買って、参拝に参加するといい――」男はそう言って、夢のように美しい街を見下ろすように建つ巨大な神殿を示した。その語り口を聞いているうちに、ヴァージルはふとアレグラ婆さんを思い出し、彼女がどこの出身なのか、まるで知らないことに気づいた。

　時間はかかったが、スミルナ（エーゲ海東部、今のトルコの西海岸にあった古代港湾都市）出身のバジリアノスと名乗る男の登場により、入港手続きと荷下ろしの手配は無事に済んだ。バジリアノスは、パフォスで最も大きく、有名な宿泊施設である〈巡礼者のための黄金の休憩所《ゴールデン・ホスピタル》〉の所長だった。〈ゴールデン・ホスピタル〉は、位の高い巡礼者たちが神殿に敬意を表する期間を優雅かつ快適に過ごすための宿として利用されていた。もちろん、世俗の人間であっても、それなりに裕福な、あるいは身分のある者――たとえば、商人や役人、〝グランド・ツアー〟（まもなく教育を修了する学生が海外見聞を広めるための旅）の途中の若者たちや徴税代行人など――は泊まることができた。だが、キプロス島じゅうがそうであるように、一世代前に〈海のフン族団〉に襲来されてからずっと客足が絶たれている現状は〈ゴールデン・ホスピタル〉でも明らかだった。

「かつてはですね、博士殿、船長殿」と輿に乗ったバジリアノスは、彼を挟んでやはりそれぞれ輿に乗ったヴァージルとエベド＝サフィール船長に向かって言った。三台の輿の担ぎ手たちは、恋人どうしの散歩かと思うほどのろのろと歩いていた。「わが〈ゴールデン・ホスピタル〉には、通常の日であれば、平均すると百人、祭の日にはその倍ほどの宿泊客がいらしたものです。それが、今はどうです？　今はですね、平均すると、一日に一人か二人しか泊まりません。そのほとんどが、キティオンか、アマサスか、この島のどこか別の町から来る方です。島の外からのお客様はめったになく、せいぜいひと月に一人か二人です。もちろん、年に一度の大船団が来る時期は別ですが。わたしたちはどんなことがあっても、常に〈ゴールデン・ホスピタル〉を最高の状態に保っています。昔からの寄贈金がありますので、お客様がいらっしゃらなくても金銭的には困りません。それでも」と彼はため息をつき、両手を振りながら続けた。「かつての栄光の日々を思うと、とても心穏やかではいられないですね」

　彼らは人のまばらな通りを後にした。歩いている人のほとんどが飛びぬけて美しく、やけに物憂げに取りすました様子なのを見て、ヴァージルはなぜかわからないが、妙に落ち着かない気分になった。

想像を超えるほど鮮やかな緑色の草地を通っていると、まぶしい太陽に照らされて、何かが輝きながらいくつも空中に浮いているように見えた。道の先にある暗い森の中で、金色の果実が木に生っているのだ。その森のほうへと曲がりかけたときだった。怒りや恐怖や悲しみを凝縮したような怒鳴り声が聞こえ、ヴァージルは首筋の凍りつく思いがした。輿の担ぎ手の男たちまでがぎょっとして、ぎこちなく足を止めた。

一人の老人が、ロープほどに細い筋肉と骨だけの日に焼けた痩せた腕を剝き出しにして、両手の拳を耳の高さまで掲げ、大きな灰色の髭の中から再び怒鳴り声を上げた。「狼よ！」彼は叫んだが、その声は震え、細い喉の奥で詰まって消えた。「狼と人間よ！　人間と狼よ！　人間のような狼よ、ああ、ああ！　そして、狼のような人間よ！」

輿の担ぎ手たちは落ち着きを取り戻し、小さな声で何かつぶやいて首を振りつつ、再び歩き始めた。ヴァージルがバジリアノスのほうを向いた。「どうぞ、お気になさらず」バジリアノスが言った。「あれは半分気の狂った哀れな異端の信者、エフェソス（トルコ西部の古代都市）人のアングストゥスです。彼と彼の率いる集団のことは、わたしも案じているのです。秘密の集会場所はすでに軍人たちに知られているので、近いうちに踏み込まれることでしょう」

「哀しきかな！」ヴァージルたちが通り過ぎるとき、アングストゥスは怒鳴った。「ああ、罪深き街よ、ああ、罪深き島よ！」その声がヴァージルの背後で消え入った。「なんと美しいことか！　そして、なんと堕落していることか！」男はまだ怒鳴っていた。バジリアノスは、ちょうど輿が踏み入ろうとしている涼しい果樹の森の由来について説明を始めた。そこにある金色の実の生る木はマルメロといい、神話の中で〝獅子殺し〟のヘラクレスが西の果ての美しい果樹園でドラゴンを殺し、ヘスペリデスの娘たちからもらってきた〝黄金の林檎〟なのだという。その実を代々育てているのだと。エフェソス人のアングストゥスの声が、背後の甘い空気の中に消えていった。「おお、人間よ！　おお、狼よ！　おお、人間のような狼よ！　そして狼のような人間よ……」

　すると、輿が果樹の森を抜けるや、〈ゴールデン・ホスピタル〉の壮大な全貌がいきなり目に飛び込んできた。「お二人にはそれぞれ、続き部屋を用意しました」バジリアノスが言った。「今、風呂に湯を張っているところです。使用人が採寸に伺い、こちらで用意した清潔な衣服をお持ちします。お部屋にはお食事の用意ができています。そのあいだに、うちの者に船までお荷物を取りに行かせましょう」

「キプロスの王様と面会できるかな？」ヴァージルが尋ねた。

「順番が回ってきたため、今年はパフォスの聖なる王がキプロス全島の王を兼ねておられます。わたしが〝神聖なる国王〟との面会の約束を取りつけておきましょう」

「いつ頃お目にかかれるだろう？」

「じきに《アノン》、ヴァージル博士」バジリアノスはそう言いながら、部屋まで案内しようと待っていた使用人の女のほうへヴァージルを優しく押し出した。「おそらく、近いうちに。おそらくは、明日。おそらくは」

「銅？」そんな言葉を聞いたことがあったかと、思い出すのに時間がかかっているようだった。銅の採掘はキプロス島の主要産業のはずだが――〈ゴールデン・ホスピタル〉の所長にとっては、鉱業などまったく関わりないことなのかもしれない。島で銅を扱う大物商人は？「ああ、そういう方々でしたら、大船団が来るのに合わせてたびたびうちに泊まっていかれますよ」それで……銅は？　「そうそう、銅の話でしたね。ヴァージル博士は銅について、いったい何をお知りになりたいのですか？　銅の鉱石を手に入れたい？　なるほど。たいへん興味深いお話です。なにせ、銅が鉱石から採れるとは知りませんでしたから」どこへ行けば銅が手に入るか、バジリアノスは見当もつかないと言った。「おそらく、銅の鉱山ではないでしょうか」では、鉱山はどこにある？

バジリアノスは、やはり見当もつかないと言った。

そこで、銅の問題はいったんすべて忘れることにした。ここまでずっと、錫《すず》にまつわる問題を考えないようにしてきたのと同様に——あの金色の鳥や鳥に託した伝言も、それを守る二羽の隼も、そもそも鏡を作らなければならない状況も、二人の高貴な女性たち、コルネリアとラウラのことも。何もかも忘れ、ヴァージルは〝パフォスの海で生まれた女神〟を祀る神殿に参拝してみようと思った。その瞬間、女神アフロディーテを表す記号や象徴のうちの一つが——それも、比較的重要な一つが——鏡だったことを思い出した。

「時間の無駄だったと悔いているんじゃないか？」彼は硬い声で女に向かって言った。

彼女は小さな四角い部屋の薄暗がりの中で首を振り、裸の男の肌を優しく撫で続けた。

「言っておくが、こうなることは忠告したはずだぞ」女に触れられても、まるで赤ん坊のようにひとかけらの情欲も湧き上がらなかった。それどころか、赤ん坊のように、むしろ優しく撫でられると安堵感をおぼえた。徐々に心がほぐれていった。コルネリアとのあの恐ろしい一件以来、初めて心からの休息が得られそうな気がした……こんな状況にもかかわらず。

「まるで猟犬《グレイハウンド》のようにしなやかな筋肉ね」女が静かにつぶやいた。「しなやかな脚と腰、広い胸……わたしに忠告したですって？ 何を？ ああ、そのこと。ねえ、グレイハウンド、そんな忠告は不要よ。わたしだって長らく〝聖なる母アフロディティッサ〟の巫女をしているの、魔法にかかった男なんて、ひと目見ればすぐにわかるわ。相手はどんな女性なの？ ほら、あなたの魂の一つを奪い取った人よ。絶対に女だと思うの。男ならそんなことはしないし、きっと思いつきもしないでしょうから。たとえ思いついたとしても、睾丸《ストーンズ》が縮み上がって、そんな考え、すぐに頭から追い払うわ。そうでしょう、グレイハウンド？」

男は思わず短い笑い声をたてた。「さあ、どうだろう。はたしてわたしには、まだ勇気《ストーンズ》が残っているのだろうか？ 彼女は——ああ、きみの言うとおり、相手は女性だ。きみは鋭いね。でも、わたしはそういう鋭さは好まない。こんな状況に立たされてみると、鋭い女などと知り合わなければよかったと思うからね——その女は、謎めいた話でわたしを欺いた。それを見抜けるほどには、わたしは意思の強さも、賢さも持ち合わせていなかったわけだ。その結果、無残にも彼女に魂を奪われてしまったんだよ。

そしてその結果、こうしてきみと並んで横になり、きみの乳房や秘部を撫でても、わたしにとっては子猫を撫でるのと何ら変わりない……いや、嘘つきのわが舌に雷を落とせ！」彼は苦悩を爆発させ、彼女をきつく抱きしめた。「本当はちがうんだ、嘘をついた！ いっそ本当にそうなら、どれほど楽だったことか。たとえわたしの肉体がきみに反応しなくても、たとえそのように肉体を鼓舞するはずの魂を奪われていても、それでもなお、多くの記憶が今も残っているんだ。肉体のあちこちが、残された魂の一つひとつが、わたしの全身や魂のすべてと共感し、記憶として残っているんだ！ わたしの中に、まちがいなく残って……」

彼女は唇で、手で、滑らかな肌で、彼が落ち着くまで優しく触れ続けた。「甘い香りの愛の女神、アフロディーテの力は偉大なり」彼女はそうささやいた。「でも、その力さえ及ばないこともあるの。あなたの身に起きたことも……自分でもわかっているでしょうけど……その一つよ。女神に、あなたを救うことはできないわ」巫女は優しい声で同情するようにつぶやいた。「パフォス王を救えないのと同様に。王もまた、あなたのように苦悩を抱えて……」耳元のささやき声が小さくなって消えた。

やはりまちがっていた。ここには心からの休息などなかった。誰にも自分を救うことはできないのだ、自分自身で努力するほかには。呼吸とため息の中ほどの息を吐いて、彼は服を着ようと立ち上がった。

「わたしにも、あなたを救うことはできないわ」くっきりと縁取りした目で見上げながら彼女は言った。「それとも、救ってあげられるのかしら？　わたしにできることなら、力になってあげるのに」

「力になってもらえるかもしれない。実は、銅の鉱石を探しているんだ。どこへ行けば手に入るかわかるかい？」

墨で描いた眉が飛び上がって大きなアーチ状になった。彼には効果がないことも忘れて、彼女は乳房を両手で持ち上げ、腰をくねらせた。「鉱石？」戸惑ったように訊き返した。「銅？」あまりに馬鹿げた質問に、せっかくのポーズが崩れ、げらげらと笑いだした。「何を言うかと思えば、そんなこと、い、い、わたしにわかるはずないでしょう？　銅の鉱石だなんて……わたしは、もっと大事なことで力になれないかしらって言ったのよ」

パフォス王は、東国の多くの王たちと同じように、君主であると同時に神官でもあった。ヴァージルが彼の宮殿に足を踏み入れてみると、そこはまるで神殿のようだった。静まり返った重い空気が漂い、わずかな会話は声をひそめて交わされた。だが、何もかもが神殿と同じというわけではない。女神〝ディティッサ〟の神殿を訪れた参拝者は、たしかに畏怖の念に駆られたが、そこには喜びがあった。一方、パフォス王の宮殿にはそんな明るい雰囲気は微塵も感じられなかった。

　ヴァージルはこれまで、神官が男ばかりの神殿にも、女ばかりの神殿にも行ったことがあった。神に仕えるのが男であれ、女であれ、見慣れた存在にはちがいなかった。ところが、これまで生きてきて、神官が〝両性具有者《ヘルマプロディー》〟（ギリシャ神話ではヘラクレスとアフロディーテの息子ヘルマプロディトスが女の泉の精に見初められ、無理に一体化されて両方の性を持つようになった）ばかりの神殿には来たことがなかった。それもそのはず、ヘルマプロディーの存在はキプロス島以外ではほとんど知られていないからだ。反対に、このキプロス島内ではよく知られていた。それどころか、知らない者はいなかった。何世代も続いてきたヘルマプロディーの一族がいくつもあり、同種族で結婚を繰り返し、血筋を守ってきた。その特性は呪いではなく、恵みとされた——聖なる境遇にある者として、ごく当たり前に受け入れられてきたのだ。神官と王を兼ねた〝半分聖なる〟君主に仕えるのは、同じく〝半分聖なる〟ヘルマプロディーをおいてほかに考えられまい。

　ヘルマプロディーの神官たちは、不安を抱えつつも抑制された冷静さでヴァージルを迎え入れた。腰から下にだけ衣を着けた姿は、小さいが充分丸みを帯びた乳房と、うっすらと生えた顎鬚が同時にあらわになり、全裸をさらすよりも上品に、控えめに、彼らが何者であるかを証していた。ヴァージルは彼らの指示に従い、儀式的な手順を踏んでいった。ここで靴を脱ぎ、ここで足を洗い、ここで手を洗い、あそこの香料で両手足に香りをつけ、あそこに贈り物なり、献品なり、捧げものなりを入れるようにと。その儀式は複雑で時間がかかった。手順の半分は、どうしてそんなことをしなければならないのか、誰にも説明できそうになかったし、残りの半分については、説明できても、おそらくまったくまちがっているのではないかと思われた。さらに言えば、パフォス宮廷の求める儀式の数々は、ヴァージルにとってはまだほんの序章にすぎなかった。というのも、パフォスの聖なる王は今年、島全体を治めるキプロス国王も兼任していたからだ。このより高い王位にふさわしい儀式を司るために、特別に編成されたヘルマプロディーの一団が王の番が移るたびに島内の宮廷から宮廷へ、王から王へと渡り歩くのだった。

ラッパではなく、シストルム（枠木に長い横棒を通した楽器。片手で柄を握って振り、横棒をカタカタと鳴らす）やシンバルを鳴らし、タンブール（小型の太鼓）の金具や皮を叩く音に続いて、ついにパフォス王が姿を現した。何かに心をとらわれているのか、まるで夢遊病者のように歩いてくる。乳房を赤く塗り、顎鬚をカールさせたヘルマプロディーたちが王の周りを取り囲んでいた。王の両肘と袖と袖口に手を添え、まるで大きな操り人形を動かすように王の動きを誘導している。神官たちに支えられた王は、何か声を発したがまったく聞こえないまま、聖油を塗り、聖水を振り、香料を匙ですくってランプに投入し、王の笏を差し、王座に腰を下ろした。ずいぶん時間がかかった後で、ようやくヴァージルは王の前に呼ばれた。

持参した帝国政府の公式書類が王の前に広げられたが、王はそれに触れようとはしなかった。それどころか、ほとんど見ようともしなかった。ヴァージルは初め、王は何らかの麻薬を投与されているのではないかと疑った。目はとろんとして、口は半開きのままだ。ヘルマプロディーの一人が王の腕にかすかに触れると、王の口からかすかに声が出た。どうやらヴァージルに向かって何か問いかけたらしい。

「聖なる国王陛下におかれましては、わたくしのような者にご興味をお示しいただき、たいへん感謝しております。ここまでの船旅は、安全かつ快適でした。途中からは〈海のフン族団〉のバイラ王もご同行くださいましたが、聖なる国王陛下のご迷惑になることは望まないとおっしゃって、身分を隠し、一人の巡礼者として島に滞在しておられます」

部分的にうわべをつくろった嘘だ。だが、流れるような細かい作法だらけの、この風変わりで神聖な宮廷に、あのバイラが合わせられるとはとても考えられなかった。

パフォス王の顔に何らかの表情の変化が、さざ波のように通り過ぎ、目の前に跪いているヴァージルに焦点を合わせようとした。「〈海のフン族団〉……聞いたことがある……小さかった頃に」震えながらほほ笑みを浮かべたと思うと、その笑みは揺らぎ、消え去った。ヘルマプロディーたちは意味ありげな目くばせが交わした後、ヴァージルに顔を向けてウィンクをしたり、うなずいたりして、話を続けるようにと促した。まるで重病の子どもを抱えた親のようだな、とヴァージルは思った。

懸命に王の興味を引こうと話をしながら、同時に自分の望みも果たすために、ヴァージルは徐々に話題を本来の訪問の目的に近づけていった……銅についてだ。

「銅……」呂律の回らない王は、わずかに驚いたようだった。「どうして……どうして銅を求めて、この島まで来るのか、わたしには理解できない。イタリアに、銅はないのか？　ここに……ここには銅があるのか？　このキプロスに？」

王は単に困惑しているのではない。神秘的な存在である王は、現実社会と完全に切り離された結果、この島の最大の資源であり、島の名前が語源にもなった銅《クプルム》の鉱山について、本当に何も知らないのだ。それだけじゃない。今のキプロス島にとって、一世代も前から〈海のフン族団〉が船の往来をほぼ遮断し、島じゅうの街や海で好き勝手を続けていることは、銅の産出に次いで誰もが知っている事実だ。それなのに、せいぜい三十歳ほどの〈きれいな顔とがっしりとした体の〉王は、〈海のフン族団〉の名を子どもの頃に聞いたきりだと言う。

　ヴァージルが質問に答える前に、王の表情が醜く崩れた。胸の奥から慟哭が沸き上がり、言葉にならない絶望の声を上げた。顔をゆがめ、王座の肘掛けを強く握り、周りを取り囲むヘルマプロディーたちから優しく、だが厳しい口調でけっして立たないようにと進言された王は、大声を上げた。「わたしは魔法にかけられている！　魔法にかけられている！」すると、それ以上言葉が出てこなくなり、ぐったりと背中を丸め、タイル張りの床をぼんやりと見つめた。

　神官の一人が合図を出すと、奇妙な異国風の音楽が鳴りだした。大勢のヘルマプロディーが王座の前に出てきて踊り始めた。腰に巻いた衣を翻し、素足で床を踏み鳴らすと、足首の装飾品が小さな鈴のような高い音を立てた。王はぼんやりと踊りを見ていた。半裸の、半分聖なる踊り手たちの動きに合わせて、ゆっくりと、どうしようもなく哀れな様子で頭を振り始めた。やがてヘルマプロディーたちが、彼ら特有の中性的な奇妙な声で歌い始めた。おそらくはエウロパ（ギリシャ神話でゼウスに見初められたフェニキア人の姫。クレタ島に連れ去られてゼウスの子を産み、クレタの女王となった）の子孫が初めてキプロス島に上陸した時代よりずっと以前に話す者のいなくなった古い言語で歌っていると思われた。

　やがて王が立ち上がった。今回は誰も押しとどめようとしなかった。王は宝石で飾られた手を叩きながら、王座の前の階段を降りて、徐々にテンポを上げる踊りに加わった。音楽はどんどん速くなっていく。王はクルクルと回りながら、頭を振り、黒目の下の縁しか見えなくなるほど白目をむいた。音楽は熱狂的なリズムにまで速くなった。王は、猟犬に追われる鹿のように飛び跳ねた。誰かがヴァージルの腕にそっと手を置いた。ヘルマプロディーの一人で、扉を指さしている。渦を巻く薄い顎鬚に白いものがわずかに混じり、乳房は張りがなく垂れている。その顔は悲しげで、何かに耐えているような、あきらめているような表情を浮かべている。ヘルマプロディーが老齢まで生き延びることはめったにないのだ。

長い廊下を歩きながら、ヴァージルは背後で何度か鋭い叫び声が連続して上がるのを聞いた。パフォス王の声にちがいないと思った。

こうして何日かが過ぎた。〝赤い男〟のアンソン船長は、しばらくは不機嫌そうに港から毎日通ってきていたが、そのうちぱったりと姿を見せなくなった。バイラ王は神殿での礼拝にいそしんでいた。バジリアノスは、ヴァージルの度重なる要求に対して常に礼儀正しく、きっぱりと「ただいま銅を入手できないか、精いっぱい、できる限りの手を尽くして聞き回っております」と（のんびりとした口調で）繰り返すばかりだった。パフォスの銅カルテルの代表も島の北部へ早ラバを送り、ごく少量の銅鉱石を求めている人がいるので手に入らないかと問い合わせてくれたそうだ。

だが、その返事は一向に返ってこなかった。

いつまでも他人任せにしてじっと待ってはいられない。ヴァージルは自らもラバを二頭借りると、一人で銅を探しに出かけた。ヤシの木ばかりだった風景が、松と杉に変わった。道端には真っ赤なバラがいくつもの大きなかたまりを作って咲いていた。点々と見かける粗野な社《やしろ》は、田舎の島民たちが今も守る、古い土着信仰の対象だ――社といっても、石を積んだだけの塚《ケルン》が、たいていは低い木か大きな茂みの隣にあるのだが、人々が祈りや訴えを込めて枝に布切れを結びつけるものだから、木は葉の数よりも多いぼろきれで満開になっていた。遠くの畑地では長い杖を持った農夫たちが、くびきをかけた赤牛に木製のすきを引かせている。黒豚とまだら模様の羊が、木に生った栗やイナゴマメの実を食べている。暗褐色の小川にかかった石橋、川に沿って飛ぶ白鳥のつがいとその雛たち。理想郷《アルカディア》に近いこの風景の中では、悪いことなど起きるはずがないように思われた。

　事実、特に悪いことは起きなかった。ただ、ラバが二頭とも蹄鉄を落としたため、鍛冶屋を見つけ、炭を手配して炉を熱し、鉄を手配してまた炉を熱し、ラバに蹄鉄を取りつけるまでにまる一日を要しただけだ。ヴァージルはいらいらしながら安宿でひと晩を過ごした後、そこで教わったとおりに鉱山を目指した……そして、さらにまる一日かけてラバで移動した末に、パフォスに戻ってきてしまったことに気づいた。もう一度やっても同じ結果に終わったので、ひょっとすると自分自身が魔法にかけられているのではないかと疑った。

　予想どおり――確信していたとおり――銅の売買人たちは、ヴァージルのことも、彼が科学的および哲学的な実験に使うために銅の鉱石をほんの少量だけ求めているという話も、まったく信じようとしなかった。どうして信じられるだろう？　そんな話を持ち込む人間は今まで一人もいなかったのだ。もしかして、ヴァージルが島に到着するより前に、ナポリのトゥルヌス・ルフスからの伝言が、何本もオールのついた高速船でフン族に妨害されることなく届けられていたのかもしれない。つまり、これまで独占してきた銅市場をひっくり返そうとする陰謀がある。その中心人物であるヴァージルに対して、正面切ってはねつけるのではなく、裏であらゆる手を使って妨害するべし、と。

　もちろん、たとえそうだとしても、ヴァージルには何の手立てもなかった。今の苦しい立場が好転することはない。ここにいる自分でさえこれほどいらいらするのだから、遠いナポリで待っているコルネリアはどんな心持ちでいるだろう？　自然の摂理さえ曲げさせ、横柄な態度がまかり通り、どんな望みも即座に叶えられるのが当たり前で、現場が抱えている問題など知りもしない彼女のことだ。ひょっとすると突然怒りに駆られて、あるいは緻密なたくらみのもと、あるいはまた誰かに指示されて、彼女の手中に収められているヴァージルの一部に危害を加えないとも限らないではないか。

ヴァージルは、いつかのトゥーリオの言葉を思い出して身震いした。〝頼んだ仕事を完成させれば返してやる。拒否すれば、あるいは失敗すれば――これを破壊する。無駄に時間をかければ――これを痛めつける。女遊びにふければ――いや、あんたがそんなことをするとは思わない〟

そのつもりはなかったが、結果的にはまさしく言われたとおりの展開になっていた。

エフェソス人のアングストゥスは、ベッド代わりの木のベンチの背もたれに上体を半分起こした姿勢で来客を迎え入れた。老人は、非礼を詫びたり、歓迎を表したりといった儀礼的な挨拶はせず、燃えるような目で客人を睨みつけたかと思うと、ぞんざいな身振りで用件を促した。

「あなたの率いる集団が密かに集会に使っている場所は、すでに軍人たちに知られているという情報を耳にしました。次の集会は、場所を変えたほうがいいのではないかと」

老人は初め、何も言わなかった。やがて「ひょっとして、あんたが通報したんじゃないのか？」と言った。

ヴァージルは純粋に驚いた。「わたしが？　いいえ。通報などするつもりはありませんし、そもそもわたしにはそんなことはできません。集会場所がどこなのかも知らないのですから」

老人は睨みつけるのをやめなかった。「それはおかしな話じゃ……あんたも集会に出ていたじゃないか」

「いいえ、わたしは何も知りません」ヴァージルは、さらに驚いて言った。

沈黙が流れた。「あんたが嘘をついているとは思えん」老人が言った。「あんたの記憶ちがいなのか、あんたの記憶にヴェールがかかっているのか、あるいは——あるいは、わしの記憶ちがいなのかもしれんが。いや、待て、ちょっと待ってくれ……」痩せた手で長い灰色の髭を撫でながら記憶を探る。「あんたがわれわれの集会に出ていたのでなければ」と彼は少し間を置いてから続けた。「わしが見たのは、未来の出来事なのかもしれん、過去ではなく。もしそうなら、あんたはわれわれの集会に出ることになる」

部屋は狭く、家具はほとんどなかった。ヴァージルは、何かが頭に引っかかっている気がした……それが何かわからないこと自体に引っかかっているのかもしれない。「おっしゃっている意味がわかりません」彼はつぶやいた。

「わしにもわからん。が、じきにわかる。あんたにも、きっとわかる」

この年老いた変人を見つけ出すのは容易ではなかった。だが、ヴァージルの抱える問題に、パフォスで権威ある立場の人間は誰ひとり力になってくれないことは明らかだった。それなら、権威ある立場以外の人間の力を借りるしかない……それも、できるだけ権威から遠い人間のほうが協力を得られる勝算がありそうだ。キプロスの犯罪社会と接触することも考えたが——そもそも、こののんびりした島にそんな裏の世界があるとすればだが——犯罪者なら、謝礼だけ受け取っておいて、権力者に隠れて協力するかわりに、彼らに密告するほうが合理的だと考えるだろう。では、権威と真っ向から対立関係にある者、裏切られる心配もなく、協力してもらえそうな人間は誰か？

そこで出た答えが、エフェソス人のアングストゥスだったのだ。

その老人が今、ヴァージルに向かって話していた。「あんたは取り引きを持ちかけるような顔をしてここへ入ってきた。自分の仕入れた情報を片手で差し出し、もう片方の手を伸ばして、代わりにわしの持っている情報をくれというつもりだろう。だがな、取り引きなど必要ない世の中がついに来たのじゃ。かまわん、あんたが欲しがっている情報は授けてやろう――無償でな。救い主ダニエル・キリストがわれらを救い、永遠の命を得られるようにと、無償でその肉体をライオンに引き裂かれたように――」

アングストゥスはそこで口をつぐみ、言葉を失っているヴァージルをじっと見つめた。「そうか」老人は言った。「思い出したのじゃな？」

「ええ、思い出しました。あなたたちの夢を見たのです」

老人がうなずいた。「つまり、これから起きることなのじゃ」

「いいえ、必ずしもそのとおりになるとは限りません」

老人が優しい声でそっと言った。「いや、そうなる。そうならねばならんのじゃ……わしには全部見える、全部わかっている。捕らえられ、鎖に繋がれ、拷問を受け、闘技場に引き出され、集まった観衆にあざけられ、ライオンが解き放たれる。ライオンじゃぞ！　わかるか、異教徒の男よ、わしや仲間たちが、ほかの道を選ぶと思うか？　わしらは何の価値もない人間じゃ。ただ」彼は両手を合わせ、窪んだ目に涙を浮かべ、声を震わせながら言った。「もしもわれらの主ダニエルが、こんなわしらにも無償の恩寵として、同じ死に方を与えてくださるとしたら――ああ、なんという恵みと愛だろう！――救い主とまったく同じ名誉ある死、ライオンの甘く聖なる餌食になれるとしたら……」彼の顔は歓喜に輝き、まるで別人のようだった。頭を垂れ、ぶつぶつと祈り始めた。

しばらくして、老人はきびきびとした、陽気とさえ言えそうな口調で言った。「さて、あんたがどうしても知りたがっていることを教えてやろう。もっとも、どうしてあんたがそれを知りたがっているのかは知らんし、わしが知るべきことでもない。すべての知識は不完全なものじゃ。今われわれが見ているものは、青銅の鏡に映った暗い反射にすぎない。幻想の世界で生きるとは、そういうことじゃ。あんたは、どうして島の内側への旅を拒絶されているのかが知りたいんじゃろう？」

ヴァージルは何も言わずに、ただうなずいた。年老いたエフェソス人の顔に、悲しみと怒りの入り混じった表情が広がった。「その理由はな、招かれざる客人よ、島の内側への道は、あんたら異教徒たちが〝ゼウス・リュカイオス〟（ギリシャ神話の狼男、リュカオンのこと。ゼウスの力を試すために自分の息子の肉を食べさせようとした結果、狼に変身させられた）と呼ぶ悪魔を祀った恐ろしい社を通り抜けねばならんからじゃ。その名前を聞いたことはあるか？　その名前の意味を知っているか？　〝狼《リュコス》の神《ゼウス》〟、狼の神じゃ！　人の目を欺くために人間の姿をしているときも恐ろしいが、ああ、狼男《リュカントロポス》の姿に変身したときの恐ろしさとは比べものにならない！　哀しきかな、哀しきかな！　おお、罪深き街よ、おお、罪深き島よ！　狼のような人間よ、人間のような狼よ！」彼は再び顔を上げ、視線を上げ、腕を上げて、大声で叫んだ。

だが、その叫び声はすぐにやんだ。ヴァージルが口を挟む。「どうしてわたしがその社を通ることを、そこまで拒絶されるのでしょうか？」

「その理由はな、招かれざる客人よ、不気味な灰色の石を積んだだけの、何世紀も邪悪ないけにえを捧げてきた黒い染みの残るあの社では、たった今も次のおぞましい儀式の準備が進められているからじゃ。神官が自分の息子をいけにえにして、その肉を供物として差し出し……その大きな苦痛と犠牲と引き換えに――そう、彼らにとってはあくまでも報酬として――狼に変えられる！　狼じゃぞ！　狼に変身するんじゃ！　人の肉を食らう狼に！　いかにも異教徒のやりそうなことじゃ。異教徒どもの書物にも、その最初の記録が残っている。リュカオン王が人を殺して料理に混ぜ、食卓に出したと。忘れたか？」

　年老いた預言者は、歌うようにその恐ろしい話を語り始めた。「『王は恐ろしさに外へ飛び出し、静まり返った野に立つと、何か話そうとするが、大きな遠吠えにしかならない。口から泡を噴き、血が欲しくてたまらなくなり、羊に襲いかかると、その惨殺に歓喜をおぼえた。

〝衣類はみすぼらしい毛に変わり《イン・ウィロス・アブエント・ウェステス》！
腕は前脚に変わる《イン・クルーレ・ラケルティ》！
狼に姿が変わるとも、原形の面影もいくらか残れり《フィト・ルーブス・エト・ウェテリス・セルワト・ウェスティゲア・フォルマエ》〟

　以前と同じ灰色の毛、同じ獰猛な顔、同じぎらぎらとした目……獣のような野蛮さは、人間のときと同じまま』

　伝えられているところによれば、人間が狼に変身するのは、もとは異教徒の悪魔ゼウス、またの名をヨベ、またの名をユピテル――どの名においても呪いあれ！――が、その人間の犯した獣のように野蛮で邪悪な行為に対して与えた罰だったそうじゃ。ところが、悪魔のゼウスはそのことに喜びをおぼえ、長年にわたってそれを繰り返すよう人間に求めてきた。これこそが、異教徒の汚れた崇拝の儀式なのじゃ！　おお、罪深き街よ、おお……」

そのような儀式を、ヴァージルはけっして見たり体験したりしてはならないという老人の強い思いには、一切の遠慮も迷いもなかった。あれは善と悪という観念も、黒魔術と白魔術の境界もない太古の異教の領域だ。儀式で行われるのは〝よい行為〟でも〝悪い行為〟でもなく、単に〝力をもたらす行為〟なのだ。〝よい行為〟であると同時に〝悪い行為〟でもある。ほかの時代のほかの場所であれば、禁じられ――忌み嫌われ――憎悪されただろうが、その時代とその場所では必要とされ、望まれ、限りない力をもたらした。犯す罪が大きければ大きいほど、得られる恩恵（彼らにとっては、だが）は大きくなる。

「さらに」老いたエフェソス人は、灰色の顎鬚を震わせながら続けた。「〝悪魔の王国《キングダム》〟のためにと、みずから宦官《かんがん》（去勢された宮中の男性）となったあの男は、今度の儀式が自分の利益になると思い込むほど周りがまったく見えていない」

ヴァージルはそこでほんの一瞬とまどい、困惑の表情を浮かべて「あの男？」とだけつぶやいた。

あの男とは、キュベレー（古代ギリシャの大地の女神）を崇拝する教団の祭司長、宦官のシルヴィアンのことだった。政教一致のパフォスを構成する三角形の、三本めの辺を成す存在だ。崇拝者たちはキュベレーを〝偉大なる母《マグナ・マーテル》〟と呼び、同じ呼び名のアフロディティッサを拒絶した。小アジアの未開の奥地で始まったキュベレー崇拝の熱狂的教団《カルト》は、甲高い声で歌い踊る信者たちによって広まっていった。

キプロスで最も古い神は、もちろん女神〝ディティッサ〟ではない。もっと古い時代には、とうに名前を忘れ去られた、あるいは元から名前すらない神々がいた。森や小川を飛び回るかすかな小さい妖精の水の精《ナイアード》や木の精《ドライアード》などがそうだ。だが、そこへ女神〝ディティッサ〟が、このキプロスに歴史的な降臨をした。パフォスの海岸と沖の岩場の合間にできた泡から生まれた女神は、喜びとともに長く崇拝され続けてきた。神殿に供え物をし、巫女の肉体を借りた母なる女神をその手に抱こうと、白波の立つ海を越え、巡礼者たちが何艘もの船に乗ってこの島を訪れた。いつの時代にも、パフォスの通りには歌を歌いながらゆっくりと練り歩く変わらぬ行列があった。それぞれの駕籠に木を載せて担いだ集団がいくつも連なって歩いていく。木の葉はすべて香で作られ、その甘い香りの煙がけだるい空気に立ちのぼった。

〝ディティッサ〟は、パフォス全土の母だった。その神官を兼ねたパフォス王は、いわば父だ。彼女は完全な神、彼は半分だけの神。やがてギリシャやローマの神殿も建てられたが、そう大きなものではなかった。そこへフン族が襲来し、キプロス島以外の何百、何千という町と同様に、キティオン（かつてキプロス島南部にあった都市）を燃やし、マゴサ（島の東部にあった都市）を襲った。フン族へ貢ぎ物を差し出すことで、ようやくキプロスは平穏を取り戻したが、その代償は貢ぎ物だけでは済まなかった。なかば鎖国状態を余儀なくされた島は賑やかさを失い、ゆっくりと衰退していった。こういうときには、古くからの宗教に信仰が集まるものだが、島の外との交流によって享受してきた興奮や刺激は、変わりばえしない伝統行事では得られなかった。こうして〝淀んだ池には奇妙な植物が大量発生する〟と言われるとおりになった。

批評家によれば（といっても、公的に大々的に論じられることはなかった）、キュベレー崇拝のカルトが初めてキプロス島に入ってきたのは、フン族が広い海域にわたって航行を遮断する以前のことだ。小アジアで交易をしていた商人たちがその新しい女神を持ち込んだ当初は、今より幸せに包まれていた島民たちにほとんど見向きもされなかったという。だが、教団の聖典にはこう記されている。

「〝母〟は島の子らが寂しさと悲しみに暮れている姿を見た。〝母〟は姉妹と兄弟たちに声をかけ、『誰か立ち上がって、悲しんでいる島の子らを救いに行かないのか？』と尋ねられたが、誰も答えず、誰も行かなかった。そこで〝母〟はみずから立ち上がり、自分の神官や宦官《ガリ》、修道僧《ダルウィーシュ》や信奉者を集め、タルススから船に乗った。〈海のフン族〉が大声を上げて脅し、血のように赤い帆と死のように黒い船体の多くの船が、ハエのように、獅子のように、龍のように〝母〟の船の周りに集まった。だが、けっして近づくことも襲うこともしなかった。〝母なるキュベレー〟の神々しい美しさと、その恐ろしさを前に、海賊どもは言葉を失い、恥じ入り、完全に畏怖の念に駆られたからだ……」

そんな調子で記述は続いていた。それから何年ものあいだに豊かな島の平穏と静寂がキュベレーの派手な神官たちによってたびたび打ち破られたであろうことは、信仰心の有無と関係なく、どこからの異議もなく、容易に受け入れられるはずだ――彼らは女神の像を取り囲んで叫びながら、酔いしれたようにタンブールや角笛やシストルムを鳴らしながら、まるで狂った急流のようにどこかの通りに押し寄せて人々を驚かせるのだった。中でも誰もが目を奪われたのが、宦官《ガリ》――神官たちだ。そう、神官たち！　化粧をした顔で、ひっくり返ったような甲高い声で、走り回り、踊り、体を軽く揺すり、上下に揺れ、大きな身振りをつけ、跳ね回りながら、聞き慣れぬ聖なる狂気の言語で未来を予言したり、演説したりする。キュベレーの神官たち。

去勢されたガリ、宦官の神官たち。

これだけでも恐ろしいことだが、話はここでとどまらなかった。この去勢された歌手《カストラート》たちは、考えられる限りの（さらには、思いもつかない）ありとあらゆる手段を使って、自分たちと同じ熱狂の炎を誰彼かまわず広げようとしたからだ。たいていは女性を見つけて施しを受けに行っていたが、本当の狙いは男性や少年たちだった。熱狂に包まれ、われを忘れるような集会が開かれるたびに、必ず誰かしらすっかり心を奪われて自分を見失った若者が、「肉を断ち切れ！　肉を断ち切れ！」という半狂乱の叫び声につられてつい聖なるナイフを摑み、自分自身を去勢し……みずからを神に捧げるそのおぞましい儀式を経て、永遠に偉大なキュベレーの神官となるのだった。

　その行為の恐ろしさ、自然の摂理を拒絶する異常性や不可逆性にこそ、人々は惹きつけられていった。男も女も、想像するだにぞっとしながらも、そうした儀式を見物し、感嘆し、崇拝しに集まるのだった。凡人の頭では、まさかそれが何の意味もない行動であるとは、どうしても受け止められないのだ。これほどまでに甚大かつ恐ろしい犠牲を払うからには、そこに何らかの意味があるにちがいない。偉大な何かが、素晴らしい何かが。こうして、新しい教団《カルト》と伝承《ミュトス》は、ものすごい勢いで拡大していった。一方、女神〝ディティッサ〟も依然として崇拝され続けていたが、こちらの神官は全員女性だったため、信者たちの希望や篤い信仰が一気に高められる心配はない。そこでシルヴィアンは必然的に、その強欲さと狡猾さを別の対象へと向けたのだった。

　シルヴィアンには男としての経験が一度もない。男を男たらしめる肉片を切除したのは、まだ陰毛が生え始める前だったからだ。彼の肉体は成熟することなく、その精神もまた大人の男性として発達することはなかった。多くの場合、彼の欲望は小さな子どもが抱く欲求と変わらなかった――ただし、成長し、ねじれた成熟によって力が増すにつれ、その子どもじみた欲望も拡大され、増幅され、強化されていった。当然ながら、そんな彼の妬みと憎悪を掻きたてたのは、女神ディティッサやその巫女たちではなかった。もっと強い権力が欲しい、自分が祭司長を務める教団をもっと認めてもらいたいという彼の欲望は、男である聖なるパフォス王と、男でもあり女でもある〝半分聖なる〟ヘルマプロディーの神官たちに向けられ、憎しみと悪意へと変わっていった。なぜなら、シルヴィアン自身は男でも女でもないからだ。

「あの男は、淫婦《ハルロット》、バビロン、獣《ビースト》などと呼ばれる巨大なドラゴンの頭の一つじゃ（新約聖書『ヨハネの黙示録』には、七つの頭の獣か龍に乗ったバビロンという名の大淫婦が登場する）」とエフェソス人のアングストゥスは顎鬚を揺らしながら憎々しげに、だが嬉しそうな口調で言った。「その頭のうちの一つはローマ、二つはフン族で、二足す一は三、終末論の聖なる数字じゃ。シルヴィアンが一つ、パフォス王が二つ……」彼は指を折って数え、唇を鳴らした。

「お尋ねします」ヴァージルは、できるだけ礼儀正しく言った。「あなたの宗教的な計算の邪魔をするつもりは毛頭ないのですが、パフォスの聖なる王の宮廷と〝狼の神《ウルフ・ゼウス》〟の社のあいだには、どのような関係があるとお考えですか？」

アングストゥスは驚いたような目をヴァージルに向けた。「何、わからんのか？ シルヴィアンはパフォス王を破滅させ、その影響力をなくそうとしている。さらには、憎むべき古き神々――というより、悪魔ども――の力を借りて、何か内密の頼みごとをしようとしているのだが、それが何かは、あんたの内密の事情と同じで、わしにはわからん。さて、これから自分の息子をいけにえにし、その肉を供物として捧げる恐ろしい儀式を執り行わねばならんのは、いったい誰じゃ？ 人間から狼へと変身させられるのは、いったい誰だと思う？」

「パフォス王。聖なる国王その人なのですね」

月はとっくにのぼった。黄色い月は雲に乗って黄色い大理石のヴィラの上にのぼり、そしてまた沈んだ。いくつかの大きな星が明るく輝き、真っ黒い夜空に溶けていった。その間に、犬が小屋で吠え、赤ん坊が寝床でか細く泣き、雄牛が牛房でモーと鳴いた。一方、庭のロバと止まり木の雄鶏はまだ鳴いていない。もし鳴いたら、天が地球の周りをゆっくりと回るあいだ耳を澄ませながら見張りに立っている夜警の男たちがすぐに気づくはずだ。

ヴァージルはきわめてゆっくりと呼吸をし、心臓が打つ速度さえ落としていた。もう何時間もそうやってじっとしていた……といっても、まったく動かなかったわけではない。ヴァージルは、ヴィラの戸口の影と同化していたのだ……月が動けば影も動く……ゆっくり……ゆっくり……ゆっくりと。日時計の影の移動が動きとして認識できないように、誰の目にもヴァージルは動いているようには見えなかった。そうやってずいぶんと長く潜んでいた後、今ようやく呼吸と鼓動を元の速さに戻した。それから、体がいつもどおりの感覚を取り戻すまで待った。ずっと休眠《ステイシス》に近い状態にあったおかげで、疲れは感じなかった。戸口を挟んだ少し先で、夜警の男があくびをしたり、持ち場をぶらぶらしたり、時おり斧槍《ハルバード》にもたれたりしている。

夜警の男のさらに少し奥では、台に差した松明が煙を上げて燃えていた。

ヴァージルは特殊な外套を身にまとっていた。極北《ヒユペルボレア》（架空の北の果ての世界）のキンメリア国で糸を紡ぎ、布に織り、裁断し、縫製し、漆黒よりもさらに黒い、名もなき色に染めたその外套の下に〃ペムバート〃という装置を忍ばせていた。ヴァージルを含めて世界で二人にしか作れないものだ。ペムバートとは、きわめて小さなレンズ付きランプと、さらに小さな鏡を、ジンバル（常に水平を保つ可動装置）と回転台に取り付けたものだ。指のかすかな接触や振動を感知して作動する。

オイルも芯も必要としない小さなランプは、〈真鍮の頭像の家〉を照らしていたあの光る球体を小型化したものだ。そのランプが今、ヴァージルの指に反応した。表面を覆っていた蓋が開く。放たれた光がレンズを通過し、明るさを増した。と同時に、可動装置に取り付けられた小型の鏡が傾きだし、緻密に計算された角度を素早く見つけて静止した。影に潜んだヴァージルは、喉の奥を巧みに動かした。唇は一切動かさなかった。夜警の男が急に顔を上げ……ランプの光を正面から見つめた。再びヴァージルの喉が動き、指も動いた。小さな球体の光が消えた。夜警の男は不思議そうに首を振った。

だが、影はすでに彼に向かって近づき始めていた。

またしてもヴァージルの喉の奥から、声にならない声、声ではない声が発せられた。ペムバートを操る指がかすかに動く。再び光が現れ、今度は小さな鏡に反射して動きだした……右へ……左へ……上へ……下へ……丸く、ゆっくりと、ゆっくりと円を描く。

夜警の男も光の動きを目で追った……右へ……左へ……上へ……下へ……丸く、ゆっくりと、ゆっくりと円を描く。

動き回る光をぼんやりと見ていた男は、ゆっくりと近づいてくる影にまったく気づかないようだった。やがて光が消え、影は男の横をすり抜け、台に差した松明の炎は燃え続けていた。夜警の男は身動きもせず、まだ宙を見つめていた。ただただ、見つめ続けていた。

ヴァージルは当初、シルヴィアンと面会するにはいくつもの障壁や妨害が立ちはだかり、会えるまでに時間がかかるだろうと覚悟していた。ところが驚いたことに、面会自体を断わられてしまったのだ。曖昧に同意を匂わせて時間稼ぎをするわけでもなく、甘い言葉で日延べを勧めるわけでもなく――ただ面会を拒絶するだけの返答は、明らかな悪意は感じられなかったものの、有無を言わせないものだった。

「シルヴィアン様は、ローマ市民とはお会いになりません」と。

バジリアノスも何の助けにもならなかった。ヴァージルはあれこれ考えながら、いっそ船で島内の別の港へ移って、そこで改めて銅を探してみようかと、何気なくエベド＝サフィール船長に話しかけてみたが、〝赤い男〟は何か別の心配ごとを抱えているらしく、耳を貸す余裕がなさそうだった。

こうなったら、暗く神秘的な力を借りるしか方法はない。そういうわけで、ヴァージルは今、闇の中を進んでいるのだった。もっとも、彼にとっては神秘的な力などではなく、単なる科学と哲学の力を駆使しているだけのことだ。

最初に庭を、続いて祭司長の広いヴィラの廊下を進むにつれ、ヴァージルの通り過ぎた後には困惑した番人が次々と取り残されていった。彼らはみな、眠りと覚醒のどちらか一方ではなく、両方が少しずつ混在する中間状態にあった。そうしてヴァージルは、ついに目的地に到着した。

そこは鮮やかな色に塗られた部屋だった。部屋の中は派手なほどに明るい色彩で塗られていた。絵のうまい子どもが描いたような人間の絵が並んでいる。長いまつ毛にぐるりと縁取られた真ん丸い目、赤い球体のような頬、キューピッドの弓を二つ合わせたような唇。どの顔もこちらをまっすぐ向いているが、体は横を向き、身長とほとんど変わらない木の下に立っていて、その横にはさらに丈の高い花が咲いている。縞模様や水玉模様の鳥、青い犬、赤い猫、緑色のマーモセット……気が狂ったようなそのパノラマには、嫌悪感を抱くというより、なぜか惹きつけられるものがあった。

部屋の真ん中に大きなベッドが置いてあり、そこにウェーブした髪と分厚い唇の人影が寝そべっている。人間のように見えるが、人間によく似た大きな人形のようにも見える。男でも女でもないその生き物は、苦しそうな表情を浮かべてヴァージルから顔をそむけた。だが、生き物がうめき声を上げ、しばらくして目を開けたとき——期待を込めて、おそるおそる——ヴァージルはまだその正面に立っていた。

「まだいる」生き物が言った。「やっぱり、まだいる」中性的な声でうめいた。

ヴァージルは黙っていた。エフェソス人のアングストゥスのときと同じように、突然のことにショックを受けていたのだ。あのときも、どういうわけかすっぽりと被せられていたマントを一気に取り払われたかのように、以前扉の向こうで見た光景が瞬時に鮮やかな記憶としてよみがえった。それが今、再び起きたのだ。自分の意思で動くことはできても、結局は定められたとおりの未来をなぞらせようというのか、夢の中で見たものに近づくと、それに関する前回の記憶が消えていった。〝あのとき何をすべきだったか〟という、すでに未来を知ったうえでの知識が、〝これから何をすればよいか〟という、現在の目の前の選択に影響を与えないように。ヴァージルは、残っている記憶の細部を懸命に探った。扉の向こうへ行ったときに前もってここを訪れたということは、あの体験のどこかに今の自分を助けてくれるものが示されていたにちがいない。そうでなければ、あんな体験に何の意味があるのか。

〝ローマ!〟いきなりそのひと言が、まるで声のように頭の中に響きわたった。キーワードは〝ローマ〟だ。

「あなたは前にもこれと同じ夢を見ましたね」ヴァージルは、ベッドに横たわって悲しげな声を上げている、人形のように性別のない生き物に向かって、思い出させるように言った。「あなたは、まちがいなく見たはずです。夢の内容を書面に記録させたし、賢人やカルデア人に伝えたし、博学なユダヤ人や〈ディティッサの巫女〉に相談もした……それでも、誰も、一人たりとも、納得できる説明はしてくれなかった」生き物はヴァージルのほうを見た。悲しみと自己憐憫に満ちたその顔から、いかに悪い予感と恐怖に苛まれているかが窺えた。生き物は鼻水をすすりながら、ひとしきりめそめそと泣いていた。

「ですが、シルヴィアン、今回は単なる夢ではありません」

ヴァージルは手を伸ばし、生き物の柔らかい手に触れた。シルヴィアンは、まるで火傷でもしたかのように慌てて手を引っ込め、悲鳴を上げた。何度も悲鳴を上げた。

「あなたの声は誰にも聞こえませんよ、シルヴィアン。誰も助けに来ません。今こそ、現実を直視しなくては。その理由を、たったひと言で教えてあげましょう、シルヴィアン。〝ローマ〟！」

宦官は震えながら長く息を吸い込んだ。顔にはびっしりと冷や汗をかき、苦しそうな表情を浮かべていた。ヴァージルは、ローマの力がいかに恐ろしいかを思い出させるように話して聞かせた。偉大な艦隊のオールを漕ぐ音が、軍隊の兵士たちが行進するリズミカルな足音が、部屋じゅうにこだまする。右手の人差し指をベッドのついたてに向けると、包囲された街の影が映し出された。銃眼を備えた城壁の上で、挑発するように勇ましく腕を振る人影がいくつも見えるが、ローマの攻城兵器はどんどん近づいてくる。攻城塔、破城槌、投石器《カタパルト》が、行く手にあるものを破壊しながら、砲撃しながら、無慈悲に重々しく進んでくる。すると、暗かった街が明るい炎に包まれ、うねりながら立ちのぼる何本もの煙に阻まれて、ついたての光景は見えなくなった。

「この後どうなるか教えてあげましょうか、シルヴィアン？　捕らえられ、身分を奪われ、恥辱にまみれ、足枷をはめられ、囚人船の暗く湿った最下層に閉じ込められ、鎖に繋がれて、あざける大衆の前を歩くのですよ、ローマの街を！　勝利を収めたローマ軍にとって、なんと価値ある捕虜になることか。あなたの足の裏はさぞ柔らかいのでしょうね、シルヴィアン！　そして、ローマの石畳の通りは、さぞ硬く尖っていることでしょう、シルヴィアン！」

シルヴィアンは動くこともできず、横になったまま天をあおぎ、恐怖におびえる女のように切れ切れにあえぐばかりだった。ヴァージルは情け容赦なく、さらに攻め続けた。「でも、それだけじゃ済まないのですよ、シルヴィアン。普通の捕虜なら、奴隷として売られるだけです。ですが、王や王子、反乱や抵抗を指導したリーダーとなると、どうなると思いますか、シルヴィアン？　そういう連中は、皇帝の前で裸にされるのです、シルヴィアン。そして、鞭で打たれるのです、シルヴィアン。そして、その後で殺されるのですよ、シルヴィアン。

断崖から放り投げたり、首をはねたり、十字架にかけたり、闘技場で野獣の餌食にしたり、ときには……いえ、それほど頻繁ではないでしょうが……全身をタールに浸けて火を放つのですよ、シルヴィアン」

キュベレーの祭司長は、その光景を締め出すかのように両腕を目の上に重ねた。「どうして？」彼は泣き叫んだ。「どうして？　どうして？」

「どうしてかって？　そうしなければ支配も帝国も維持できないからですよ。人は誰でもほかの人間の支配など受けたくないものです。それがたとえ悪しき支配であれ、正しき支配であれ」

シルヴィアンが叫んだ。「やめろ！」ベッドに立ち上がり、ヴァージルに向かってきた。這うように、よろめきながら、こんなつもりではなかったのだと言い訳しながら。どうしてローマは自分をこうも敵視するのか？　たしかに自分はローマが怖い。ヴァージルの説明どおり、ローマは恐ろしい連中だ。だが、こんな自分に害を加えるほどローマから憎まれているのは、いったいどういうわけなのか？　シルヴィアンは腹ばいになってどうにかベッドの足元まで移動し、そこで縮こまってヴァージルに教えてくれと懇願した。

ヴァージルは、彼に質問を返した。

「どうしてパフォス王を魔法にかけたのですか？」

宦官がいきなり姿勢を正したので、ぶざまに、不自然なほど背が伸びたように見えた。顔をゆがめ、口をもごもごさせている。

「ど、ど、どうしてですか？」

シルヴィアンは言葉に詰まりながら、パフォス王が自分に抵抗できないようにするためだったと説明した。

「パフォス王は、抵抗などしませんよ」ヴァージルが言った。「抵抗する必要すらない。あなたが彼に執り行わせようとしている儀式を、ローマは容認しないのですから。どうして容認されるなどと思ったのですか？　それとも、容認されないと知ったうえのことですか？　馬鹿なことを！　あのローマですよ？　〝狼の息子たち〟（ローマを建国したロムルスと双子の弟レムスのこと。赤ん坊の頃に捨てられた二人は狼に育てられたと伝えられている）の街、ローマですよ？　同盟国の王が、自分の手で息子を殺してその肉を食べ、狼に変身させられるのを、ローマが黙って見過ごすとでも思ったのですか？　ありえません。ロムルスに乳を与えた狼、レムスを育てた狼にかけて、そんなことがあってはならないのです！」

宦官は、ゼウス・リュカイオスについて何やらぶつぶつ言っていたが、途中で遮られてしまった。ヴァージルが外套の下から帝国のモノグラムのついた紫色の袋を取り出したからだ。その中から、上質皮紙と羊皮紙に黒と朱色と紫色の文字で記した書類を出してみせた。紙面には印が押され、皮紙を丸めてスリットに通して結んだリボンには封蠟がついており——どのページにも、鷲と狼をかたどった偉大なる帝国の刻印がされていた。

「これは、わたしが帝国政府から与えられた証明書です、シルヴィアン。この文字が見えますか？〝〈尊厳ある皇帝〉《アウグストゥス・カエサル》みずからが認めるものである〟と書いてあります。よかったら、全部読んでみてください。ですが、読もうと読むまいと、その効力を否定することはあなたの身の破滅を意味します。シルヴィアン、ローマの名において、そしてこの書類によってわたしがローマから委ねられた権限において、たった今からパフォスの聖なる王宮をわたしの保護下に置きます。

それはすなわち、ローマによる保護だと思ってください、シルヴィアン」


ヘルマプロディーたちは深々とお辞儀をして、ヴァージルの膝や足にキスをした。彼らがどこまで知っているのか、どうやって知り得たのか、ヴァージルにはわからなかったが、少なくとも彼らにとって最も重要な点だけは伝わっているにちがいない。パフォス王自身がはたしてどこまで知っているかについては、まったくわからない。ただ、いっとき何か恐ろしいものに脅されていたが、今はその恐れがなくなり、この異国の魔法使いが何らかの形で解決にかかわってくれたということは、王も明らかに理解しているようだ。

「まだ頭がはっきりしないのだが」少し朦朧としながらも、王は心から嬉しそうに言った。「わたしの忠臣たちが言うには」と、王は周りを取り囲むヘルマプロディーたちを身振りで示した。「あなたの白魔法のために、銅の鉱石が必要なのだとか。そんなものが何の役に立つのかさっぱりわからないが、ヴァージル殿、あなたが自由に使えるように、荷車百杯分の鉱石を用意させてある」

「陛下、限りない感謝を申し上げます。が、手のひらに百杯分でも多すぎるほどで、普通の椀に一杯もいただければ充分なのです」

王はしばらく考えていた。やがて、愚者がときに見せる聡明さで訊き返した。「だが、たくさん持ち帰っておけば、いつかまた必要になったとき、わざわざ苦労して再び取りにこなくてもよいのではないか？」

ヴァージルは目をぱちくりさせた。たった一つの〈大いなる鏡〉作りに悩まされるあまり、たとえ条件がそろえやすくなっていたとしても、いずれ再び同じものを作る気になれるとは、たった今まで思いもしなかった。おそらく再び作ることはないだろう。だが、まったくないとは言いきれない。ヴァージルは王の寛容な申し出に感謝を述べ、早ラバが速度を落とさずに運べる程度の鉱石を受け取ることに同意した。だが、すぐにも鉱石が用意でき、しかもごく近くに保管されているにもかかわらず、なかなか運び出せなかったのは、ラバや鉱石のせいではなかった。状況が大きく変わったのを受けて、急に誰もが銅産業について――鉱山の掘削、鉱石の選別、輸送、加工など、ありとあらゆる手順について――進んで説明したがったからだ。よほど強く辞退しなければ、ヴァージルは銅についていやというほど詳しくなっていただろう。

ヴァージルは宮殿の中庭《アトリウム》でパフォス王と食事をともにした。ブドウの葉に包んだ骨なしのウズラ肉。ナッツ、ハーブ、ネギと和えた仔牛の柔らかな胃袋。スパイス入りのワインは、冷たい泉の水で薄めてから焼きイチジクにかけ、密封した容器に入れて熱し、古い風景の彫刻が施された金の杯に注がれた。王の提供する話題は大して深くも幅広くもなかったが、興味深いものだった。それに、心配ごとから解放された喜びのせいなのだろう、疑わしいほど上機嫌なのを見ると、ヴァージルも嬉しかった。さらに、王はときどき自分の子どもをテーブルに呼び、最高級の料理をみずからの手で食べさせてやるのだった。

王が社交辞令の一環として、島の景色について、具体的には、ラルナカへ向かう道沿いにある木立に覆われた丘について話しているときだった。ヴァージルの中でぼんやりと渦巻いていた考えが、ふと頭をもたげた。「丘と言えば」彼は王に訊いた。「ラルナカではなく、チリネアに向かう途中にもありますよね？　あのふもとに三重のアーチが建っているんですが、あれは何ですか？」

その返答は短く、礼儀上は無関心を装っているものの、怒りがこもったものだった。「ときどき〝フェニックス〟が祈りにくる」キプロス全島を統べる王はそう答えた。だが、ちょうどそのとき、オリーブの木を彫刻した保存箱に入れた銅鉱石が到着し、それ以上話す時間はなくなった。

すでにバイラ王にも伝令は出してあった。〈ゴールデン・ホスピタル〉に戻ってみると、バイラ王は普段入ることのない温かい風呂を堪能しているところだった。魅力的な使用人の女たちに香りのよい軽石で足の裏をこすられ、嬉しそうに唸っている。明らかに心ゆくまで女神の神殿を楽しみ尽くしたらしく、すぐに船で発つと知らされても何の異存も示さなかった。残るはもう一人だ。戻ってきた伝令によれば、アンソン船長はパフォス港に停泊中の船にはいなかったという。いったいどこへ行ったのだろう？　まさか、さっきパフォス王に尋ねた、あの丘ではないだろうな。ヴァージルは前の晩にシルヴィアンのヴィラへ向かうときに、三重のアーチの建つその丘で大きな炎が上がるのを目撃し、歓喜の叫び声を聞いていた。さらに、シルヴィアンのヴィラからの帰りには、その丘から〝赤い男〟が出てくるのを見た気がした。ただ、その人影とは距離が空いていたうえ、火はすでに消えかけていたためにぼんやりとしか姿が見えず、それが〝赤い男〟その人だったかどうかははっきりとはわからなかった。このまま永遠にわからずじまいになるのかもしれない。

だが、いらいらしながら〈ゴールデン・ホスピタル〉のモザイク貼りの廊下を歩き回り、例の痛みと喪失感に――またしても――苛まれながら、そんなことを考えているところへ、〝赤い男〟が現れた。以前の緊迫感は消え、別人のように穏やかだった。

「出発する支度はできているか？」船長はそれだけ尋ねた。「よし」

緑豊かな、けだるげな街は、彼らを迎え入れたときと同じように、静かに送り出そうとしていた。だが、到着した直後にひと騒動あったのと同じように、出発前にもひと波乱起きる運命だったらしい。それも、前回と非常によく似た騒動が。坂の下の、街で最も貧しい一画にある細い道から、兵士の一群が出てきた。自分たちより人数の少ない集団を捕らえてきたらしく、四方を取り囲んで、歩くように促している。捕らえられた人々はその窮状に屈するどころか、兵士たちの暴力や暴言に立ち向かうように聖歌を歌っていた。

「ハマテの日よ《ヨム・シェル・カーマース》　今日の日よ《ヨム・ヘイゼー》
　救いたまえ《ホサンナ》　奇跡を起こして《オセー・フェレ》――」

その集団の中に、エフェソス人のアングストゥスの姿があった。ヴァージルが鋭い声を上げると、兵士は足を止め、初めは恐ろしい形相で睨みつけていたが、やがて単に不機嫌そうな表情になった。集団の歌がやんだ。

「先生、すぐにキプロス王に抗議して、あなたも密かに集っていた人々も解放してもらいます。恐れずに待っていてください」ヴァージルは声をかけた。

だが、老人は目を大きく見開き、ヴァージルが話し終わる前から拒絶の言葉を口にしていた。激しく湧き上がるひたむきな反論が、重みのある言葉となって飛び出した。「そんなことは、許さん！」

「わたしのことは許していただかなくてもけっこうです、わたしは――」

「〝わたし〟！　〝わたし〟！　呪われし異教の男よ、おまえにとって大事なのは、常に〝わたし〟だけなのか？　おまえは、おまえ自身の力を示したいという欲望を満たすために、あの龍のような蛇――淫婦《ハルロット》、野獣《ビースト》、バビロンという名を持つ怪物――の仕業を止めるつもりなのだろうが、それはわれわれの望みではない！　われわれを解放させてはならん、闘技場での約束された報酬を取り上げるようなまねはするな！　われわれがライオンを喜ばせるのと同じく、ライオンからも喜びを得るのじゃ。救い主ダニエル・キリストの名において命ずる、邪魔をするな！」

　ヴァージルは蠟板本を取り出し、尖筆で大急ぎではっきりと何かを記し、兵士長に渡した。「これを王に届けるんだ」ヴァージルは命令した。

　老人は失望の叫び声を上げた。「やめろ、やめてくれ！　親切にしてやったわしへの見返りが、この仕打ちなのか？　わしはこうして死ぬことを望んでいるのじゃ、ほかの死に方ではなく。そのことだけを望んで生きてきた。アレッポのそばで、主の御霊《みたま》に心をとらわれたあの日からずっと、わしは――」

「先生」ヴァージルは、少し冷たい口調で言った。「どうやらあなたのお話の中にも、〝わし〟が多すぎる気がします。これにて、さようなら。わたしの予想がまちがっていなければ、あなたはどのみち遅かれ早かれ何らかの方法をくわだてて、あなたが非難すると同時に求めてやまない残酷な運命を手に入れることでしょう。今日がだめでも、いずれ別の機会に」

帰りの船旅は、特に際立つような出来事にも、予想外のトラブルにも見舞われることはなかった。風は順調に吹き、天候にも恵まれた。不安点を一つ挙げるとすれば、バイラ王が日に日に落ち着きを失っていたことだ。どうやら、弟たちがどれほど怒っていることかと不安がよみがえってきたらしく、アフロディーテの巫女たちを訪ね、きわめて精力的にパフォスを巡礼した幸福な満足感さえ影を潜めていた。バイラが拠点としていた島が、夜明けどきに水平線上でピンクに染まる雲のように遠くに見えてくると、何やら悲しそうに小声でつぶやき始め、その苦悶は次第に深まっていった。島の近くにたくさん停まっている〈海のフン族団〉の船の一隻に近づく頃には船室に逃げ込もうかと思ったバイラだが、考え直し、勇気を振り絞って、よく見えるように堂々と船首に立った。

フン族の船の乗組員がその姿を見つけ、大きな声が飛び交った。「バイラだ!」フン族たちが叫んでいる。「バ、イ、ラ王! バ、イ、ラ王!」その声には怒りも軽蔑もまったく感じられなかった。バイラは驚いたまま立ち尽くし、乗組員たちがひれ伏して、何度も頭を下げながら汚い甲板に音を立てて額を打ちつけるのを見て、口をぽかんと開け、赤く丸い舌をだらりと垂らし、困惑して乾いた唇を舐めた。

「どういうことでしょうね、キャプテン・アンソン?」ヴァージルが尋ねた。

「さあ、どうだろう。わからないな。あの連中がこんなふうに振る舞うのは、オスメットとオッティルの前でしか見たことがない」

「オスメット、オッティル……」ずんぐりとした小柄な王は弟たちの名前をつぶやき、ほかの何かをつぶやき、落ち着かない様子で体の重心を何度も移し替えていた。フン族の船と島の海岸のあいだを信号が飛び交い、その甲板では勝利を喜ぶ踊りが始まった。ほかの海賊船もこぞって、島に入ろうとするバイラの船に近づいてきた。バイラは説明を求めるような視線を四方に向け、相変わらず何やら問いかけるようにつぶやいていたが、両隣にヴァージルと〝赤い男〟が立つと深く安堵したように見えた。

島では大勢の人々が待っていた。海岸に急ごしらえの埠頭らしきものが作ってある。魔法使いと船長は瞬時に、集まっていた群衆の中からバイラの側近たちの姿を見つけ出した。片目のバロン・ムルダス、片腕のバロン・ブルーダ、足を引きずっているバロン・ガブロン。三人の姿に勇気を得て、バイラは別の二人を指さした。体が大きく毛深い、猿に似た男――「オッティル、オッティル王だ」――と、その隣に立つ、隙間のあいた黄色く長い歯と尖った禿げ頭の痩せた男――「弟のオスメット、オスメット王だ」。バイラの指がさらに動き、少しみすぼらしい、どことなく熊に似た老人に向けられ……そこで止まった。バイラの口が、今度は完全なショックから大きく開いた。老人は指さされていることに気づき、吠えるような雄叫びを上げて、どこか見覚えのあるよろよろとした動きで両脚を上げ下げし始めた。

バイラの舌がようやく動いた。「ティルダス！」彼は叫んだ。「ティルダス・シャーマンだ！」

黒い肌の甲板長が岸に向かって縄を投げると、オスメットがそれを受け止めようと走ってきた。船はオールを逆漕させて速度を落とし、止まった。オッティルが急いで縄を係船柱代わりの傾いた柱に結ぼうとした。

バイラたちは船を降りた。

突然、誰もが彼らを避け、目をそらせているようだった。すると、小太りの女が進み出た。〝フォックス部族の母〟だ。身分違いの妻同然のバイラの側室でもあり、本来の職務上は宮廷歌手でもある女だ。彼女がティンブレルを三度叩くと、人々は静まり返った。その静寂の中で、女は歌い始めた。バイラ王は、アフロディーテの巫女たちの姿を思い出して比べてでもいるのか、初めは見下すような目で見ていた。が、やがて彼女の歌――明らかにこの日のために作った歌――の重みが彼の胸の内にひしひしと伝わってきた。ヴァージルはのちに、そのとき目を赤くして彼女をじっと見つめていた小柄な王を大いに称賛した。というのも、そんな重要な場面にあって、バイラは客人のために歌の内容を懸命に訳してくれたからだ。

おおむね、このような内容だった。

アトリア海のフン族の賢人であるティルダス・シャーマンは、オッティル、オスメル、バイラの父である前国王の葬儀の宴で〝熊の毛皮をまとった〟。亡き王の幽霊から最後の言葉を受け取り、ほかにも力ある〝部族の母〟たちの霊から伝言があれば、合わせてみなに伝えるためだ。だが、ティルダスは〝熊の毛皮を脱ぐ〟ことはしなかった。ティルダスは熊であり続け、死者の伝言を伝えず、結果的に〈海のフン族団〉は、いわば〝三頭政治〟体制となった――とはいえ〝三頭〟とは名ばかりで、オスメットとオッティルの二人が権力を分かち、バイラには名誉称号しか与えられなかった。人々から軽蔑され、馬鹿にされ、粗末に扱われるだけの称号だ。

ここまではヴァージルたちもよく知っていた。

だが、バイラたちがキプロスへ行っているあいだに何かが起きた。〝フォックス部族の母〟はある朝、一人の奴隷に起こされた。長い鎖に繋がれたティルダスに毎朝食べ物と飲み物を持っていく役目の奴隷だ。怯える奴隷の後について、ティルダスを閉じ込めていた部屋へ行ってみると、鎖の先にいたのは熊ではなく、困惑し、腹を立てている人間のティルダスだった。どうして元の姿に戻るのにこれほど長い時間がかかったのか、ティルダス本人にも誰にもわからなかった……そんなことを気にする者もいなかった。人間に戻った、それだけで充分だった。そして、長く待たされた死者からの伝言は、充分以上のものだった。

すなわち、これまでも、そしてたった今も、亡き前国王と力ある〝部族の母《ウィデリセト》〟たちを喜ばせるためには、バイラただ一人が王であること、そして、オスメットとオッティルがすべてにおいて彼を支えること。

甲高い歌声と、ティンブレルを力いっぱい叩く音が突然終わった。静寂を破って、「バイラ！　バイラ！　バイラ王！」という大きな歓声が上がった。バイラは息を吸い込み、大きく胸を張り、自分から権力を奪ってきた弟たちを見た。二人はバイラの前で縮み上がり、ひれ伏した。

「どうやら――」と〝赤い男〟は考えながら言った。バイラは弟たちを素早く、思いきり蹴り上げ、軽蔑するように見下ろすと、話はまた日を改めてしようとでもいうように怒りのこもった唸り声を浴びせていた。「どうやらきみは、今後は〈海のフン族団〉に強い味方ができたようだ」

第十一章

ようやく最後の陸影が見えてきたとき、残念ながらバイラとちがってヴァージルたちには嬉しい知らせは待ち受けていなかった。このところ〝赤い男〟の表情が再び緊迫感を帯びてきたので、ナポリに帰れば何かが待っていると期待しているせいかと思われたのだが。とはいえ、その赤みがかった顔があからさまな落胆を見せることはもちろんなかった。思い返してみれば、このフェニキア人の悩みについては何も知らなかったし、自分の悩みも彼には伝えていない……このまま悩みを打ち明け合うことはないのかもしれない。ヴァージルはそんなことを思いながら、見慣れたナポリ湾の美しさだけに目を向けた。白い蒸気をまとったヴェスヴィオ山、カプリ島の紫色の岩、船の行き交う湾を見下ろすほど高くまで急斜面に広がる古く豊かな〝ネアポリス〟の街。一緒にいるところを目撃されないための用心にヴァージル一人を先に下ろそうと、船はひとまずポンペイに向かっていた。

弱い風が二人の頬に吹きかけていた。「田舎の野原に自生しているハーブの香りがする」とヴァージルは、懐かしさとわずかな喜びの混じった口調で言った。

〝赤い男〟がクンクンとにおいを嗅いだ。「街なかの腐った生ごみと小便の臭いしかしない」

ヴァージルが少し間を置いて言った。「それもまた、生きているということですよ」

その言葉に対する〝赤い男〟の反応にはぎょっとした。アンソン・エベド＝サフィールの顔はゆがみ、急に千年も歳をとったように見えた。「おお、メルカルトよ！」彼はうめくように言った。「おお、〝ティルスのヘラクレス〟（メルカルトの別名）よ！　生きていること！　生きるということ！」彼は無言で痛みに耐えながら口を開け、何かの答えを探るように陸のほうをじっと見つめていた。だが、そこに答えは見つからなかった。何も、誰も現れなかった――港湾責任者の係官を除いては。積み荷の目録を確認しに船に乗り込んだ係官は、うまくいけば賄賂を、ひょっとすると食事を、少なくともワインの一杯ぐらいは恵んでもらえるんじゃないかと期待していた。

「これはどういうことですか？」係官は驚いて声を上げた。「何も積まずに出航し、空っぽのまま戻ってきたって言うんですか？　何ひとつ積まずに？　荷物はまったくないと？　あなたたち、いったいどういう関連の――」

ヴァージルは外套の端をわずかに開けて、モノグラムのついた紫色の袋をちらりと見せた。「帝国関連だ……」

「これは失敬、失敬、失敬……」両手と顔を上げて後ずさる男の声が小さくなった。だが、骨の髄まで役人気質の係官は、また叱責するように言った。「せめて、若い女の何人かぐらいは運べたでしょうに……」

エベド＝サフィール船長はヴァージルと別れるにあたり、「また会おう」とだけ言った。

ヴァージルは、前半を強調するように「是非、また会いましょう」と返した。それから、船の利用料金については〈真鍮の頭像の家〉に取りに来てくれたらいつでも支払うと付け加えた。船長が〝もうわたしにかまうな〟と言いたそうに、そっけなく無言でうなずくのを見て、ヴァージルは、いつだったか海上で風がやんで困っていたとき、時間やものの対価は必ずしも金銭で埋め合わせできるものではないと言っていたこのフェニキア人の言葉を思い出していた。

　市内の馴染みの通り、そして自分の家の前に戻ってきたヴァージルは、「見張りよ、留守中に何かあったか?」と表の真鍮の頭像に尋ねた。

　頭像の目と口が開き、動きだし、目の焦点が合い、声を発した。「ご主人様、タルティスから知らせがありました」

　このことは、その直後にクレメンスから聞かされることとなった。錬金術師のクレメンスは、ヴァージルのお気に入りの部屋の、自分のお気に入りの隅の席で、左の足先が右耳のほぼ真下に来るように器用に足を組んで座り、小さな本を読みながら楽しそうに鼻歌を歌ったり、舌を鳴らしたりしていた。友人が戻ってきたのを見ると、目を輝かせて本から顔を上げ、歌うように声をかけた。「なあ、どう思う、ヴァージル? 鏡作りには、バジリスク（〝蛇の王〟を意味する伝説上の毒蛇の怪物）の灰を加えるべきだろうか? ああ、そうだ……きみが答える前に、そしておれが忘れる前に、一つ言っておくことがあった……到着したぞ、ティンランドに問い合わせていた物が。さて……バジリスクの灰だが……」

　だが、ヴァージルはバジリスクの灰について話せる状態になかった。言葉では言い表せないほどの安堵に、自分の椅子にぐったりと座り込んだ。「あの金色の鳥、伝言を運んでいた鳥が戻ってきたのか?」クレメンスが、髪の大きく膨らんだ頭をゆっくりとヴァージルのほうへ向けた。ヴァージルは心臓が凍りつくのを感じた。みずからキプロスへ赴いてようやく銅を手に入れてきたばかりだというのに、またティンランドまで厳しい旅に出なければならないのか? 「だって、きみはたった今、到着したと――」

「おれは〝ティンランドへ問い合わせに行かせたもの〟とは言っていない、〝ティンランドに問い合わせていた物〟と言ったんだ。つまり、錫《すず》の鉱石が届いたんだよ。残念ながら、あの不思議な、有能な鳥は戻ってこなかった。護衛の隼も一羽しか戻らなかった……哀れなほど疲れ果てて、無残に傷ついていたが、鉱石を入れた袋を運んで帰ってきた。〝空の匠〟とか呼ばれているタルティス人は、えらく悲しんで辛辣になっていたよ、気の毒に。さて、バジリスクの灰だが……」

クレメンスが説明を始めた。バジリスクの灰について、〝テイフィールドのロジャー〟（おそらく十三世紀のイギリスの神学者、科学者、錬金術師のロジャー・ベーコンのこと）は、まずはバジリスクとコカトリス（鶏と蛇を合体させたような空想上の生物。しばしばバジリスクと同一視される）を明確に区別する必要性を説いた。コカトリスは、ごく稀に年老いた雄鶏《おんどり》が生む小さな卵から孵ることがある。体に毒を持っているが、燃やした後の灰は解毒剤として用いられる。ただし、有毒生物であるだけに、その灰も危険だ——灰を摂取した者の体内にそもそも中和すべき毒がなければ、逆に灰の毒素によって死に至ることもあるのだ。一方のバジリスクは、特殊な雌鶏《めんどり》が生んだ卵から孵る。雄に見向きもされなくなった老いた雌鶏が、自然に反する性欲にとらわれてヒキガエルと交わって生んだ卵だ。ロジャーによれば、こうした結合は〝地獄の王〟に認められており、その証拠に、卵から孵った雛は頭に冠の形の鶏冠《とさか》が生えているのだそうだ。それが由来で〝王《バジル》〟から〝バジリスク〟と名づけられた。だが、バジリスクは生きているものに姿を見られると瞬時に石灰化もしくは石化してしまうため、通常は孵る直前の卵のうちに不透明な容器に入れておく……さもないと、孵化後のバジリスクを捕まえるには、背後から後ろ向きに歩いて近づくしかない……鏡に映った姿を覗きながら……。そして、バジリスクを燃やした後の灰は、金《きん》を作り出す、つまりは錬金術においてたいへん有効な物質であり、それ以外の金属を使った〝大いなるわざ〟でも非常に役立つとされる。そこで、ロジャーの言うように、今回使ってみてはどうか、と。

「いや」ヴァージルはきっぱりと言った。「バジリスクの灰を加えることには反対だ。ただでさえ今回の鏡作りには成功するかどうかわからない、不確実な要素が多すぎる。明確にやるべきとされていることだけでも、いくらでもあるんだ。ときに、その準備についてだが、わが友クレメンス――」

それまで不満そうに唇を結んで相槌を打っていた錬金術師は、急に組んでいた足を下ろして背筋を伸ばし、揉み手を始めた。「これまでの準備作業には、きみもきっと満足すると思うぞ。まずは、庭の大部分を潰して新しい作業場を作った。これで、以前に行われた実験の影響を一切受けない、真新しい空間を確保できた。窓には薄い板状に切った白い方解石《アラバスター》を取り付けたから、まぶしすぎない程度に明るい光が入ってくる。同様に、アラバスター製のほやをつけた真新しいランプも吊るした。溶鉱炉も準備した。炉床、薪や木炭、窯、道具や器具、金床《かなとこ》、融解炉、砂や粘土や蠟、作業台や歯車やこてもだ。それから、非常に粒子の細かい土で作った陶製の容器も用意してある。素材はガラスに近いが、より割れにくい。苛性ソーダや炭酸カリウムの溶液もあるし、酸洗いには硝酸でも硫酸でも好きなほうを選んでくれ。念のためにツゲの木のおがくずも用意しておいた」

ヴァージルは静かな声で「うん……うん、いいね……」と言った。

大きな手で大きな髭を撫でながら、クレメンスは陽気な声で言った。「きみは、おれが品質などまるで気にせずに道具をそろえたと仮定して、すべての品を一から厳密に点検してくれ。そうしなければ、おれはきみを見損なうし、もしきみの望む品質に満たないものが一つでも見つかれば、おれを見損なってくれていい」

ヴァージルはうなずいた。例の痛みがあまりにもひどくなりすぎて、今では麻酔をかけられたようにさえ感じられる。さらに抑えた声でクレメンスに尋ねた。「ほかにわたしが知っておくべきことはあるかい？」

クレメンスが考え込んだ。いや、ヴァージルに知らせるべきことは何もない。コルネリアが一度か二度、トゥーリオを連れて様子を探りに来たし、トゥーリオにいたっては、少しでも落ち度を見つけて、それを口実に関係者全員を鞭打ちにしかねない意気込みだった。だが、いつ来ても準備作業は明らかに着々と進んでいたので、コルネリアの苛立ちもトゥーリオの怒りも抑えることができた。

「ああ、そうか」クレメンスが突然、感情のない声で言った。ヴァージルは、どうしたのかと問いかけるように眉を上げた。「きみはたった今、旅から戻ってきたのか。ポセイドンの股袋にかけて！おれとしたことが、きみがエルバやイスキヤよりも遠くまで出かけていたことをすっかり忘れていたよ。おかえり、ヴァージル。そして、〈白く美しき婦人〉とその夫〈赤ら顔の男〉が、明らかにきみの道中を守ってくれたことを賛美しよう」

何かがヴァージルの頭の中で引っかかった。このような表現は、当然これまでにも聞いたことがある。錬金術において、たとえば金と銀の合金である琥珀金《エレクトラム》を言い表すのに、装飾されたシンボルとして〝月と太陽の結婚〟あるいは〝銀と金の結婚〟と表現することがあるからだ。だが、やはり何かが引っかかる……。

クレメンスが再び話し始めた。「おればっかり長々としゃべって申し訳なかったな。さあ、何があったか、きみの話を是非聞かせてくれ」

ヴァージルはかすかな笑みを浮かべた。「たいていの物語ではこういうとき、『今は疲れているから、明日にしてくれ』と言うのだろうな。たしかにわたしは疲れているが、明日になっても疲れていることに変わりはないし、何より、明日になれば、長く、きわめて慎重を要する、休みなしの作業を始めなければならない。今のうちに話しておこう。そうだな……きみの蒸留器で作っている例の〝第五精髄〟をフラスコに一本か二本飲み交わしながら、今から全部話して聞かせるとしよう」

年配の助手のティヌスが、白髪頭を振ってうなずいた。「たしかに金曜日は縁起が悪いという者もおりますが、金曜日だからといって、われわれの作業に悪い影響が出るとは思えません……まあ、われわれの作業に限ったことではありませんが。金曜日は、金星の支配する日です。金星は木星と同じ〝吉星《ベネフィック》〟ではありますが、それに加えて、銅、真鍮、そして青銅の守護星でもあるのです。ですから、今日は鏡作りを開始するのに縁起のいい日だと言えましょう。さらに、最も重要なのは、師匠が指摘なさったように、金星の記号が鏡である点です……」ティヌスは磨いたばかりの床を杖で引っ掻いて、その記号を描いてみせた。〝♀〟

「最高の運をもつ記号ではありませんが、幸運にはちがいありません。何かを始めるのにちょうどいい〝小さな幸運〟から、徐々に〝大きな幸運〟へと発展していくことでしょう。太陽を見るには、太陽光線が必要です。太陽は〝光《ライト》によって照《ライト》らす〟ものです。そしてわれわれが作ろうとしているのは……〝鏡《ミラー》によって映《ミラー》し出す〟ものですね」彼は白い髭を撫でた。「金星は銅、真鍮、青銅を支配し、土星は形とタイミングを支配すると同時に、鉛も支配します。銅の鉱石には鉛もいくらか含まれていますね。そして、火星は溶けた金属を支配します……ええ、やはり師匠の選択は正しかったのです。天体配置図《ホロスコープ》を見ると、火星、金星、土星、それに月までもが、互いによい角度《アスペクト》を構成しています。複数の支配星《ルーラー》が出てきますから、問題は、どの惑星時間《プラネタリー・アワー》（占星術における時間の表し方で、日の出から日没、日没から日の出をそれぞれ十二の時間帯に区切り、七つの支配星を順に割り当てる）が最もふさわしいかです。〝月時間〟か？　〝金星時間〟か？　〝火星時間〟か？　それとも〝土星時間〟か？……いずれにしても、師匠の選択は正しかったのです。ホラリー占星術（ある特定の時刻について占う）およびエレクショナル占星術（ある特定の行動のタイミングについて占う）において、特定の時刻の兆しを読み解くときには、月は〝変化の支配星〟とも呼ばれるように、月時間がよいとされています。神秘の宮《ハウス》である魚座の中で火星と土星が重なっており、魔法の宮《ハウス》である蠍座の中の金星とはよい配置、実に創造的な関係にあります。この三つの惑星は逆行することなく、蟹座にいる月のほうへ向かっており、月は金星の光を火星と土星に送っています——結果として、技術者の秘匿と予言の力を強めてくれます……」

ティヌスの声がだんだん小さくなり、プラネタリー・アワーだの、昼と夜の時間のルーラーだのとぼそぼそとつぶやくだけになった。やがて、完全に黙り込んだ。その場にいた者たちは、ほっと息がつける気がした。すると、その沈黙の中に、水時計から水滴の垂れるポタ……ポタ……ポタ……という音が聞こえてきた。その音が数分も続いた。やがてヴァージルが白い杖をかまえ、誰もが息をひそめる中、水時計の鉢の水に浮いていた球体が底に到達し、透明な美しい音色を立てた。ヴァージルは誰かに合図を出すように、杖を素早く下に向けた。即座に重々しく叩きつけるような音が響き始めた。予測していたにもかかわらず、誰もがその音に思わずぎょっとした。こうして銅鉱石の粉砕作業が始まった。〈馬飾り屋通り〉じゅうを騒音だけでなく、振動までもが広がった。通りの人々は、何事だろうかと互いに顔を見合わせた。その表情はさまざまだったが、恐怖の色を浮かべる者は一人もいなかった。〈真鍮の頭像の家〉の主人が、隣人たちを不安に陥れるようなことをするはずがないからだ。

緑色の銅鉱石は非常に硬かったが、まるで垂直方向に打ちつける破壊槌（敵の城門を打ち壊すために、大勢で抱えて叩きつける巨大な丸太や槌）のように、巨大なすりこぎが上から何度も勢いよく落ちるうちに徐々に砕け始めた。この最初の作業は、あくまでも大きな鉱石のかたまりをいくらか小さくするためのものだ。〝四つの石を十字の形に並べる《スタント・クワットゥオル・ラピデス・イン・モードゥム・クルーチス》〟

そんな書き出しで、古い書物には炉の作り方が説明されていた。その作業はすでにヴァージルの留守中に、クレメンスの指示のもとで完了していた。四つの石の土台の上に、格子状に組んだ鉄棒を積み重ねる。その上に、馬糞を丁寧に混ぜ込んだバビロニアの粘土で、指三本分の厚みの円形の炉床を作り、丸い棒でいくつも穴をあけ、しばらく乾燥させる。炉床の上と周囲には、同じ粘土と小石を使って釜の形《イン・モードゥム・オーラエ》に壁をつける。

「見てわかるとおり、真ん中から上に行くほど細くなっているだろう?」クレメンスのその説明は、もう十回は聞かされていた。「そして、横幅よりも高く作ってある。これまでにも自分の炉はいつもこうやって作ってきたから、これもそうしておいた。粘土は水に浸して柔らかくし、細かく挽き、洗って濾す——それを百回は繰り返した。嘘じゃないぞ。馬糞については、まず、交尾経験のない、若い純白の雌馬を集め、アオイや林檎の実、それに誰も耕したことのない岩山のてっぺんに生えている草を手で摘んで——わかるか、刈り取ったんじゃなく、わざわざ手で摘んだんだぞ——それを食べさせ、それ以前に食べた餌が確実に体内を通過したと思われる三日めを過ぎてから糞を集めた。炉の外側を固定している四枚の鉄板は、言うまでもなく、焼き入れをし直した。その焼き直しのために、捧げもの用の雄牛の角をもらい受けて、〝生命の木《リグヌム・ウィータ》〟を燃やした炎でよく焦がして表面をこそげ取り、おれの実験室に保管している中で最も純度の高い塩を三分の一混ぜて、充分にすり合わせた。焼き直す鉄板も同様に〝生命の木《リグヌム・ウィータ》〟の炎に突っ込み、白くなるまで熱したら、そのすり合わせた粉末を鉄板の全面にふりかけ、落ちないように気をつけながら、熱い炭の上に置いて空気を送った。素早く鉄板を取り出し、一気に水の中へ浸けて冷やした後、火のそばでゆっくりと乾かした。さて、その水だがな、ハハハッ!」クレメンスはおかしそうに笑い、手を揉み合わせた。

「そこらへんの水なんか使わなかったぞ、ぞっとするような土やら、不純な塩やら、ほかにもなんやらかんやらと混じってるにちがいないからな！　代わりに、三歳のヤギを用意し、屋内に繫いで三日間餌を与えなかった。四日めからの二日間は、シダだけを食べさせた。その後、底にいくつも穴の空いた大きな樽に閉じ込め、その穴の下に防水処置を施した別の容器を置き、二日と三晩のあいだ尿を集めた。こうして得た水を使って、すべての鉄製と鋼《はがね》製の道具類を焼き直したんだ」

ヴァージルは、よくやってくれたと言った。一瞬、ドシンドシンと打ち続ける粉砕機の音に耳を傾け、いかめしい顔で付け加えた。「シダなんて、よくそんなにすぐ手に入ったな」

クレメンスがすかさず言い返した。「もしシダが手に入らなかったら、小さな少年の小便を使ったかもしれない」

話の端々に聞き耳を立てていた少年モルリヌスは、その言葉に目を輝かせて顔を上げた。が、彼の姿が目に入っていないクレメンスが「小さな、赤毛の少年の」と付け加えるのを聞き、がっかりして黒髪の頭を下げた。

ヴァージルが杖を上げたとたん、粉砕機がぴたりと止まった。緑色の鉱石を取り出して積み上げると、石灰のように熱をもっていた。色にほとんど変化はなかったが、かなり硬さは失われている。しばらく冷却させた後、もう一度粉砕機に入れ、小さく砕いた。これでようやく炉に入れる準備ができた。

ヴァージルは、熟練技術者と見習いたちに向かって話し始めた。「ここから、いよいよ細心の注意を要する作業に入る」彼は忠告した。「もちろん、仕上げの研磨を除けば、実際に金属を鋳型に流し込む鋳造作業こそ最も神経を使うことになるだろうが。きみたちは一人残らず、体を清め、祈りを捧げ、さまざまな自戒をしてきたはずだ。この作業には、ただ一緒に作業をするという以上の強い思いが必要となる。少しの苛立ちで、思わずかっとするだけで、結果を左右する重要な場面で取り返しのつかない失敗を招きかねない。みんな、家庭はうまくいっているか？　ちょっと思い返してみて、うまくいっていないと思うなら、作業から外れてくれ。参加、不参加にかかわらず給金は払うし、この鏡作りが終わるまで別の作業に回ってもらう」

　ヴァージルはそこでひと呼吸置いた。沈黙が漂った。立ち去る者は一人もいなかった。

　話を再開したヴァージルの声は小さかったが、きっぱりとした口調だった。よく澄んだ灰緑色の瞳で一人ひとりの顔を順に見つめながら言った。「では、これから〈無垢なる鏡〉の製造作業に入る。この工房の名誉のために、絶対に失敗は許されない。そして、わたし自身のためにも、別の意味で失敗のできない重要な案件だ。どういう意味かまで知ってもらう必要はないが、わたしがそう思っていることだけはわかっておいてほしい。これまでにわたしがきみたちの誰かの気分を害したことがあったのなら、どうか許してくれ。これまでに誰かがわたしの気分を害したことがあったとしたら、何であれ許す。もしきみたちが、この中の誰かの気分を害したことがあるのなら、今この場で告白し、誰かに傷つけられたことがあるのなら、そのことを相手に伝えてくれないか？　心から純粋で、友好的で、信頼し合える気持ちで作業に臨めるように」

　再び沈黙が漂った。やがて、ぼそぼそと言葉を交わす声がいくつか聞こえ、何人かが握手をした後、元の位置に戻った。ヴァージルが指示を出そうと振り向きかけたとき、モルリヌスのか細く震える声が耳に届いた。「ねえ、イオハン。師匠があんたにおいらの面倒を見てあげなさいって言って、あんたがおいらに覚えが悪いとぶつぞって言ったとき、おいらはあんたに『それでいいよ』って言ったよね？」

イオハンはいくぶん驚いてうなずいた。

「だったら、おいらの書いた字がゆがんでたり、ひっくり返ってたり、字を書かないで絵を描いたりしてあんたにぶたれたとき、あんたのことを呪ったのは、おいらのまちがいだった。謝るよ。それから、あんたに聞こえないように呪いの言葉を吐いたり、あんたのことをタマの痛い熊野郎って呼んだり、娼婦の息子だとか、イチジクをつまみ食いするスケベじじいだとか、目の見えない売春婦のひもだとか、あばずれをとっかえひっかえしてるとか……」

モルリヌスの卓越した語彙はとどまるところを知らなかった。硬い髭に隠されたイオハンの顔は、だんだんとワインほど真っ赤になり、太く毛深い指がぴくぴくと動き始めた。ようやく少年が息継ぎをして、新たに「ほかにも許してもらいたいんだけど、あんたとあんたの奥さんのことを――」と言い始めたとたん、イオハンの分厚い胸は盛り上がり、鼻の穴は怒りで丸く広がり、声の限りに叫んだ。

「もういい、もういい！　おまえが言ったことはまとめて全部許す、ここでいちいち繰り返さなくていい！」

その後で、自分の声がどれほど大きく響いたかに気づいたのか、恥ずかしそうな小声でもう一度言った。「おまえを許すよ」


炉の中に真っ赤に燃えた炭がくべられ、その上に小さな鉱石のかけらが広げられた。その上からまた炭を載せ、また鉱石を載せ、という具合に、炉の中がいっぱいになるまで繰り返した。すべては手早く、確実に、無言のうちに。丁寧に磨かれた床の上で足を滑らせる者もいなかった。しばらく時間が経った頃、ヴァージルは少し下のほうに置かれた容器にクレメンスの注意を向けた。炉に取り付けられた樋からその容器の中へ、計画どおりに溶けた金属が流れ出ていた。どろりとした液体の表面は、玉虫色に輝く膜で覆われている。

「鉛が分離して溶け出たんだな」ヴァージルが言った。

「だが、このままじゃ全部は取り除けないぞ――」

「いや、鉛はいくらか残したいんだ。銅と錫を結合させるのに役立つし、出来上がった青銅がより美しく輝く」

　ふいごを使うまでもなく、炉の下の開口部から空気が流れ込み、大きな炎が上がっていた。クレメンスが言った。「このまま長時間燃え続けてくれるだろう。職人のあいだでは〝金属がよく溶けるには、熟練工《マスター》の目が不可欠〟と言われるが、今は大先生《マスター》の目は必要なさそうだ。ここに座ってくれ、きみに読んで聞かせたい記述があるんだ」

　壁際にベンチが一つあり、絨毯を敷いてクッションや羊毛が置いてあった。色の取り合わせが悪いな、とヴァージルはぼんやり思った。こういうとき、女性なら配色に気を配るのだろうが、〈真鍮の頭像の家〉を訪れる女性など――すぐに済む用事を除いて――ずいぶん久しくいなかった。腰を下ろしたヴァージルは、モルリヌスと目が合うと、手招きした。

「何だい、旦那……じゃなかった、ご用ですか、師匠？」

「奥の者に言って、わたしに熱いエンドウ豆のスープを一杯と薄切りソーセージを焼いてもらってくれ。スープには乾燥パン粉を振りかけるようにと……。さて、クレメンス殿、わたしに読んで聞かせたいというのは、いったい何だい？」

「まるで妊婦だな、突然ひどく具体的なものが食いたくなるとは」

「たしかにそうだな。ある意味では、わたしは妊婦のようなものかもしれない」

クレメンスが肩をすくめた。「それなら、安産を祈るよ。おれが読んで聞かせたいのは何かって?」

クレメンスは、ヴァージルが旅から戻ってきたときに夢中になって読んでいた小さな本を持ち上げて見せた。「これはおれの書斎で見つけた本だ。『キタイの青銅』（キタイは今の中国の北東地域にあたる）といって、いずれうまい肉となるものが詰まっている卵のように、すばらしい情報が満載だ。特に気になった章を読んでやるから聞いてくれ。


『鏡について。

妖術は自然に反する行いであり、魔術は自然とともに行うものである。すべての魔術の中でも最も重要なのは、剣と鏡を使う術だ。兵士や女が剣や鏡を用いるときの通常の使用法は、〝優れた者〟には意味を持たない。剣と、悪魔を従わせる剣の魔力については、別章で説明する。

かのコンヴーヴォニウスはかつて〝鏡に映して見るとき、人は己の姿しか目にしない。己の幸運や不運は、他者に映してこそ見ることができる〟と言った。この言葉から、鏡とは単に自分の姿を映すという愚かな使い方をするのではなく、〝八つの重要な働き〟のために使うべきものだとわかる。その八つの重要な働きとは、次のとおりである。邪悪な力をはねのけること。悪魔を混乱させること。患者の体内を映すことによって医者を補助すること。墓の中を照らすことによって埋葬された死者を守ること。太陽と月の明るさや力を吸収し、模倣すること。人の内なる考えや気分を映し、より幸福に満ちたものへと昇華させること。占いに使うこと。そして、地上をさまよう目に見えない精霊たちを目に見える形で映し出すことである。また、この八つ以外にも、同じように重要で重大な目的に使うものである。皇帝のヒスアヌアニウスは――』」

　クレメンスは、いったん読むのをやめて顔を上げた。「なんとも奇妙な外国語だな」辺りには熱した金属が溶ける強い匂いが立ち込めている。「蛇の鳴き声《ヒス》みたいな名前じゃないか」クレメンスはそう言いながら、匂いを嗅ぎ、「うん、順調に進んでいるようだ」と言った。

「蛇は知恵の象徴だ」ヴァージルが指摘した。「さらに言えば、ヘブライ語で〝蛇〟を意味する〝ナハッシュ〟は、ほかに〝銅〟や〝青銅〟……それに〝魔術〟という意味も持つ――いや」彼は自問するようにつぶやいた。「〝妖術〟だったかな？　続きを読んでくれ」

「『皇帝のヒスアヌアニウスは、鏡を十三枚所持していた。通常の一年の各月について一枚ずつと閏年《うるうどし》にのみ加えられる閏月《うるうづき》の一枚だ。それぞれの鏡にはその月を表す動物と星座が描かれていた。また、一番めの鏡から月を追うごとに、鏡の直径は順に一インチずつ大きくなっていった』」

　クレメンスはまた読むのを中断し、「そんなのは芸術的に面白いだけで何の意味もない、どの月もほかの月と比べて重要度に変わりはないのだから」と私見を述べた。

「『それぞれの鏡の裏には、天の四象が彫刻されていた。すなわち、北方の黒い戦士、南方の赤い不死鳥《フェニックス》、東方の青い龍《ドラゴン》、そして西方の乳白の虎だ』（本来の中国の四神は、北方玄武、南方朱雀、東方青竜、西方白虎）」

ここでまたクレメンスが「なるほど、こういう考え方は、おれも好きだな」と口を挟み、ヴァージルがうなずいた。

「『ほかにイナゴも描かれていたという説もある。羽根の生えたイナゴは、調和のとれた集団で生活するため、子孫繁栄を象徴するからだ。

すべての魔鏡には、〝六つの空間の極限〟、すなわち東西南北の四方に天頂と天底を加えた六つの点を反映させなければならない。鏡の形は、天を表す円形であると同時に、地を表す正方形でなければならない。鏡を作る者は呪文を用いなければならない。〝太陽のようになれ、月のようになれ、水のようになれ、金《きん》のようになれ。汚《けが》れがなく、明るく、心の中を映し出すものになれ〟と。専門家の中には、鏡には日光用のものと月光用のものがあると説く者もいる。ここからは、鏡の前方から、つまり鏡面に光が当たったとき、鏡の裏側に施された浮き彫りの絵柄が反射して正面の壁や衝立てに映し出される技術について説明する……。

虎の子を安全に捕まえようとするなら、大きな鏡を持参し、追いかけてくる母虎の通り道に置いておくとよい。なぜなら、怒りと悲しみに駆られた母虎は、鏡に映った自分の姿に気づくと、ほかのことはすべて忘れて、日が暮れるまでそこから動かずにうっとりと鏡に見入っているからだ……。

青銅の鏡に最も適した合金は――』」

「え?」ヴァージルが尋ねた。「母虎の話はおしまいかい?」

「『――最も適した合金は、銅十七に対して錫八である』」

「われわれヨーロッパ人が作る通常の鏡よりも錫が少ないが、エジプト人の青銅や、われわれの〝鐘青銅《ベルメタル》〟（教会の鐘などに使われる、通常の青銅より衝撃に強い合金）とかなり似た比率だな」

「『鏡で月光を捕らえるには、準備を整えた鏡を満月の夜に木の枝から吊るしておき、その表面についた夜露を採集する。これが正しくなされれば、夜露を集めた透明な容器は、暗闇の中で常に光り続けるはずだ。だが、正しくなされなければ、月の満ち欠けに応じて光り方が変化する。

いけにえを捧げる炎に使う太陽の火は、夏至の正午ちょうどに掲げた凹面鏡によって手に入れることができる。

さて、ここからは、型、蠟、スタンプ（盛った土を上から押し固める道具）、粘土、それに鏡の曲面を成形するための轆《ろく》轤《ろ》について説明する……。

青銅の鋳物職人は彫刻家の技術を見習い、木彫り職人は鋳物職人と彫刻家の技術を見習い、陶芸家は鋳物職人の技術をまね、反対に宝石職人に技術をまねされ、宝石職人の技術は彫刻家に影響を与える。こうして循環が生まれ、田畑の作物がよく育つよう水を汲み上げる水車のように回りだす……。スークアスによれば、いにしえの人間が鏡を鋳造するとき、大きな鏡は平面に、小さな鏡は凸面に成形したという。なぜなら、凹面鏡は見る者の顔を拡大して映し、凸面鏡は見る者の顔を縮小して映すからだ。映すものを縮小することで、小さな鏡であっても顔全体を映すことができる。ただし、その場合、映し出される像の大きさは、鏡の大きさに準ずる』」

クレメンスは本から顔を上げた。「ここは重要なところだな」

ちょうどそこへ、頼んでいたエンドウ豆のスープが届けられ、ヴァージルはたっぷりすくって口に入れた。「ああ、きわめて重要だ」そう言うと、立ち上がって炉のほうへ向かおうとした。

「そろそろ冷めた頃じゃないかな」ヴァージルはそわそわしながら、どうしたのかと問いかけるように見つめている友人に向かって言った。

クレメンスがヴァージルの袖を摑んで引き止めた。「〝冷めた頃〟だって？　どうかしたのか？　様子がおかしいし、熱に浮かされているみたいじゃないか。冷めるどころか、まだこれからどんどん熱していくんだぞ……。それとも、スープと鉱石の話を混同したのか？　銅鉱石はまだこれからよく熱して溶かすんだ。その間に、るつぼも作らなきゃならないし、不純物の鉛をもう少し取り除かなきゃならないし、鏡の部品を設計して、その鋳型を作らなきゃならない……。やることは、まだたくさんある」

「ああ、たくさんだな……」ヴァージルは耐えがたいというような表情を浮かべ、ため息をつきながらそう言った。だが、ここでクレメンスを苛立たせたら熟練工や職人たちに悪影響を与えると思い直し、ベンチへ戻って座ると、『キタイの青銅』の小さな本についてクレメンスとの議論を再開した。その間に、その本の写しを作るよう写字生に指示した。

こうして、技術面と占星術の両面で充分に検討を重ね、錬金術と冶金術の観点から注意を払いながら、作業はゆっくりと進んでいった。次はるつぼを作った。生の粘土二に対して、焼いた粘土三の割合で混ぜ、ぬるま湯を加えて、〝声を出すとよく混ざる〟と信じられていることから、エトルリアの古いリズミカルな歌に合わせてハンマーと人間の手でよく練り合わせる。混ぜた粘土に木型を押しつけて成形し、表面に乾いた灰をまぶして、しばらく火のそばに置いておく。並行して、錫もその特性に合わせた精製が進められていた。次に、熱し続けていた銅を炭ごとるつぼに入れ、炉床に置いて、木の柄がついた長く、細く、曲がった棒で慎重に中身をかき混ぜる。るつぼの底が炉床にくっつくのを防ぐために、時おり長いトングでそれぞれのるつぼを持ち上げて少しずつ位置を入れ替える。そうしているうちに少しずつ銅が溶けだし、完全に液体状になった銅を溝に流し込んだ。

「よく見ろ、熟練工と職人の諸君！」クレメンスが感激したように声を響かせて言った。「この工程がわれわれに示している、哲学的な教訓を。金属は、生きるために死ななければならない。創造されるために、破壊されなければならない。すべての肉体と生命を消滅させる炎に焼かれたのちにこそ、新しい肉体と生命が得られるのだ。これと同じことを、われわれはどこかで目にしていないか？　そう、種を地中深く埋めると、そこで死に、腐るだけかと思いきや、再び勢いよく命が芽生え、伸び、地上に出てきて生い茂る。そうであるならば、いずれきみたちの番が来て、炎で焼かれるなり、地面に埋められるなりしたとき、永遠に灰のまま、土のままだと思うか？　自然も哲学も、ともにそうではないと教えてくれているではないか……」

ヴァージルは、鍛冶場見習いの少年と同じぐらい真剣に、謙虚に、クレメンスの話を聞いていた。どこか頭の片隅に小さく引っかかるものがあったが、それが何なのかに注意を向けることも、掘り下げることもできなかった。クレメンスは続いて、錬金術においては、有機物と無機物の生命に区別はないと言い放った。土の中から掘り出された鉱石と、土の中から生まれた種は、兄弟姉妹なのだと。

こうした話に耳を傾けているうちに、ヴァージルは奇妙な違和感のことは忘れていった。

　この特別な鏡は、二つの部分で構成される。実際にものを映す鏡面と、それを覆う蓋の二つを、ねじ、鋲《びょう》、掛け金、留め金で固定するのだ。鏡全体としての形態は、大きなロケットに似ている。小さな部品のうち、いくつかは手作業で、いくつかは大きな部品と同様に鋳型に金属を流し込んで作る。その鋳型を作る準備のために、職人たちは蠟の精製を始めていた。きめが粗く、悪臭のする獣脂は使えない。蜂の作り出す純粋な蠟でなければだめなのだ。〈大いなる鏡〉作りについて書かれたさまざまな資料、たとえばルフォスの『教則本』、テオドロスの『カルテオティコン』、エジプトの〈賢者マリア〉の『手引書』は、多くの点において内容が異なるものの、この一点については完全に一致していた。つまり、使用する蠟は、ほかのどこでもなく、コーカサス山（黒海からカスピ海にかけて広がる高い山々）で蜜を集めた蜂の巣から採取したものでなければならないという点だ。〝この高い山の土には特殊な効力がある〟と〈賢者マリア〉は記している。〝土の効力は大きく、そこで育った植物やハーブへ、さらにその植物の蜜を吸った蜂の蠟へと引き継がれる。そしてさらには、その蠟で作った型で鋳造されたすべてのものにまで、その効力が宿るのだ〟と。ルフォスの場合、コーカサス山を構成する鉱物由来の特殊な物質が存在するのだと説明した。窯の熱で蠟を溶かすと、蠟の周りを固めている粘土にその物質が移り、次にその粘土の型に熱い金属を流し込むと、その熱によって再び活性化された物質が、今度はその金属へと移るのだと。テオドロスは、プロメテウスの神話に結びつけて説明している。ウイキョウの茎に隠した火を勝手に人間に渡した罰として、プロメテウスが鷲に肝臓を食いちぎられたとき、その血がコーカサスの岩山に飛び散った——血を浴びた花々が実をつけ、それ以来ずっと〈賢者のマリア〉が言うところの効力を持つようになったのだと。さらにテオドロスはこう結んだ。〝そういう理由から、この蝋を最も効果的に使うには、ウイキョウの茎に灯した火を使わねばならない〟

　さて、〈無垢なる鏡〉を鋳造する際のロスト・ワックス（蝋で作った原型を粘土で固めた後、溶かして取り除くこと）にしか使われないのであれば、コーカサス山で採れる蜜蝋は永遠に山の住人たちだけのものであり続けただろう。だが、実のところ、コーカサス山の蜜蝋は、ほかにも使い道があった……たとえば、飲み物に毒が含まれていればたちまち黒く変色して知らせる銀杯の素材に利用されたり……死体の腐敗を食い止める経帷子を縫う糸の端を固めたり（糸の端がほつれるのを防ぎ、針の穴に通しやすくする）……それ以外にもさまざまな、金のかかる贅沢な用途に使われてきた。

　この蜜蝋の流通を商売にしている者もいて、ナポリにおいてはオノフリオという薬剤師の男がその売買を一手に握っていた。彼の貯蔵庫兼会計事務所は、商売の場所というよりも、さまざまなにおいに満ちた奇妙な洞窟のようだった。「うちにございますよ」ヴァージルの質問に、オノフリオはウィンクをしながらうなずいた。「もちろん、それほど多くありませんがね。まだ一週間前にもならないでしょうか、うちの女房に言われたんです。『オノフリオ、そろそろコーカサスに注文を出さないと、在庫がずいぶん少なくなってるよ』ってね。それで、注文を出したばかりなので、そのうち少しは入ってくると思いますよ。そうですね、一年後。二年かな。いや、三年かな。どうでしょうね？」またウィンクをした。「今、どれぐらい残ってるかですって？　うーん、そうですねえ、人間の頭ほどでしょうか。はっきりとはわかりません。一つのかたまりから、そのときどきの必要に応じてあっちこっち削り取っていきますので。どうしてそんなことを？　どれぐらいお入り用なんですか、ヴァージル博士？　何ですって？　全部残らず？　無理です。ええ、それは無理ですよ。無理、無理。うちの在庫を空っぽにするわけにはいきません」

その点においては、彼は誠実な店主と言えた。だが、蜜蠟のいくらかは回収して後日返却できると聞かされると、値段のつけようのなかったはずの商品に売値がついた――かなり高額の。しかも、金貨で支払うだけでは済まなかった。オノフリオには、ヴァージルに譲ってもらいたいものがあったし、ヴァージルに教えてもらいたい情報があったし、ヴァージルに……そう、ほかの誰でもなく、ヴァージル本人にやってもらいたいことがあったのだ。幸いなことに、薬剤師のオノフリオは欲しがり屋ではあったが、強欲ではなかった。強気で交渉を押し進めながら、今すぐに支払いを求めることはしなかった。代金と要求がどれほどになるかは、後日返却される蜜蠟の量に応じて決めることで双方が合意したのだ。ヴァージルは店主の後について、高くそびえるいくつもの棚のあいだを縫って進んだ。棚には、龍涎香《りゅうぜんこう》（鯨の体内で作られる石のような香料）、麝香《じゃこう》（ジャコウジカの腹部から採れる香料）、蘇合香《そごうこう》（エゴノキから採れる香料）、香油《バルサム》、棗《なつめ》、花の香油、精油《エッセンス》や万能薬《エリクシル》、究極の溶剤《アゾット》、膏薬、解毒剤《テリアカ》、〝ものまね屋《ターレ・クアーレ》〟、ユニコーン、ダチョウの卵、ヒキガエル、毒キノコ、コウモリの血とコウモリ、糖蜜漬けの毒蛇と毒蛇の血と毒蛇の干物、グリフォンの糞、ミイラ、マンドラゴラ、そして水銀が収められていた。よい香りとひどい悪臭、強い匂いに不快な臭い。その中を通って、必要不可欠な蜜蠟の保管場所へたどり着いた。蜜蠟は鉄の檻に収められ、生まれてから一度も太陽を見たことのない気の毒な犬が一匹、その番をしていた。

　蜜蠟は暗い色をしていた。通常のものよりも色が濃く、ほとんど黒に近かったが、単なる黒色とはちがっていた。ある角度から光が当たると、琥珀色と赤の混じった色に光るのだ。深くて圧倒的な、スパイスの利いた強い臭いを発し、指で触れるとねばねばとして弾力があった。

「うちとしては、できるだけ多く戻していただかないと困るんです、ヴァージル博士」香料売りの店主が言った。「無駄に火にくべるのなら、これっぽっちも差し上げられませんよ、ええ、一ドラム

（約一・八グラム）たりともね。先ほどお願いした品々はどれも、わたしにとっては貴重なものばかりで、金《きん》だろうと、ほかの商品だろうと、何を引き換えにしてでも譲っていただきたい……どうしてもとおっしゃるなら、蜜蠟と引き換えにしてでもです……ですが」――彼は、まるで店で売っている薬用の枝のような老いてしなびた指で、コーカサス産の蜜蠟のかたまりを愛でるように、悔いるように撫でた――「それでも、ヴァージル博士、あえて言わせていただきます。どうか無駄にしないでください。一片たりともです」


　蜜蠟は、ウイキョウの茎を燃やした火にかけ（充分な量のウイキョウを集めて乾燥させるのもひと苦労だった。火をつけるための火を用意し、トングを作るためのトングを用意する、何重もの円、どこまでも続く輪の中の輪のような作業だ）、ゆっくりと溶かされ、濾された。それを水で洗い、再び濾す。汚れを落とし、また濾す。不純物を取り除いて、また濾す。そのたびに、よりきめの細かい布に変えて（職人頭のペリンの指示により、使用後の布は煮沸して、残っているわずかな蠟までもが回収された。ヴァージルには、そんな発想も、そこまでやる忍耐力もなかった）、何度も、何度も繰り返していく。丁寧に、丁寧に。じっくりと時間をかけて。

　同時に、ほかの作業も進められていった。丁寧に、丁寧に。じっくりと時間をかけて。

　ついに蜜蠟は、充分なほど純粋に、純白に、上質に仕上がった。

　天体配置図《ホロスコープ》を検討する終わりの見えない作業のために、何枚もの羊皮紙と、イカの群れをまるごと、サンザシや樫の森をまるごと使って作ったインクが、次々と費やされた。特に問題となったのは、月の交点《ノード》、つまり、月の軌道が黄道と交わる点についてだ。これらの交点のうち、北のノード《ノース》は龍の頭《ドラゴン・ヘッド》を意味する〝カプト・ドラコニス〟、南《サウス》のノードは龍の尾《ドラゴン・テイル》を意味する〝カウダ・ドラコニス〟と呼ばれている。ドラゴン・ヘッドは幸運、ドラゴン・テイルは悪運をもたらすとされる。

「だめだ！」ヴァージルは絶望したように大声を上げ、ペンを投げ捨てた。「やはりレディ・ラウラの誕生時のホロスコープを全部——一から自分の手で描かなきゃならないな——コルネリアが持ってきた配置図《チャート》などあてにできるものか。ラウラがさらわれたのは、いったいいつの時点だったのだろう？　彼女の生まれ持った支配星はドラゴン・テイルと重なっていたのだろうか？　ラウラが龍の口から吐き出される縁起のいい瞬間、つまり、金星が正反対のドラゴン・ヘッドと重なる六ヵ月後まで待ったほうがいいのだろうか？」ペンを拾い上げ、大ざっぱな配置図を描いてみたが、そこからは多くの憶測しか生まれなかった。そのほとんどがまともな推測ですらなく、たとえばドラゴンのヘッドとテイルが近づいている図が、ヨルムンガンド（北欧神話に出てくる毒蛇）や、ウロボロス（自分の尾を飲み込む蛇や龍の象徴）や、レヴィアタン（旧約聖書に出てくる海の怪獣。巨大な鯨やワニ、蛇や龍ともいわれる）や、オケアノス川（古代ギリシャにおいて、平面的な円盤状の地球の周りを取り囲む海もしくは大河のこと）と似ている、という程度のものだ。「八個の〝ハウス〟を使った配置図か」ヴァージルはつぶやいた。「土星と金星が正反対の位置に……これではうまくいかないはずだ……占星術とは、決まったとおりに一巡する時間の研究でしかないのか？　これらの惑星は、ただの光り輝く球体なのか、それとも、われわれのために——たった今、特定の問題の答えを求めているわれわれの望むように——それぞれに勝手な意思を持って動き、その相互関係によって運命を作るものなのか？」

　そう言ってから、ヴァージルは少し落ち着いた声で言った。「もう一度ホラリー・チャート（特定の時刻に関して占うためのホロスコープ）を作ってみよう」重大な作業と心労が重なり、ヴァージルの体重は落ち、顔色は悪くなり、口調は暗くなっていた。

新しい羊皮紙を広げ、新しいペンに新しいインクをつける。配置図がだんだん形を成していく。ホラリー・チャートでは、第一の〝ハウス〟（ホロスコープを十二に区分した領域）は〝質問者〟を表している。そのちょうど反対にあたる第七のハウスは、問題点、あるいはその問題を起こしている人物（誰なのかはわからない）を表している。今回の〝質問者〟がコルネリアだとするなら、彼女は第一のハウス、ラウラは第五のハウスにあたる（第五のハウスは子どもを表す）。ということは、娘のラウラが抱えている問題は、第五のハウスの正反対にある第十一のハウスにいる惑星によって示されるはずだ……。「どれどれ、もう一度検討してみよう」ヴァージルは天体配置図に顔を近づけながらつぶやいた。「木星は王族の星であると同時に射手座の支配星《ルーラー》でもある。ひとまず、上昇点《アセンダント》を射手座に置こう……射手座には太陽があり、第一のハウスは女王を意味する……太陽は支配者の星……そして、太陽は獅子座の支配星だから、第一のハウスは獅子座かもしれない、そうすると、第五のハウスは蠍座ということになる――金星が囲まれている！　なるほど！　金星は愛と美の星、レディ・ラウラだ！　さて――宮《サイン》のインターセプト（一つのハウスの中にサインがまるごと入ること）から、カスプ（ハウスの始まる境界線）は牡牛座にあり、牡牛座の支配星は金星だ。ということは、問題点とその問題を起こしている人物を表す第七のハウスのカスプは双子座にあり、支配星は水星だ。土星――いや、土星はだめだ、うまくいかない……金星は、第十一のハウスで水星と重なる……第十一のハウスのカスプは蠍座にあたる……蠍座が表すものは何か？　魔法、深慮、真剣さ、鷲、蛇、そして不死鳥《フェニックス》……」ヴァージルは突然何か強い信念に駆られて、口にしたばかりのそれらの言葉を繰り返した。何かはっきりとした、だが目に見えない繋がりを思い起こさせる言葉があった。どれだ？

「鷲」――ローマ帝国？〈アウグストゥス・ハウス〉？　コーカサス山に繋がれたプロメテウス？

「蛇」――この言葉からは、いくらでも連想が広がる。知恵、魔術、銅や青銅、ドラゴン・テイルからドラゴン・ヘッドを通り抜ける金星の周期、円、輪、リング……ヴァージルはそこでいったん考えを止め、痛む頭を両手で押さえた。そうだ、どこかでリングを見たはずだ。だが、はっきりとした画像が浮かんでこない。〝鷲、蛇、そして不死鳥《フェニックス》〟……蠍座――再生の宮《サイン》――十一番めのカスプ、第十一のハウスで金星と水星が重なる。ラウラと、問題を起こしている人物だ。水星は、ホラリー・チャートの第七のハウスの支配星。第七のハウスは、敵や世界情勢を映す。二つが重なるのはアフリクト、つまり非常に悪い角度《アスペクト》だ……。

いやいや、やはり無理がある。このチャートだけで解き明かすには限界がある。不明点や矛盾点が多すぎる。これ以上チャートの読み解きに時間を割くぐらいなら、ほかの作業に当てたほうがいい。だが……何にしても、非常に興味深いことに変わりはない。〝再生のサイン〟……〝鷲、蛇、そして不死鳥《フェニックス》〟……。

鍛冶場では、銅の精製作業がさらに進められていた。三台のふいごを昼夜の休みなく、幾夜も幾日も動かし続けた後、ようやくインゴットの型に流し込んだ。まだ赤々と燃えて温度が下がらないうちに、トングで挟んで金床《かなとこ》の上に乗せ、巨大なハンマーで叩く。銅のかたまりは割れた。もう一度火の中へ戻して溶かし、長い工程を繰り返した後、再び取り出して叩いた。今度は割れなかった。

ヴァージルが片方の袖をまくると、クレメンスはその腕をきつく縛った。クレメンスも片袖をまくり、ヴァージルが腕を縛った。イオハン、ティヌス、ペリン、それに精銅作業に携わっている職人の全員が同じようにした。みなの血管が浮き出てきた。魔法使いの手から友人の手へと、両刃の医療用ナイフが行き交った。用意された容器の中へ、ほとばしる血が滴り落ちる。全員が拒むことなく、それぞれの血を提供した。容器がいっぱいになると、その中に赤く光る銅のインゴットを突っ込んだ。この冷却作業をもって、銅の精錬はすべて完了した。

ヴァージルが再び〝扉の向こう〟へ行ったのは、その夜のことだった。その光景に、ヴァージルは恐怖のあまり、心の中で声にならない悲鳴を上げた。そこを訪れたのが自分の意思ではないとわかっていたからだ……自分にはまったく制御できないのだとしたら、きわめて危険な状況だ。だが、心の中では同時に、落ち着くように、受け入れるようにと自分に言い聞かせてもいた。ということは制御できないのは幻の中だけであって、現実の世界にまでは及ばないのだろう。

ヴァージルは、コルネリアの部屋の中にいた。彼女は書きもの机の前に座り、枝分かれした燭台のランプが隣に置いてある。コルネリアは顔こそ上げなかったものの、そこに誰かいることは気づいているにちがいないとヴァージルは思った。

「出生時の正確なホロスコープを作らなくてはなりません」ヴァージルが声をかけると――彼女は全身でその声の主が誰なのかを察知し――現実ではどう考えてもありえないが――それがヴァージルだとわかったとたん、彼女の中に渦巻いていた恐怖が消え去った。緊張していた首筋から力が抜け、止めていた呼吸をため息とともに吐き出した。

「うん、そうか」彼女はやわらかな口調で言った。「もちろん、そうだな」

「彼女の生まれた正確な時刻を書いてください」ヴァージルは強い口調で言った。「それと、もしわかれば、出生場所のできるだけ正確な緯度も」彼女はそれを書き留めた。「次に、彼女の行方がわからなくなったとあなたが初めて聞いた日時を、できるだけ正確に思い出して書いてください……。では、一人になりたいので、この部屋から出てください」ヴァージルが見守る中、彼女は滑るように部屋を出ていき、戸口にかかっていた布のすれる音が聞こえた後、静かになった。

ヴァージルは蠟板《ろうばん》をじっと見つめ、そこに書かれている情報を記憶に焼きつけた。さっきコルネリアは背後に人が立っていると思ってひどく怯えていたが、誰が来たと思ったのだろう？　ヴァージルは椅子に腰を下ろし、ホロスコープの作成に取りかかった。天体歴を確認するまでもなく、欲しい情報は次々と頭の中に湧いてきたので、素早く指を動かしているうちに、ホロスコープはどんどん描き上がっていった。ラウラの生命を脅かしかねない危機がどんなものか、それがどの方向からやって来るかがわかった。それが起きると思われる時刻までも……そう……ぴったりだ……天体の進行とぴたりと合う……〝一年は一日と同じ〟という原則のもと、誕生時の惑星をおよそ一年に一度の角度で進めていくと、二十歳になったときに起きる出来事は、誕生日から二十一日後の惑星の位置から読み解くことができる。この場合、誕生日当日は誕生した年と同じなので数えない。

「今週のいずれかの時点に――」ヴァージルは指をさしながら、声に出して読み解いていった。「おそらくは、この日に――彼女は北方から現れる暗い力によって深刻な危険にさらされる。なぜなら、誕生時のチャートの天底にある土星が、天体の進行により、二十歳になるときには、彼女の支配星である金星に悪影響を及ぼすからだ。だが――」ヴァージルは顔をしかめてチャートを読んでいたが、笑みを浮かべ、すっかり緊張が解けた。「――彼女の支配星の金星は、蠍座にある〝吉星《ベネフィック》〟の木星と百二十度《トライン》の関係にあるから、賢者か、哲学者か、魔術師によって救われる……」

そうだ……何もかもぴたりと合う……はまりすぎて不気味なぐらいだ。蠍座は再生の宮《サイン》であり、すなわち、鷲、蛇、不死鳥《フェニックス》と関係がある。〝鷲〟というのは、不気味なほど優れた視力を持ち、何リーグも離れたところから獲物の姿を見つけられる。それはつまり、魔法の鏡を表しているのではないか？　そして、歳をとって目が見えなくなり、羽ばたく力が衰えた鷲だけが秘密のありかを知っている〝若さの泉〟を見つけ出し、その上空を〝太陽の輪の中に入る〟ほど高くのぼる。すると、いまだ不敗の光の源である太陽から力強い光や光線が放たれ、視力を奪った闇を焼き払ってくれるのではなかったか？　さらに、鷲が空高くから〝若さの泉〟めがけて飛び込むと、その先何ラストラム（一ラストラムは五年）かは若さを保てるという。〝鷲《イーグル》〟について最後に（最後と言うには気が引けるが）もう一つ例を挙げるなら、あの二羽の隼《ファルコン・イーグル》がいた。命をかけ、たいへんな犠牲を払って、はるか遠いティンランドから、どうしても必要な錫の鉱石を袋に入れて持ち帰ってくれた、あの警護役の鳥たちだ。次に〝蛇〟だが、どうしてクレメンスは、あの哲学的な演説の中で、蛇にまつわるとある教訓に触れなかったのだろう？――つまり、溶けた銅がうきかすを脱ぎ捨てるように、蛇は毎年脱皮を繰り返すという特性だ。そのとき蛇は死んだように動けなくなり、放心状態に陥り、最後に残った力を振り絞る。ついに脱皮に成功すると、命を得たように素早く動きだす。新しく生まれたかのように。三つのキーワードの最後は〝不死鳥《フェニックス》〟だ。長い寿命と生死のサイクルを繰り返す、独特な、きわめて希少な鳥だ。五百年とも千年ともいわれる寿命を全うする直前に巣を築き、自らの〝卵〟を作り、翼で風を送ると、巣についた火はたちまち火葬用の大きな炎と化す。フェニックスの体を包み込んだ火によって卵が孵り、その中から青虫が生まれ、その青虫からフェニックスが現れる。

火の中から、フェニックスが現れるのだ。

二枚の円盤状の模型は、まずは通常の蠟を彫って作られた。よく吟味し、修正を経て承認された。次は、最終的な原型として、それとまったく同じ形のものをコーカサスの蜜蠟で作らなくてはならない。いつもなら〝念入り〟とされる作業がだらしなく思えるほど、慎重に、苦痛を伴うほど精巧に進めていく。繊細なまでのひと削りひと削り、そぎ落とされる蠟の小さなひと片《ひら》ひと片《ひら》、形づくられる一ミリ一ミリに気を配りながら。蜜蠟は、温めすぎてはいけないし、冷ましすぎてもいけない。溶かしてはいけない、緩すぎて垂れ落ちてはいけない、脆すぎて欠けてはいけない。しかも、作業のすべては天体の動きに合わせて進めなければならない。たとえば、湯口（後から蠟を溶かして除いたり、金属を流し込んだりするための注ぎ口）をどこに取り付けるべきかといった実務的な判断の一つひとつにも、いちいちホロスコープを作成して調べるのだ。そうやってついに、〝雷のチャート〟で悪い前兆をすべて調べたうえで、上に飛び出した湯口のてっぺん部分を除いて、原型はすっぽりと、やはり特別に準備を重ねた粘土で周りを固められたのだった。そのまま乾燥させ……さらに乾燥を重ね……徹底的に乾燥させて……もう一度周りを粘土で固め……また乾燥させ……三たび粘土で固めた。こうして二つの粘土の型は、技術的に最適かつ縁起のよいタイミングを見て、適したハーブを振りかけて香りづけした火の横に置かれた。貴重な蜜蠟を逃さないようにと、その下に水を張った容器を用意した。蠟が溶けて粘土にその形だけを残した後、湯口から中の蠟を流して取り除いた。その後、火を扱う作業にふさわしい〝太陽時間〟と、土や土で作られたものを司る〝地下の精〟たちに都合のいい時間とが重なる瞬間を選び、ヴァージル、クレメンス、熟練工、それに職人たちは、奇妙な不協和音で同じフレーズを繰り返すエトルリアの祈りの言葉を唱えながら、湯口が下になるように型をひっくり返して火の中に置いた。そのまま周りの粘土が赤くなるまで待つ。溶けた金属を司る火星ほど真っ赤になるまで、炎そのものと同じぐらい真っ赤になるまで……太陽がまとう真っ赤な衣と同じ色に……地面と同じ赤い色に。

予言、遠く離れているもの、死後の世界にあるものを司る吉星《ベネフィック》の木星が支配する幸運な日、木曜日のこと。〈馬飾り屋通り〉は端から端まで、足首が埋もれるほどのタン皮（地面を保護するときに敷き詰める、タンニンを絞り終えた樹皮）に覆われていた。路面を傷つけないためと、騒音をやわらげるための対策だ。その日、粘土の鋳型を温めていた小さな火を大きくし、同時にるつぼの準備も進められた。ふいごが設置され、一台につき屈強な男が二人ずつ待機していた。ここからは、スピードと正確さの勝負になる。炉の中に新たに炭がくべられ、鋳型が置かれた。鋳型が倒れないように、炎の熱にも割れない硬い石で周りを支えている。〝石の上に石《ラピデム・スーペル・ラピデム》〟と呼ばれる手法で、充分な隙間を空けながら鋳型より十五センチほど高くまで積み上げた石の周りに火のついた炭を置き、その上にさらに新しい炭を高く盛った。炭は燃え、崩れ落ち、新しく補給され、また燃え、崩れ落ち、補給された。これを三度繰り返す。

　ヴァージルは炉の蓋を開けて中を覗こうとしたが、あまりの熱さに顔をそむけた。鍛冶場の作業に慣れているクレメンスが素早く中を覗くと、髭がチリチリと焦げた。「もう真っ赤になってる」クレメンスが言った。ヴァージルは銅の入ったるつぼのほうへ、速足で、だがしっかりとした足取りで向かい、るつぼを火にかけ、炭を入れるよう指示した。彼の合図で男たちがふいごを動かし始めた。〝初めは中ぐらいに《プリモ・メディオクリティール》、その後はだんだん多く《ディンデ・マギス・アク・マギス》〟。るつぼから緑色の炎が噴き出した。銅が溶け始めたのだ。ヴァージルはすぐに炭を足すよう指示し、鋳型を熱している炉のほうへ走って戻った。職人たちが炉の中から積み上げていた石と火のついた炭を取り除き、代わりに土で鋳型の周りを覆う作業を監視した。それからまた火にかけたるつぼのほうへ取って返し、黒焦げになった長い棒で中の銅をかき混ぜた。

「今だ！」そう言うなり、ヴァージルはコルネリアから受け取った銅のフィブラをるつぼの中に放り込んだ。

錫も加えて何度も混ぜながら、温度が均一になるようにるつぼそのものを火の上で慎重に傾けたり回転させたりした。やがて錫も溶け、銅と完全に混ざった。るつぼを火から降ろし、鋳型へと運ぶ。溶けた金属の表面の炭や灰をすくい取り、一つめの鋳型の湯口の上に濾過用の布を張る。ヴァージルは熱さに耐えられる限界まで鋳型に近づいて床に横たわり、地面に耳をつけた。

「注げ！」ヴァージルが言った。

職人たちがゆっくりと、慎重に鋳型の中へ金属を流し込むあいだ、ヴァージルは地下の音に耳を澄ませていた。やめるよう合図を出し、さらに耳を傾ける。大丈夫そうだ。つぶやき声も、不満そうな声も、唸り声も、何も聞こえない。また合図を出し、耳を澄ませているあいだに、職人たちは再び金属を注ぎ始めた。やがてイオハンが言った。「師匠、終わりました」ヴァージルは何も言わなかった。職人たちは見守るように待っていた。そして、ずいぶん経ってからようやく、ヴァージルはもう何も聞いていないのだと気づいた。やがて彼らは、鋳型の中の溶けた金属を揺らさないよう静かに、横たわったままのヴァージルの体をそっと持ち上げ、上階の寝室へと運んだのだった。

一方、クレメンスは下の工房に残り、もう一つの鋳型に金属を流し込む作業を監督した。

しばらくして、ヴァージルが肉体と精神の疲労から回復すると、職人たちはよく冷ました鋳型を割って、鏡の二つの部分を取り出した。その二つを濃い炭酸カリウム溶液で煮沸して残っている土を取り除き、熱湯ですすいで乾燥させた。次に、それらを真っ赤になるまで炎で熱して焼き直した。このとき、熱しすぎて白くならないよう注意を払った。仮に土やその他の不純物が残っていたとしても、この炎ですべて除去できるうえ、次の研磨作業に適した柔らかさが得られる——ただし、すぐには磨かない。青銅を冷ました後、まずは硫酸一に対して水三の割合で作った酸洗い用の溶液に浸ける。

「おれは硝酸のほうがいいと思うがな」とクレメンスが言った。

「通常なら、わたしもそうする」ヴァージルが言った。「だが、酸洗いにはふつう〝新しい〟溶液は適さない。ところが、〝古い〟溶液にはたくさんの金属が溶け込んでいるはずで、明らかに今回の条件には合わない。この青銅が無垢なる青銅であるという優越性が帳消しになる」

二つの部品はしばらく溶液の中に浸けた後、取り出して冷たい水ですすぎ、清潔な濡れた砂で徹底的に磨き、水を張った木の桶に入れた。取り出した後は、何度か強い酸性溶液に浸けてはまた水ですぐ作業を繰り返す。ここからは、青銅に注意を向けるのと同じぐらい慎重に、職人たちの安全にも気を配らなければならない。酸洗いの作業は屋外で行われた。職人たちは、絨毯生地を三枚重ねにした特殊な分厚いエプロンで衣類を覆った。部品を溶液に浸けて素早く水洗いする者たちの横で、ロバの乳を持った者が何人も待機していた――もし誰かが硫酸の有毒ガスを吸って肺を痛めたら、その乳を飲ませるために。もし溶液に触れたら、跡が残らないよう、最悪の場合には皮膚が溶けてしまわないよう、肌に直接かけるために。そして、もし飛び跳ねたしずくが目に入ったら、目に流しかけて酸を〝殺す〟ために。最後にもう一度酸に浸け、冷水ですすぎ終わった青銅は、仕上げに沸騰した熱湯で洗い、ツゲの木のおがくずで乾燥させ、それから――けっして直接手で触れないように注意しながら、最高に柔らかいセーム革で覆い、包んだ。

いよいよ研磨職人の出番だ。

彼らの名は、イサッコとリオネロという。イサッコは年をとって腰が曲がっていたが、完全に失明するまでは徐々に視力が低下し、見えなくなることに慣れる時間的猶予に恵まれた。一方のリオネロはまだ若く活力に満ちていたが、ある日どこかから逃げてきた馬が半狂乱になって走ってくるのをよけきれず、目を蹴られて突然視力を失った。二人とも目が見えなくなったときにはすでに研磨職人として働いており、どちらもよい親方に恵まれたおかげで、そのまま仕事を続けさせてもらえた。腕は確かだし、目で見ることができずに磨き残した部分は、後で誰かが仕上げればいいと親方たちは考えたのだ。ところが、何年か経つうちに、彼らの仕事に視力は必要なくなった。リオネロは、金属の表面を軽く叩いたり、匂いを嗅げばわかるのだと言い、イサッコは何の説明もしなかった。どうしてわかるのかはわからないが、わかるのだと言うだけだった。

「それぞれの親方には、きみたちを借り受けるための金は渡してある」ヴァージルは二人に言った。「だが、それとは別に、きみたちにも直接、いつもの倍の給金を払うつもりだ。作業用の部屋は別に用意してある。必要なものはすべてそこにそろっているはずだ――作業台、刷毛、箱、旋盤や回転盤、水と石鹸。バニッシャー（金属の棒の先端が曲がったヘラのような工具）はフック型、槍型、丸型、そして柄の長いものを用意しておいた。ほかに、バフレザー（動物の皮の内側を削ぎ落した革）やセーム革、〝クロッカス・パウダー〟（研磨剤として使う非常に細かい酸化鉄の粉末）と薄めたビール、万力、棹、おがくず、酢――」

「雄牛の胆汁は？　旦那、雄牛の胆汁はないんですか……？」

「すまないが、リオネロ、雄牛の胆汁のような臭いのきついものは、おそらく今回の繊細な仕事には不向きだ」

イサッコが言った。「酢でも代用できるよ。最高の効果が得られる。ビールでもな。旦那、安定した小さな火はあるかい？　それから、取っ手のついた鍋は？」

「全部ある。まだ主要部分の研磨に入れる段階にはないが、今のうちに作業部屋の設備をしっかり頭に入れておいてほしい。希望があれば、いくらでも変更する。〈大いなる鏡〉ほど貴重ではない製品がいくつかあるから、まずはそれで〝肩慣らし〟ならぬ〝指先慣らし〟を始めてみたらいい。仕事に関してはほかに具体的な指示はないが、覚えておいてほしいことがある――何よりも重要なことだ。部屋の扉は内側からしか開かない。青銅が人目に触れる状態にあるときは、けっして部屋の扉を開けてはいけない。扉を開けるときには、必ず青銅を覆うこと。それから、作業部屋に行けばわかると思うが、火は戸棚のような物置の中にある。青銅を覆っていないときは、その戸も必ず閉めるように。そして、鏡面は裏側から手を伸ばして磨くこと。作業部屋には誰も、きみたちの手助けに入れない。きみたちを信じるしかないし、わたしは信じている」

二人はうなずいた。作業部屋に入った当初は手探り状態だったが、やがて自信を持って動き回り、最終的には何の迷いもなく手や足が動かせるまでになった。そしてついに、月が蠍座から魚座へと通過するとき、二枚の円盤とその他の小さな部品類（二つの鋳型の湯口に注ぎ込んだ残りの青銅から作られたもの）は、注意深く布に包んで箱詰めされ、目の見えない二人の研磨職人の手に渡され、作業部屋の扉が閉められた……一切の光を閉め出して。その暗い部屋の中で、鏡のどんよりとした表面は徐々にものを映すことができるようになっていった。だが、何も映すことはない。仮に何かを映したとしても、それを目にする者は誰もいない。暗闇の中で、鏡に蓋がかぶせられ、留め具や掛け金が取りつけられた。そうして再び布で包まれ、箱に入れられて、外の世界に戻ってきた。

ヴァージルはその箱を、例のマンドレイクの赤い絹糸と同じように、いくつも結び目を作りながら赤い紐で縛った。「引っぱってみるかい？」彼はクレメンスに挑むように言った。「ほどけるかどうか、力いっぱい引いてみろ」

錬金術師は首を横に振った。「遠慮しておくよ。おれは錬金術師であって、魔術師じゃない……ああ、そうそう。帰る前にきみに見せたいものがあったんだ――おれの持ってる『キタイの青銅』から一ページ抜け落ちていたらしい。ゆうべおれが使ってる書斎でこれを見つけたから、きみの写し本には入ってないはずだ。いいか、読み上げるぞ。

『鏡に彫るべき文言
丸い、丸い、貴き鏡
明るく光る、高き祭壇の上で。
鏡を覗く不死鳥は躍る。
そこに映る自分の姿を見ながら、
そこに映る月、咲き誇る花を見ながら。
池の上に、月のように輝いて
美しき人の前に現れる、彼女の前に』

優美だろう？　いったいどういう意味なんだろうな……さてと！　わが家に帰ったらやらなきゃならないことが山のようにあるんだが、〝鏡を見る〟瞬間《アプシット・オーメン》には、もちろん立ち会わせてもらうつもりだ。たとえ父なるヴェスヴィオ山が噴火しようとも！　そんなことが起こりませんように」

また不死鳥か。どうしてこう何度も出てくるんだ！　ヴァージルはふと、アレグラ婆さんの独り言から何らかの意味が読み解けないかと思いつき、夜のベランダへ出てみた。婆さんは猫と一緒に寝ようと優しく歌いかけているところだったが、その文言は充分に謎めいていた。「〝海の上では、旦那様、水のないところを歩きなされ、彼女を見つけるために……〟」かの〝デルポイの女〟（神の言葉を人々に伝えたとされるアポロン神殿の女神官）であれば意味がわかったのかもしれないが、ヴァージルがどれほど謎を解こうと頭をひねったところで、言葉の表面上の意味以外に不死鳥と結びつけて解釈することはできなかった。

〈真鍮の頭像の家〉の上階には展望室があった。十二個の窓は一年のそれぞれの月に、ちょうど真南にきた瞬間の太陽光が射し込むよう設計されていた。さらに、タイル貼りの床はモザイクの模様で区分されていて、一日を表す目盛りと、一日をさらに分割した目盛りが重なって描かれていた。つまり、部屋全体が一つの大きな日時計になっているのだ。ヴァージルはアストロラーベを使い、家の中の時計装置の時刻を何度も確認し、設定し直しておいた。その顔は黄みがかってやつれ、コルネリアが入ってきても顔を上げようともしない。すると、ヴァージルが突然顔を上げた。キプロスへの旅から戻ってきてからコルネリアと顔を合わせるのは初めてだ。本当ならきっと何度も押しかけてせっつきたかっただろうと考えると、忍耐強く待っていたことは称賛すべきなのかもしれない。二人の視線が合った。すぐに目をそらせたのはコルネリアのほうだった。その表情に、ヴァージルは同情すらおぼえそうになった。というのも、彼女はヴァージルなど目に入らないようだったからだ。無言のまま箱に近づき、じっと見つめている。手を伸ばしたが、すぐに怯えたように引っ込めた。顔色は真っ青で、目の周りには暗い紫色のくまができている。彼女はため息をついて唇をきつく結び、両手を強く握り合わせた。ヴァージルは何が起きたかを察し、何やらひと言つぶやきながら、赤い絹の紐を軽く引っぱった。精巧に結ばれていた紐が一気に緩んでほどけ、箱の側面がゆっくりと開いてテーブルに広がった。

鏡が姿を現した。

蓋を閉じた巨大なロケットのような鏡は、光り輝きながら、テーブルの上に置かれていた。示し合わせたかのように、部屋の中にいた全員が鏡の周りをゆっくりと歩き始めた。鏡の裏には装飾的で美しいデザインが施されていたが、足を止めてじっくりと観察したり、文様を読み解いたりする者はいなかった。みな畏敬の念から、呆然とした表情で眺めながら歩くだけだった。そうこうしているうちに、時計装置が十二時の合図を鳴らし始め、部屋の中が徐々に暗くなってきた。十一回めのチャイムが鳴る頃には、すでに真っ暗だった。十二回めのチャイムが鳴った。ヴァージルは手を伸ばし、鏡の蓋を開けた。正午の瞬間を知らせる音を取り込んでくぐもらせた青銅が、鐘のように共鳴し始めた。と同時に、暗闇を貫くように、窓から一筋の太い太陽光線が射し込んだ。コルネリアが胸元から長い金のピンを取り出し、何も映さずに輝いている円形の鏡面のほうへ差し出す。ピンが触れた瞬間、鏡の表面は、まるで油膜の張った水を揺らしたかのようにゆらめき始めた。そのゆらぎが渦巻きに変わり、ぐるぐると回りながら、何もかもを鏡のほうへ、渦巻きの中心へと引き込んでいく。

「ラウラ!」

娘の姿が見えた。大きなキュクロプス式の石段をゆっくりと歩いている。彼女のすぐそばに、とはいえ、鏡にはっきりとは映らない程度の距離を置いて、何やら醜い、おぞましい生物がずっと付き添っている。誰かが彼女の名前を叫んだ。それが誰の声かはヴァージルにはわからなかったが、次に叫んだのはコルネリアだった。娘の名前を呼ぶのではなく、ただ叫び声を上げただけだ。渦巻きが逆回転し、正午のチャイムの最後の残響が消えていった。鏡はもはやただの鏡になり、それ以外の何物でもなくなった。ヴァージル、クレメンス、コルネリアは鏡面に映る自分たちの顔を見ていた。だがヴァージルは、それまで感じることしかできなかったものを、その目で見ることができた。自分自身の顔だ。本来の顔、完全体である自分の顔。奪われていた魂の一部が戻っていた。コルネリアは――そこでただ鏡をぼんやりと眺めているだけの彼女は――約束を守ったのだ。

コルネリアにとっては、何もかもが魔法のなせるわざだった。クレメンスにとっては、生きている金属が生きている真実を映し出したということになる。そしてヴァージルにとっては、ある画像を映し出すための焦点が合ったということだった。どこか別の場所で起きている出来事が、宇宙をまんべんなく満たしているエーテルに痕跡を残し、ここにある〈無垢なる鏡〉の無垢なる鏡面がその痕跡を受け取って映し出したのだと。ヴァージルはコルネリアのほうへ手を伸ばした。

コルネリアが何か言った。言葉にはならなかった。壁を指さし、顔の筋肉が動き、唇が動き、喉が動き、口から恐怖に満ちた鋭い叫び声が響いた。壁には光る輪があって、その中に、天の四象を表す四つのイメージが浮かび上がっていたのだ。輪の周囲には、時計回りと反時計回りの両方の向きに、奇妙で印象深いウンブリア文字が並んでいる。ウンブリア文字は、鏡で反転させたかのように右から左へ、あるいは反時計周りに書き進める特徴をもつ。

ヴァージルはコルネリアの手を握った。「レディ・コルネリア、怖がることはありません」彼は慌てて説得した。「これはいわゆる〝魔鏡の効果〟です。本物の魔法ではなく、完全に自然現象を利用した視覚効果にすぎません。こっちへ来て、これを見てください、ほら、これです……」ヴァージルは壁に映し出された絵柄と同じものが、鏡の裏に描かれているのを示した。一見説明のつかなさそうな効果が原子の攪乱によって引き起こされ、青銅のかたまりである鏡が、まるで透き通ったガラスのように、裏側に描かれた絵を前面のスクリーンに投影しているのだと。ヴァージルはそう説明した。「驚くのも無理はありません。最初に鏡をご覧になったときは、そこに天体の配置を表したデザインが施されていることまで気づかなかったのでしょう……つまり、北方の黒い戦士や、南方の赤い不死鳥《フェニックス》に」

コルネリアはヴァージルの手を振りほどいた。彼女の恐怖はいくぶん収まって怒りに変わっていたが、完全に消えたわけではなかった。そこへさらに、新たな憤りと憎悪と絶望が入り混じっていた。彼女は踵を返し、部屋から出ていった。

クレメンスが優しい口調で言った。「これで全部終わったな」

だが、ヴァージルにとっては終わりではなかった。一つの区切りを迎えたにすぎない。鏡に映っていたあの娘――この何ヵ月で初めてちゃんと目にした女性――に、彼は恋をしたのだ。

自分の手で彼女を見つけ出さなければ。

第十二章

〝雄牛《タウロ》〟は、タルティス城をぶっ壊してやる、巨石を一つひとつばらばらにしてやる、自治協定など知ったことか、と息巻いていた。だが、百人隊《ケントゥリア》の一隊を引き連れ、帝国軍団の副隊長とともに実際にタルティス城に近づくにつれ、ナポリのドージェであるタウロの声から徐々に勢いがなくなり、畏怖の念が強まっていった。礼儀正しく驚いてみせたキャプテンロードは、即座に城だけでなく〈タルティス・ウォード〉全体の捜査を許可し、ぜひ同行させてほしいと申し出た。巨大な建物の中はとてつもなく広く、丘の下にどこまでも広がっているように感じられた。殺伐とした何もない空間がほとんどで、それ以外は埃にまみれて朽ちかけていた。タウロも副隊長も捜索が終わるはるか前から、キャプテンロードやその配下の誰ひとり、今回の事件について何も知らないことを確信していた。それでも、人間であれほかの生物であれ――キャプテンロードの了解を得ていたかどうかにかかわらず――誰も、いつの時点においても、ラウラをこの城に監禁した事実はないことを彼らが正式に認めたのは、すべての捜索が終了した後だった。こうして捜索隊は、来たときよりも困惑を深めて城を出た。

ヴァージルはまだ城に残って、キャプテンロードに錫《すず》を譲ってもらった礼を直接伝えた。キャプテンロードは肩をすくめた。「きみを助けたら、とんだ目に遭った。どうしてその娘がここにいると思ったんだ？」

「わたしはそんなこと思ってもいませんよ。ただ、この城にちがいないと思い込むほど、彼女がいた場所がここと非常によく似ていたのです……〝夢の時代〟の怪物、四本腕のキュクロプスが積み重ねたかのような、この四角い巨石……」

キャプテンロードは賢明な、だが疲れた目でヴァージルをじっと見た。「ここによく似た城なら、もう一つ知っている。ミケネー（ギリシャのペロポネソス半島北東にある古代都市）だ。だが、今はすっかり廃墟になった。あそこに誰かを隠すことはできない。きみは」キャプテンロードはまた、広い肩をすくめながら言った。「きみは、それ以外にも、ここに似た城を知っている、そうだね？　では――博士――マグス――きみにひと言助言しておく。こんなことを言う権利は、わたしにはない。でも、言わせてくれ……きみは行くな。ほかの者に行かせたらいい。でもきみは、きみ自身は行くな」

ヴァージルはため息をついた。「それでも、行かなければならないのです」

キャプテンロードは真っ白い眉をぎゅっと寄せた。「追求、追求！　きみは常に何かを追求せずにおれないのか」質問とも主張ともとれるようにそう言うと、広い胸に深く息を吸い込んだ。

ヴァージルは立ち去ろうとして、うなずいた。「そのとおりです、キャプテンロード。死に征服されるその日まで……あるいは、わたしが死を征服するまで……常に追求を続けずにはいられません。失礼します」彼はキャプテンロードに背を向けた。

背後から、徒労感に満ちた低い声が聞こえた。「追求……追求……追求されるのがわたしでなくてよかったと言うべきか」

小さくなった松明の火に照らされて、苛立つように地面を足で踏み鳴らして待っていたドージェは、城を出発するとヴァージルに尋ねた。「あの爺さんに何を言われてたんだ、マグス？」

「ミケネーにことよく似た城があると教えてもらいました。ただ、今はすっかり廃墟になっているので、誰かを監禁することはできないだろうと」

ドージェが悪態をついた。「こんなに苦労して、魔法まで駆使して、全部無駄だったじゃないか」

ずっと黙っていた軍団の副隊長が口を開いた。「皇帝陛下をこれ以上お待たせするのは難しいのではないかと」

「どうしろと言うのだ。ラウラの居場所がさっぱりわからない以上、ローマ軍を全部つぎ込んで探し回ってもどうにもならないじゃないか」タウロは腹立たしそうにそう言い返したが、ヴァージルはすべてを理解していた……ドージェでなくても充分に理解できることだ……つまり、しびれを切らした〈皇帝《カエサル》〉は、カルススの王女を見つけるためにわざわざローマ軍を投入したりしない、ただ単に視線を別のほうへ移すだけだと。若さを失って怒ってばかりいる妻とついに離縁を決心したら、そして再婚という道をあえて選ぶのであれば、皇帝にふさわしい高貴な若い女性はほかにいくらでもいるのだ。そうなったら、コルネリアとアグリッパ地方総督の計画はどうなる？

いや、そうなってもならなくても、ヴァージル自身の計画はどうなる？


クレメンスは、ヴァージルの言っていることは発情した思春期の少年のようだと、腹立たしさに自分の太ももを何度も叩きながら、椅子に座ったまま声を張り上げた。「きみの考えなど、手に取るようにわかる。鏡作りにかかりきりになっていたあいだ、融解炉より美しいものも、るつぼより魅力的なものも、まったく目にする機会がなかった。常に神経が張りつめ、緊張し……すっかり興奮していた。その状態を言い表す言葉はほかにもたくさんあるが、これ以上は控えておく。そんななかで、突然訪れたあの崇高な瞬間に、おれでさえ文句なしに認めるほど魅惑的な娘の顔をひと目見て——ゼウスの名にかけて、きみは何も考えてなどいなかった、単に反応しただけだ。きみの心が衝き動かされたんじゃない、その衝動は股袋の中から来たものだ！」

そこでクレメンスは声を落とした。「いやいや、よく考えてみろ。あのいまいましいキプロスへの旅を終え、帰った直後からはあのいまいましい鏡作りに追われていた。今のきみはたしかにいっときに比べれば元気そうだが、まだまだ完全に回復したようには見えない。これから新たな旅に出るなんて、正気の沙汰じゃない」彼の主張は長く、活力に満ち、論理的だった。だが、ヴァージルには通じなかった。書斎のテーブルでクラウディウス・プトレマイオス（地動説を唱えたことで知られるギリシャの天文学者）の『宇宙誌』を読んでいたヴァージルは、ついに顔を上げてクレメンスの話を遮った。「わたしを衝き動かしているさまざまなものの一つは愛だ。それをきみがくだらない情欲だと言っているだけじゃないか。以前、ほかでもない、きみが言った言葉を覚えているか？『愛は動物界のものだ。人間のみが情欲という楽しみを理解できるのだ』、そう言ったんだぞ」クレメンスは不意をつかれ、鼻を鳴らして手で空気を掻いた。

気を取り直し、クレメンスは落とし穴を避けながら、ヴァージルを衝き動かしているさまざまなものとは、ほかに何があるのかと尋ねた。そして、真剣な表情で時おり髭をいじりながらヴァージルの返答を聞いていたが、ついにこう言った。「占星術で示されたという理由だけで旅立つには、あまりにも遠いぞ、リビアは」

「彼女は今リビアだ。リビアにいるんだ。たしかに、きみもわたしも、彼女をコルネリアのヴィラで見たと思った。そもそも人ちがいだったのかもしれないが、要は、彼女が最初に《プリムス》、つまり、ホラリー・チャートを書いた時点でどこにいたのかと、次に《セクンドゥス》、つまり、鏡に映ったときにどこにいたのかだ。初めにヴィラで見たのが本当に彼女だったとしても、その後でリビアへ移動することは充分可能だ。あるいは、その後リビアへ連れ去られたのか。彼女の母親が何をたくらんでいたのかはわからないし、今はその解明に手をつけたくない。ただ、すべてが解決するまでにははっきりさせなくてはならないだろう。何にせよ、さまざまな場面で正しいことを示してきたホロスコープが、今回は明らかにリビアを指しているんだ――」

　クレメンスは大判の本の革の表紙を音を立てて閉じた。「明らかにリビアを指しているだって！」ヴァージルの言葉をまねて言った。「エジプトとマウレタニア（地中海に面した北アフリカの古代王国）とエチオピア（紅海に面した東アフリカの古代王国）を除けば、アフリカのほとんどはリビアじゃないか！　その果てしない砂漠を、ランダムな星の並びだけを根拠に探し回るつもりか？」

　ヴァージルは座ったまま背筋を伸ばし、つま先も伸ばした。彼は今、金の縁刺繍を施した、夕闇に似た濃いブルーの衣を着ていた。頭の中に、かつてよく知っていた質素な農園の光景がよみがえってきた。たくさんの蜂の巣、犬のような耳の羊たち、農夫が工具でつけていく畝《うね》の列の跡。奥に広がる樫とブナの森には、猟師たちが狩る牙の生えた猪が生息している。それから、その後で暮らしたカラブリア（イタリア半島南端の地域）の丘陵地帯の村も思い浮かべた。岩肌に止まった鷲のように、みすぼらしい家が斜面にぽつぽつと建っている。驚くほど冷たく、素晴らしく澄みきった水が勢いよく流れる川、用心深い魚が潜む川辺の静かな水たまり、甘い香りの木々、その隙間の空き地に咲く花々。どちらの場所も再び訪れたい、あの静かな空間にどっぷりと浸かりたい、いつまでもそこでのんびり過ごしたい……せめて、この疲れと混乱がやわらぎ、洗い流されるまで。だが、今この時点でそこへ向かうのはまちがいだ。苦労を重ねて鏡を作ったおかげで、ようやく魂は完全体に戻れたが、だからと言って取り巻く状況は何も変わっていない。重大な疑問への答えは得られていないし、問題は未解決のままだ。たとえるなら、自分はこれまで太陽を直視させられていたのだ。ところが、ようやく太陽から目をそむけられるようになった今も、常に大きな黒い円盤が視界を妨げている。影のない視界を取り戻さなければ。

ヴァージルは付け加えるように、静かな声で言った。「悪いけどね、この年齢になれば、ちょっとしたひと目惚れと、希少で貴重な、より深い愛との区別ぐらいはつく。わたしはどうしても行かなければならないんだ……リビアに。星を追って」

老女アレグラの口を借りた預言の言葉（〝海の上では、旦那様、水のないところを歩きなされ、彼女を見つけるために……〟）を聞かされたクレメンスは、しぶしぶながら、それはたぶん砂が波のように見える〝リビアの砂漠《デセルタ》〟のことだろうと認めた。「〝リビアの岩《ペトラ》〟というのも聞いたことがある」彼は付け加えた。「だが、〝リビアの幸運《フェリックス》〟なんてのは、一度も聞いたことがないぞ。まあ、いい。美しい娘の顔、天の星、くたびれた狂女のたわごと。ほかにはどんな縁起のいい前兆がきみを旅へ駆り立てているんだ？」

ヴァージルは書斎の奥の暗がりへと歩いていった。「こっちへ来て、これを見てくれ」ヴァージルは呼びかけた。クレメンスがぶつぶつと小声で文句を言いながら用心深く近づくと、暗がりの中に四角い光が現れた——油を塗った羊皮紙に描かれた地図を、ランプで裏側から照らしているのだ。ヴァージルはいつもの白い杖を手にして、生徒に教えるように杖の先で地図を指し示した。〈大いなる鏡〉が開いたあの瞬間、巨大な石段を降りてくるラウラの姿を二人は鏡面に見た。あの石段が誰の手によるものか見まちがいようがない。あれほど大きな石板を切り出し、決められたとおりの位置へ置くことは、どんな人間にも、どんな民族にもできるはずがない。豹《ひょう》のかぎ爪や、エチオピア人のふわふわとした髪と同じで、ひと目見ればすぐにわかるほど特徴的だ。

「たしかに、あれは伝説の四本腕の巨人《キュクロプス》族が作った城だ」クレメンスが言った。「認めよう。それで？」

「それでだ。キュクロプスたちは、ただわれわれ人間を後世まで当惑させるために、あんな城塞をいくつも築いたのか？　いや、そうじゃない。ゼウスのために稲妻を鋳造したり（一つ目の醜い容貌を父に疎まれて地下に閉じ込められたキュクロプスは、助け出された礼としてゼウスの雷やポセイドンの三叉槍などを作った。前出の鍛冶の神へーパイストスの仲間でもある）、いにしえの美女たち――たとえばグラウコス（おそらくガラテアのまちがい。キュクロプスの一人、ポリュペモスが恋した美しい妖精）――に求愛したりと忙しく、城を築く時間は限られていたはずだ。それでも、彼らが築いた城塞の記録は、今に至るまで残っている。シチリア島の中央部に造られた数々の建造物――キュクロプス族の最初の集落――は、反逆者たちに要塞として使われることを恐れた島の代々の独裁者の命令により、かなりの労力をつぎ込んで破壊された」白い杖が地図のあちこちを指すたびに、杖の先端が一瞬光った。「ミケネーの城は、つい最近入手した情報によれば、すでに瓦礫の山と化している。ここナポリにある〈タルティス・ウォード〉の城には捜索が入ったものの――予想どおり――何の手がかりも見つからなかった。のちにカルタゴとして栄えた地域の城は、スキピオ（ポエニ戦争でカルタゴを打ち破ったギリシャの軍人）によって偉大な都市もろとも破壊され、塩をまかれた（征服した土地に人が住めなくするための呪いの儀式）」一つまた一つと、キュクロプス式要塞の位置を示す光は、さまよう星のように小さく青白く光った後に消えていった。

残っているのはどこだ？　不気味なキュクロプスたちが、大きな一つ目をぎらつかせ、四本の腕を駆使し、石の重みに耐えながら築いた城は、あと一ヵ所だけあった。「この地図には確かな場所は示されていない。〝リビアの奥〟のどこかということしかわからない。だから、クレメンス、わたしはそこへ行ってみなきゃならないんだ。この地域に詳しいアンソン・エベド＝サフィール船長が、再び案内役を引き受けてくれた」

クレメンスはため息をつき、椅子にぐったりと座り込んで、膨らんだ髪の頭を振った。しばらくして、これ以上は引き止めないと言った。「何にせよ、前回と同様に〝赤い男〟は頼りになってくれるだろうからな」彼は負けを認めた。ヴァージルは、それには何も答えなかった。案内役を引き受けてくれたときに〝赤い男〟は明言していたのだ。今回は、あくまでも彼自身のために——説明するつもりはないし、けっして打ち明けることもない、彼なりの目的で——ヴァージルをキュクロプス式城塞が見えるところまで連れていく……ただし、そこまでだと。

鏡がラウラの姿を映したとき、彼女のそばにいたものの、鏡の端ではっきり姿の見えなかった醜くて恐ろしい生物が何だったにせよ、ヴァージルはたった一人で対峙するしかないのだ。

からからに乾き、赤やオレンジや黄色や白にまぶしく輝くリビア砂漠が、どこまでも彼らを取り囲んでいた。砂は畑の畝のように波打っていた。すでに海岸からずいぶん内陸へと進み、海辺の奇妙な首都も遠くなった。神とされる、強く醜い王のマハウンド（マホメットの別名。中世ヨーロッパにおいては異教の崇拝の対象、偽の神や悪魔と同一視されていた）と、やはり神とされるその妻で、夫と同じぐらい強く醜いバフォメット（同様に、異教の神や悪魔とされていた存在）が君臨する都市。ヴァージルたちが通り過ぎてきた後には農地や牧草地が広がり、遠くには低木やとげのある茂みの生える丘もあった。そんな丘に生息できるのは、ほとんど食べるところのない木々の枝に猫のようにのぼり、小さなつぼみや葉を齧ることができる、痩せたヤギだけだった。

ヴァージルと〝赤い男〟は、決まった道をたどっているわけではなかった。人が踏み固めた跡ですらなかった……まるで太り始めた女性にできる肉割れの線のように、かすかに光る筋が伸びているだけだ。ラクダたちは長い首をくねらせ、鼻持ちならない高慢な態度で辺りを見回し、時おり小さなしっぽを持ち上げて、砂の大地に藁混じりの糞をすることで養分を与えるのだった。水の湧く緑豊かな一帯をナツメヤシの木々が守るように取り囲むオアシスが、彼らが通り過ぎた後に三つあり、行く先にも三つあった。エベド＝サフィール船長は先頭のラクダの上に膝を抱えて座り、まるで船の船尾から海原を見やるように一面の砂を眺めていた。砂と太陽光線を遮るために、赤らんだ顔に青い布をすっぽりと巻いて目だけを出している。

大きく揺れるラクダの歩みは船の揺れと似ていたが、船の上ならまだ自由に歩き回ったり、横になったりできる分ましだった。ヴァージルは我慢の限界までラクダに乗ると、砂の熱さに耐えられなくなるまで自分の足で歩き、また青いバーヌース（丈の長い毛織りのフードつきマント）をまとってラクダに乗るのだった。時おり砂の中から大きな岩が突き出ていた。まるでねじれた煙突を、砂が長い年月をかけて光るまで磨き抜いたかのように見えた。

「昼間のうちはテントを張って休み、夜に移動したほうがいいんじゃないですか？」ヴァージルは初めの頃そう尋ねた。だが、ティルス人船長はただそっけない身振りを返し、無言のまま肩をすくめるだけだった。夜になると、青みがかった黒いベルベットのような空に、星が大きく明るく光った。それぞれの星の周りに輪がかかり、中にはその輪どうしが交わるところもあった。彼らは毎晩、野営地の周りを取り囲むように円を描き、その内側にある石をすべて見つけ出して外へ移動させた。ある夜、見落とした石が一つ、円の内側に残っていた。星を見上げていたヴァージルがふと視線を下ろすと、暗闇の中を二つの丸い光がゆっくりと近づいてくるのに気づいた。驚いたヴァージルの急な動きに即座に反応した〝赤い男〟は、燃えさしの薪とこん棒を手に、その光のほうへ歩きだした。小さな二つの丸い光は、瞬きをして後ろへ下がった。蛇が鳴くようなシャーという音が聞こえた。エベド＝サフィール船長は燃えさしに息を吹きかけ、光のほうへ投げると、飛び上がってこん棒を振り下ろした。木の棒が何か柔らかく不気味なものに当たる音がした後、硬いものとぶつかる音がした。

戻ってきた〝赤い男〟が、その何かを持ってきて、唸り声とともにヴァージルの足元へ投げてよこした。それから松明に火をつけ、辺りを調べに行った。それは殺傷能力を持つ恐ろしい〝ペトロモルフ（ギリシャ語で〝石の形〟の意）〟だった。ペトロモルフとは、夜になると動きだす怪物で、燃えている炭をガリガリと食べるのが大好きなのだが、炭でなくても熱を持っているものなら何であれ、毒を持つ顎で嚙みつく。嚙みつかれると石のように冷たく感じ、嚙まれたほうもすぐに冷たい石へと変えられてしまう。

だが、その砂漠にはペトロモルフ以上に恐ろしい生き物はいくらでもいた。

おそらく人間をもっとも困惑させるのは、音のしない何かが見えると同時に、姿の見えない何かの音が聞こえることだろう。ヴァージルたちは四つめのオアシスを通り過ぎ、そこを治める酒好きな族長のアベン＝アブーブーもすでに遠くなっていた。これまでのオアシスでは、水や食料や薪と引き換えに金や銀を要求しながら、よそ者がいつまで留まるつもりなのかと、一時間ごとに目に見えて疎まれたものだ。そうした族長とはちがい、アベン＝アブーブーはしばらく逗留するよう強く勧めてくれたのだが、ヴァージルたちは申し出を断わって出発したのだった。初めてそれに気づいたとき、ヴァージルは〝単なる影だ、目の疲れのせいだ、熱で空気が揺らいで見えるだけだ〟と自分に言い聞かせた。視界の端や隅で、何か非常に細かいものが飛び交ったり、ちらちらと光ったりする。そちらへ顔を向けると消えてしまう。すると、いくつかの小さな奇妙な音——シューシューと歯の隙間から息が漏れるような音、〝シー〟と鼻から抜けるような声、カチカチと何か硬いものがぶつかるような音、パタパタという足音——がいくつも鳴り始め、後ろからついて来た。だが、ラクダを止めると、やはり音はぴたりとやむのだ。

やがてヴァージルはこうした現象に慣れ、すべてを太陽の熱さのせいにしながら、体が休まり、輪のかかった大きく光る星々を眺められる夜を心待ちにした。そして、まさしくその夜、エベド＝サフィール船長が手を上に、さらに外へと伸ばして、ラクダたちに止まるよう合図を出したときのことだった。青と赤と紫色の混じる夕暮れの中で、それは起きた。ヴァージルは、危険を知らせると同時に、恐怖と憎悪に駆られ、思わず叫び声を上げた。砂の大地全体から、ほとんど音も立てずに、何かの集団が無数に立ちのぼってきたのだ。その一体一体は非常に小柄で、汚れていてみすぼらしく、毛に覆われていて、見るもおぞましい姿をしていた。鼻のつぶれた顔はあばたのようなくぼみだらけ。前足のような手にナイフを握り、ヴァージルたちを取り囲むように地面から現れた。

〝赤い男〟が奇妙な言語の奇妙な言葉を叫んだ。「タラ・ホン、タラ・ホン！」——それから「ここだ！　ここへ来い！　わたしのところへ来い！」と。ヴァージルは、警戒しているラクダたちを追い立てて駆けだした。ラクダたちがどこかへ逃げ去ってしまうかと思った瞬間、エベド＝サフィール船長の指先が、ヴァージルには見覚えのある仕草で円を描いた……すると、同じく円形に、彼らを取り囲むように、地面から炎の輪が燃え上がった。

急な展開に驚き、恐れるあまり、これまで黙っていた地底人《トログロダイト》たちが声を発した。甲高い悲鳴を上げながら、慌てて引き下がり始めたのだ。炎の輪の内側に取り残された数匹のトログロダイトが二人のほうを振り返った。〝赤い男〟は剣を二本取り出し、一本をヴァージルに向けて放り投げた。炎はトログロダイトが飛び越せない高さまでさらに大きく燃え上がった。灼熱の輪が徐々に広がり、外側にいる怪物たちをどんどん後ろへ遠ざけていく。ヴァージルには炎を観察する暇も、〝赤い男〟に目を向ける余裕もなかった。受け取った剣を鞘から抜き、がに股の汚い足をパタパタ鳴らしながら追いかけ、襲いかかってくる三体の小鬼どもから身を守るので精いっぱいだったからだ。トログロダイトたちは手にナイフを持って低く身構えながら、ヴァージルを取り囲んで走り回った。ヴァージルには彼らの意図がすぐに理解できた。背後からアキレス腱を切りつけ、前からは足の付け根の動脈を突き刺す――その機会を狙っているのだ。だが、ひそかに敵に近づいて急襲をかける戦術に頼る者は、直接対面の戦いを得意としない。ヴァージルは、まず一匹めの頭を切り落とした。二匹めはヴァージルの剣を懸命に避けたものの深く斬りつけられ、傷を負った自分の手を驚いたように見つめてすっかり戦意を喪失していた。三匹めは、穴に落ちたネズミが犬から逃げ回るように、ちょこまかとヴァージルの攻撃をよけていた。互いに見合ったまま、武器を構えて間合いを測る。そこへ、トログロダイトを二匹切り捨てたばかりのエベド＝サフィール船長が駆けつけ、ヴァージルとともに、その最後の生き残りと対峙した。トログロダイトの死は免れそうになかった。が、すんでのところで彼らお得意の隠し穴を見つけ、勝ち誇ったような声を高らかに上げて、追っ手には入れない穴の奥へと姿を消した。

〝赤い男〟がまたしても指を伸ばすと、もだえるように、うねるように、炎の蛇が現れ、トログロダイトの逃げた穴の中へ滑り込んだ。恐怖と苦痛に満ちた恐ろしい悲鳴がヴァージルたちの耳を突き刺し、消えた。

暗くなりゆく砂の平原の上に、まだ広がり続けている炎の輪が赤い光を放っていた。沈黙が流れた。ヴァージルが言った。「あなたは火について、さぞや深く学んだのでしょうね、キャプテン」

船長が馬鹿にしたような口調で返した。「〝火について学ぶ〟？　そんなものじゃない！　わたしは火を崇拝しているんだ！　火の秘密も、その秘密についての秘密も知り尽くしている……行こう！今夜はきみの望んだとおり、夜のうちに移動しよう。ここには昼間の熱い太陽よりも恐れるべきものがある」


五つめのオアシスも通り過ぎた。ヴァージルたちはぐずぐずと留まらなかったし、そこの族長は引き止めようとはしなかったし、たとえ引き止められても、酒好きのアベン＝アブーブーの例に懲りてヴァージルたちは長居をしなかっただろう。というのも、前回は出発を遅らせているあいだに、熱い砂の下の涼しい洞穴に身をひそめていた殺人鬼のトログロダイトたちに、これからヴァージルたちが通ることをアブーブーが知らせたにちがいないと確信していたからだ。おそらく、戦利品のおすそ分けに預かるつもりだったのだろう。そういうわけで、途中の道に何人もの人間の残骸――破れた衣類や、齧り尽くされ、髄を取り出すためにかち割られた骨など――が転がっているのを見ても、ヴァージルは驚かなかった。

「この人たちは、あなたに同行してもらうという幸運に恵まれなかったわけですね」ヴァージルはそうした残骸を靴のつま先でひっくり返しながら言った。ティルス人の船長は短く唸っただけで、早く先へ進もうと苛立ちながら待っていた。突然、ヴァージルが声を上げ、何かをよく見ようと砂に膝をついた。「やはり、そうか」驚嘆した大きな声で言った「この縞模様の黄色い広幅織物は、まちがいなくナポリで作られたものです！　この肩の結び目も、ナポリ独特のものですよ！」ヴァージルは指先を丸めて砂を掘り、黒ずんだ安物の装飾品を見つけ出した。困惑した低い声で、さらに言った。「それに、邪視を払うためにこのような魔除けを着ける者は、ナポリ人をおいてほかにいません……いやな予感がしますね。われわれより前にリビアに旅立ったナポリ人がいたとは聞いたことがありません。いったい誰なんでしょう？　誰だったのでしょう？」

だが、アンソン・エベド＝サフィール船長はそれには答えず、コウノトリの巣のようなラクダの鞍に座ったまま叫んだ。「乗れ！　乗れ！　早く乗れ！　もう行くぞ！」

最後のオアシスも通り過ぎた。ここから先にはもうオアシスはない。行く先に待つのはもはや砂ばかりで、それ以外には、よく知られる〝月の山脈〟か、しっぽの生えた人食い族《アンスロポファグス》か、小柄な小人族《ピグミー》か、はるかかなたの紅海しかない。

「わたしの案内はここまでだ」フェニキア人船長が言った。青いバーヌースが滑り落ちてあらわになった顔は、ずいぶんやつれて見えた。

旅の道連れとしてはまったく愛想がなかったが、そもそも楽しい道連れとして雇ったわけではない……案内を頼んだだけだ。「城の見えるところまで連れていってくれる約束だったはずです」ヴァージルが指摘した。「途中でやめられたら、ここまでの旅が全部無駄になります」

ティルス人の船長は、ラクダに指示を出すための棒を手に持ち、砂漠の先を指した。「わたしは約束を守った」

そこには砂で埋もれた堀があり、時の流れのせいか、敵に攻撃されたのか、胸壁と小塔が倒れていた。それでも頑丈な輪郭の一部は残っており、ヴァージルが近づくにつれてその姿がはっきりと見えてきた。城壁はほとんど残っていたが、入口の門を探して壁沿いを進んでも崩れていて入れないかもしれないと考え、城壁に空いた大きな穴をくぐって入ることにした。壁の内側には、かつては庭園が広がっていたと思われた――いや、ある意味では、庭園は今もそこにあった。白骨のように白く乾いた木々が、からからに干上がったプールを取り囲む真っ白い低木の上に、斜めに細い影を落としている。何もかもが白く細かい砂埃に覆われていた。そしてその砂の表面に、ヴァージルは小さく繊細な裸足の足跡を発見した。

　静かに考え込んでいると、乾いた空気のどこからか澄んだ音が一つはっきりと聞こえた。また一つ、さらにもう一つ聞こえたかと思うと、流れるように、滝のように音が連なり、聞いたことのない、だが不思議な美しさを感じさせる音楽になった。ヴァージルはその音が、まるで長く満たされることのなかった喉の渇きを癒やす冷たい小川の流れであるかのように、源流をたどって奥へ進んだ。

　音のするほうへと壊れたアーチをくぐり、やけに深い石段が続く巨大な曲がりくねった通路を歩いていった。何週間も太陽光を直接浴び続けてきた目に、通路の薄暗さはありがたかった。そうして坂を下った先の中庭で、ついに彼女を見つけた。

　美しいラウラは、片手にダルシマー（何本もの弦を張った楽器。ばちで弦を叩いて音を出す）を、もう片手にばちを持ち、城の主《あるじ》のみすぼらしい脇腹に赤茶色の巻き毛がかかるように、そのそばで跪いていた。ほかならぬ、いにしえの四本腕のキュクロプスだ。

　ヴァージルが扉のない、内向きに傾いた戸口枠をくぐって入った瞬間、キュクロプスの目が開いた。大きく、燃え上がるような金色の目で、充血した白目には赤く細い血管が何本も浮き出ている。その目は、しわの寄った広く低い額の真ん中にあった。なぜなら、目は一つしかなく、ほかには目玉の収まるべき場所や空間がどこにもなかったからだ。

彼らを〝化け物〟などと呼ぶべきではない。ヴァージルは改めてそう思った。キュクロプスはよく響く深い声でゆっくりと滑らかに話し、言葉遣いは洗練されていて、そこには脅威も狡猾さも感じられなかった。ぎらぎらと光る一つ目の奥には、教養を積んだ、並外れた頭脳が備わっているのだ。キュクロプスはその孤独な身の上について、自己憐憫を交えずに語り、自分で作った詩の一部まで暗唱してくれた。ラウラは明らかにキュクロプスに好意を持っていて、恐れる様子はまったくない。だが、そのキュクロプスは高齢だった。かなりの高齢だ。超自然的なまでに長生きをしたせいで、一族の最後の生き残りとなった彼は、ひどく孤独だった。

「〝人間の男〟よ、おまえはきわめて遠い道のりを旅してきた。会ってすぐに友人になるのは難しくとも、せめて敵となるのはやめよう」キュクロプスは言った。「ただ、わたしは彼女を手放すつもりはない。おまえは彼女を愛しているのか？」

「はい」ヴァージルが答えた。

キュクロプスは、真っ白い巻き毛の大きな頭でうなずき、「わたしも彼女を愛している」と言った。「〝人間の男〟よ、おまえには友人や仲間や親族がいくらでもいるのだろう？　わたしには誰ひとりいない。おまえは義務感や、ここへたどり着くまでに重ねた苦労から、彼女を連れ去るのは当然だと思っているのだろう。よく聞け――わたしとて、この娘を守るはずの者たちがトログロダイトにみな殺しにされたとき、彼女を救い出したのだぞ。そもそも、あの連中が彼女を守っていたとは思わない。あいつらは人さらいだ。このすぐ近くに巣食っているやつの花嫁にするために、彼女を力づくで連れていこうとしていたのだ。ああ――わたしはこれまでも、美しい〝人間の女〟が何人もあいつのいけにえにされるのを、胸を痛めながらただ眺めるしかなかった。わたしはあいつが憎い。心底憎い。〝人間の男〟ヴァージルよ、これが彼女を手放したくないわたしの主張だ。おまえは何を根拠に彼女を連れ去る権利を主張するつもりだ?」

そこでヴァージルは、敬意を込めながら、静かな声で答えた。「〝いにしえのお方〟、わたしの主張は、わたし一人によるものではありません。ラウラには母と兄がいます。〝人間の世界〟での暮らしに大いなる希望があります。いつの日か、〝人間の男〟の誰かが彼女の恋人となることでしょう。〝いにしえのお方〟、それはけっしてあなたにはなれないのです」

「わかっている、よくわかっている。わたしは兄のポリュペモスよりも賢いつもりだ。兄は異種族の女に無益な求愛を重ね、狂気へ落ちていった。わたしはラウラに対してそのような想いは抱いていない。ただそばに置いておきたい。熱い砂の上で死にかけてここへ逃げ込んできた美しい鳥のように、もう手放したくないのだ。彼女の母親なら、これまでに娘と暮らす時間は充分あったはずだ。彼女の母親には息子がいて、彼女の兄には母が――そして、おそらく妻や子も――いる。わたしには、そのどれもない。ラウラしかいない。最後に誰かがそばにいてくれたのがいつだったかさえ覚えていないのだ。今さら彼女を手放すつもりはない」

当のラウラは何も言わなかった。黙ったまま二人をゆっくりと交互に見て、おとなしく小さな笑みを浮かべるだけだ。ただ、時おりダルシマーの弦を鳴らした。ヴァージルは、これまで生きてきた中で前例がないほど熱く説得力のある訴えを続けた。だが、〝いにしえのお方〟は「彼女を手放すつもりはない」の一点張りだった。

キュクロプスが言った。「ここから見える景色のすべてが緑に覆われて美しかった時代を、わたしは見てきた。今は砂ばかりになったが、豊かな水の中でティターンたちが鯨のようにはしゃぎ回っているのも見た。あのティターンたちは、どこへ行ってしまったのだ？　スフィンクスの群れがこぞってこの川沿いの洞窟に子を産みに来るのも、何度も見てきた。スフィンクスたちはどこへ行った？　川はどこへ行った？　大地全体が、まるで衣服のように古びてゆき、わたし一人だけが残された。この孤独は人間などには理解できないし、これまで人間が味わってきたどんな孤独よりもはるかに深い。〝人間の男〟よ、わたしに王だの、王妃だの、王女だの、そんな話をしても無駄だ。彼女を手放すつもりはない」

その決意は明らかだった。ヴァージルはなおも説得を続けながら、考えは徐々に別のことに向き始めていた。どうすれば〝いにしえのお方〟を打ち倒せるかについてだ。だが、心の内を見透かされたのか、あるいはこれほど長生きするうちに沁みついた警戒心の表れなのか、〝いにしえのお方〟はその金色の一つ目でヴァージルをじっと見つめた。大きく、力強い目で凝視され、ヴァージルは徐々にその視線に囚われていることに気づいた。体がまったく動かないわけではない。ただ、その大きな目を向けられ、金色の光を浴びているうちは、いわば、魔法のわざを解き放つ袋の紐を緩めることができないのだ。

ところが、〝思考は行動の父〟とはよく言ったもので、比喩的に思い浮かべた袋や財布や巾着のイメージから、ヴァージルはふとベルトに提げている小袋に指を伸ばしてみた。口を縛っていた紐をどうにか緩め、指先を中へ滑り込ませる。だが、どんなに望んでも、ヴァージルにはそこからナイフを取り出し（仮にナイフが入っていたとして）、ましてやそれをキュクロプスに向けることはできなかったはずだ。どうにか気づかれずに静かに取り出すことができたのは、コイン一枚きりだった。旅に出る直前に鋳造されたばかりのコインだったので、誰もがよくやるように、新しいコインは手元に残しておいて、珍しくもない古いコインから先に使うようにしていた。おかげで袋の中には、ぴかぴかに光るその一枚が残っていたのだ。ヴァージルは、それを放り投げた。

きらめきながら素早く飛び出したコインに、キュクロプスの一つ目は当然そちらへ一瞬向けられた――ヴァージルには、その一瞬で充分だった。キュクロプスの視線から解放された瞬間、その場にしゃがんで砂をひと摑み手に取り、その目に――一つしかない、大きな金色の目に――投げつけた。

キュクロプスが大きな声を上げた。ラウラも叫び声を上げた。ヴァージルは振り返って彼女を抱き上げた。自分の声と彼女の声を抜き取って脇へ投げる。彼女を抱えて駆けだし、左に向かって走るあいだ、徐々に小さくなっていく自分とラウラの声が右手から聞こえた。その声に騙された〝いにしえのお方〟は、大声で吠えながら四本の腕を前方へ伸ばして走りだし、しゃがんで地面を確かめたり、大きく硬い手のひらで壁を強く叩いたりしながら、ちがう通路を走っていった。逃げる声を追って、どんどん遠ざかっていく。嘘つきの、裏切り者の声を追いかけて。

「キュクロプス、さよなら」ラウラの呼びかける声がかすかに聞こえる。「あなたのこと、本当に好きだったわ、いにしえのキュクロプス。大好きよ――さよなら！」

「許してください、キュクロプス」ヴァージルの耳に、そう言う自分の声が遠くから届いた。「でも、かつてギリシャ人たちがあなたの兄ポリュペモスにした仕打ちに比べれば、わたしがあなたにしたことはまだましなはずです――さらば――さらば――さらば」

ついには、目に入っていた砂が涙できれいに洗い流された後で、〝いにしえのお方〟は二人がすでに逃げ去ったのだと知った。ヴァージルたちは遠くから、言葉にならない激しい嘆きの声を聞いた。永遠とも呼べそうなほど永い孤独の叫びを。

第十三章

ヴァージルたちがようやく追いついたとき、〝赤い男〟は地面にぐったりと座り込んでいた。今回の旅では、明らかにヴァージルよりも船長のほうが疲弊していた。何の関心も示さなかった船長は、そのうつろな目にラウラの姿を捉えるとゆっくり立ち上がり、ラクダに乗る準備をした。ヴァージルとしては、まずはラクダに積んでいた残りわずかな食料を腹に収めたいところだった。なにせ、キュクロプスの城で甘みのある水は飲んだものの、何か食べさせてくれとはとても言えなかったからだ。まあ、食事は後でいい。今はできるだけ遠くへ離れるほうが先決だ。だが……。

「来たときと道がちがうんじゃありませんか?」ヴァージルは案内役の〝赤い男〟に呼びかけた。

〝赤い男〟は首を小さく横に振った。「ちがうルートを行く……」肩越しにかすかな声が返ってきた。

「なるほど、賢明な判断です。それなら、またトログロダイトに襲われる懸念を回避できるわけですね?」だが、返事はなかった。ヴァージルはラウラと並んでラクダを走らせながら彼女に何度か話しかけたものの、答えらしい答えは返ってこなかった。まったく覇気がないのだ。あまりに無表情で、ただ言われたとおりに従うだけの彼女の態度に、ヴァージルは自分の愛情を疑いそうになった。ひょっとするとラウラは、ただきれいなだけのお人形のような女性だったのか? あのような振る舞いをする美しい母親のもとで人格がゆがめられ、のびのびと成長できなかったのか? あるいは、自分を守るために一時的なショック状態に陥っているのか？

ラウラはようやくヴァージルの質問に一つか二つほど答える――というよりも、答えられない理由を説明する――だけの元気を取り戻した。「どうしてローマ街道から連れ去られたのか、わたしにもわからないのよ」彼女は静かな声で言った。「王太后の――母の使いだと名乗る男たちに、母からの手紙を見せられたの」

「まちがいなく、その手紙は偽物でしょう。ですが、実におかしな話ですね……もっと近くに手頃な隠れ家はあったでしょうに、こんな遠くまで連れてくるとは。いったいどんな動機があったのか不思議です。身代金でしょうか」だが、ラウラは何も知らなかった。穏やかで可愛らしい濃いワイン色の瞳で、過ぎゆく砂漠を眺めるばかりだった。ヴァージルは時おり、休憩をとってはどうかと提案したが、〝赤い男〟が強固に反対した。といっても、首を横に振ったり、ラクダに指示を出す棒で前方を指したりするだけで、声を発することはなかった。ヴァージルもラウラも徐々に疲労が積み重なり、すっかりくたびれ果ててしまったせいで、いつの間にか〝砂の海〟から明らかに大きく外れていることになかなか気づかなかった。一行はしばらく前から、四方が緩やかに高くなっている、石がゴロゴロ転がる土地を進んでいたのだ。

こうした景色の変化についてラウラと疲れた声で話しているうちに、ヴァージルは彼女が目を閉じてこめかみを押さえるのに気づいた。乗っていたラクダを寄せ、彼女の体を支えようと手を伸ばした。

「すぐに休憩をとらせてください」ヴァージルが船長に声をかけた。「王女は非常に弱っています」

〝赤い男〟は振り向きもせず「もうすぐ到着する」と言った。

「もうすぐ？」ヴァージルは疲労感以上に怒りが強くこみ上げた。「もうすぐどこに、到着すると言うんですか？　言ったでしょう、今すぐ休憩しないと！」だが、エベド＝サフィール船長はただラクダたちに何やら指示を出し、その後ヴァージルがどれだけ止めようとしてもラクダはまったく言うことを聞かなくなってしまった。わずかに風向きが変わったらしく、じきに見えてくるはずの景色の前触れを運んできた。香水か、木の香りだ。キプロスのどこかの庭園でこれと同じ匂いを嗅いだような……ヴァージルはそう考え、空想し……そして、実際に目撃した。

そこは庭園ではなかった。彼らがたどるぼんやりとした道は、沈みゆく太陽の光を受けて大きな宝石のように輝くつややかな石がいくつも転がる荒野の中を通り抜け、その先は高台の上へと向かっていた。そこに家一軒分ほどの木材がうず高く積み上げられていたのだ。さわやかな香りのヒマラヤスギ、香り高い白檀、没薬《ミルラ》の木のほかにも、香油《バルサム》の採れるさまざまな香木ばかりだ。複雑な彫刻を施した階段に絨毯が敷かれ、高台の上まで続いている。頂上には、家具をいくつか備えたパヴィリオンが設置されていた。

ヴァージルの頭の中で雷鳴がとどろき、稲妻が走った。さまざまなかけらが渦を巻いて飛び回りながら、まるでモザイクのタイルのように一つの模様を作り上げていく。火の男！　ティルスの男！　〝赤い男〟がラクダから降りて階段をのぼるのを見て、心の中でそう叫んだ。「フェニキア人？　いや、あなたはただの〝フェニキアン〟じゃない……」

「フェニックス！」〝赤い男〟が言った。燃え上がるように顔が赤く光っている。

「ただのフェニキアンではなく、フェニックスだ！　むろん、象徴的、比喩的な伝説の鳥などではない。その元となる存在、フェニックスそのものだ」船長から、疲労の痕跡はすべて消え去っていた。待ちに待った恋人との逢瀬に赴く男のように、嬉しそうに胸を躍らせている。彼の口から次々と言葉があふれ出た。フェニックスである自分もまた――キュクロプスほどではないにしろ――かなり長い年月を生き続けてきたが、命には限りがある。その寿命のせいで、このように体が疲弊しているのだ。世界の上から下まで、あちらこちらと、何世紀にも渡って旅を続けてきた。そして今、終わりのときが近づいている。いや、二年前から終わりに近づき始めていた。肉体に閉じ込められ、苦しみや苛立ちを味わい続けている自分を解き放つことができるのは、炎だけだ。今の肉体を焼き尽くすことによって、若さを再生することができるのだと。

〝再生のサイン〟ヴァージルは思い出した。〝鷲、蛇、そして不死鳥《フェニックス》〟

ヴァージルは声に出して言った。「これがあなたの再生にどうしても必要なものだとおっしゃるのなら、キャプテン・フェニックス、わたしは邪魔をするつもりはありません」

だが、燃えるように赤い顔の男は、目と歯をぎらつかせながらヴァージルを見た。「おまえが邪魔を？　おまえなど、わたしが踏みつける足元の道にすぎない。フェニックスは魔術師ごときを必要としない」

「それなら、どうぞなさるべきことをなさってください。どうしてわたしをここまで連れてきたのかはわかりませんが。あなたの火葬用の薪に火をつけるためですか？　気は進みませんが、わたしが――」

アンソン・エベド＝サフィールは軽蔑したように短く笑い飛ばした。「皮肉な比喩を楽しんでいる時間はほとんど残っていないが、おまえを連れてきたのは、わたしのために火中の栗を拾わせるためだ。キュクロプスがわたしを嫌っていることは知っていたからな。はたしておまえがあいつのもとから、無事にわが花嫁を奪い返せるかどうか――」

「あなたの花嫁？」

〝赤き者〟はうなずいた。「いかにも……おまえもさっき、わたしの再生にどうしても必要なものと言ったではないか。その驚きようでは、再生について何も知らないと見える。いかにも、フェニックスの再生には花嫁が必要なのだ！　フェニックスは必ず男として生まれ、人間の中から花嫁を選ばなければならない。われわれにとって、わたしにとって、フェニックスにとっての結婚は、情欲とは無縁なものだ——もっとも、汗にまみれて体をくねらせる行為自体は、おまえたち人間と同じようにたいていは喜んで参加するがな。だが、この結婚はそうではない。男女が一体となり、ともに炎に焼き尽くされることによってのみ、新しいフェニックスの魔法の卵が形成されるのだ。わが花嫁！」そう言ってラウラのほうを向き、手を伸ばした。「わたしの花嫁！」

　彼女は驚き、息を震わせ、助けを求めるようにヴァージルの腕と外套の陰へと後ずさった。

「恐れることはない。痛みはわずかですぐに去り、それをはるかに上回る喜びがもたらされる。その点は、命に限りがあり、肉体に囚われた人間どもの婚姻でも同じはずだ。わたしを恐れるな、拒むな。ともにこの階段をのぼり、薪の山の上に築かれた婚礼用の天幕へ行こう……。まだ怖いのか？　恐れることはないと言っているではないか！　急かすつもりはないが、いつまでも待つわけにはいかないのだ」

　ヴァージルは、フェニックスの顔が赤い夕陽を受けてますます輝くのを見ながら言った。「お言葉ですが、フェニックスよ、世界じゅうにあまたいる女性の中から、どうしてこの方を選ばれたのですか？　彼女がそれを望んでいないのは一目瞭然ですし、無理からぬことです。ですが、世界じゅうを探せば、それを望む女性もいるのではありませんか？」

「いるだろう。事実、そう望む女はいた。遠い昔のこと、といっても、そこの娘にとっての昔という意味だが、わたしとの神秘的な結婚を約束した女がいた。その引き換えとして、長寿と、愛と、王座が欲しいと言ってな。彼女は王妃《クイーン》の座に就き、愛を得た。そして、このフェニックスの寿命が尽きるまで生き続けるはずだった……おそらくは五百年……ひょっとするともっと長く……それは誰にもわからないことだ。だが、予想よりも早くフェニックスの寿命が迫り、転生の時期を迎えたとき、裏切り者の女は怯えて尻込みをした。わたしとの結婚を拒んだのだ」

　彼の薄い青緑色の目は冷たかったが、その赤い顔と体は熱く燃え上がるように真っ赤だった。ヴァージルの中で、声をひそめたコルネリアの言葉がよみがえった。〝わたしの心のすべては、けっして会ってはならぬ方に差し上げた……〟なるほど、会えないはずだ。愛するフェニックスの姿をひと目見た瞬間、炎に包まれるにちがいないのだから。

「ああ」フェニックスは顔をゆがませ、首を傾けながら、彼女への愛と、憎しみに近い感情に感嘆した。「彼女は実に狡猾だ。この一点においては、実に強固だ！　わたしを近づけないために、自分の周囲に障壁を築くことに成功したのだから……。だが、あくまでも彼女の周囲だけだ。そこで――」

　フェニックスは話を続けた。「誰もが知るとおり、誓いを立てた男の言葉が守られないとき、本人に代わってその息子に遂行を求めることができる。女の場合は、その娘にだ。わたしは今、約束されたはずの花嫁を必要としている。カルススの王太后《クイーン》コルネリアが約束を守らないのなら、その娘、カルススの王女ラウラが代理を務めるのが当然。これは当然の請求なのだ。さあ、花嫁よ。ここへ来い、わが花嫁よ」

　話を終えたフェニックスが再び手を伸ばし、ラウラは再びヴァージルの陰へ後ずさった――が、今回はその素早い動きに不意をつかれ、ヴァージルは一瞬警戒を緩めた。すぐさまフェニックスが指を動かし、炎の輪が二つ、地面から立ちのぼった。一つはヴァージルを、もう一つはラウラを取り囲んでいる。ヴァージルが動こうとすると、周りの炎はいっそう高く燃え上がり、彼を封じ込めた。

ヴァージルはただ立ち尽くしていた。フェニックスが手招きをした。すると、ラウラを取り囲んでいた炎の輪がゆっくりと主《あるじ》のほうへ進み始め、必然的に彼女もそちらへ歩かざるを得なかった。巨大な夕陽の縁が水平線に触れた。辺りは徐々に暗く、青く、肌寒くなってきた。風が炎をゆらめかせた。

フェニックスが言った。「さあ、来い」

彼は指を伸ばした。「キプロス島では、仲間が薪の山に火をつけるのに立ち会うことができた。ここには立ち会ってくれる仲間はいない。だが、そんなことはどうでもいい。祝婚歌など不要だ」ヴァージルは、杭の柵のように取り囲む炎越しに二人の様子をじっと見つめていた。やはり炎に囲まれたラウラが、よろよろとフェニックスのほうへ近づいていく。フェニックスは手を伸ばして待っている。その手を彼女が取った。二人並んで薪の山へと歩いていく。

フェニックスが振り向いた。「さらば、魔術師よ」

だが、今度はヴァージルが指を動かす番だった。その指はフェニックスとは逆向きに、反時計回りに動いた。すると、周りで高く燃えていた炎が弱まった……低く……徐々に低く……ついには、ただ地面にちらちらと輝く円でしかなくなった。ヴァージルはそれを難なく踏み越えた。フェニックスは呆然と見ていた。

「フェニキアのフェニックスよ、わたしもかつてフェニキアに暮らしたことがあります。火の秘密を習得したあなたなら、わたしもまた同じように火の秘密を学んだことはおわかりになるでしょう。ただし、わたしが学んだのはティルスではなく、シドンです」（シドンは今のレバノンのサイダにあたる古代フェニキア最古かつ最主要といわれた都市。シドンから分かれたフェニキア人がティルスを築き、シドンとティルスはしばしばフェニキア内の覇権争いをする関係にあった）フェニックスの喉から、唸り声のようなうめき声のような音が洩れた。ティルスは岩と灰になるまで燃やし尽くされたが、シドンは今も存続している。

ヴァージルが二人に近づいた。フェニックスは彼のほうへ向き直った。ヴァージルが言った。「わたしの火のわざはあなたとは正反対のもので、あまり役に立たないと思われてきました。わたしはそうは思いません。現に、〈馬飾り屋通り〉のわたしの家で上がった炎を消したのは何だったと思いますか？　あなたはご存じないでしょうか――いや、ほかでもない、あなたが知らないはずはありませんね――サラマンドロスが火事を起こすという噂がまちがいであることを。サラマンドロスは火を起こしたりしません、火を消すのです！　その力のおかげで、サラマンドロスは炎や燃えさしの中を自由に歩き回ることができる……火に飲み込まれることなく、火を飲み込むのです。

お行きなさい、フェニックスよ。ナポリへ行き、約束を交わした正統な花嫁と対峙なさい。そして、あなたにできるのなら、あなたがそうしたいのなら、彼女こそを花嫁としてお迎えなさい。ですが、ここにいる女性は彼女ではありません、どうか解放して――」

ヴァージルは後ずさった。何かが爆発したかのように、いきなり辺り一帯が大きな炎と化したのだ。あちこちに転がっていた石が燃えている。ヴァージルは両手を伸ばした。彼の周りに混沌とした真っ黒い空間が生まれ、広がっていく。炎が苦しそうに、シャーシャーと蛇のような音を立てながら後退しだした。燃える石は、熱した鉄板に水滴が滴って弾けるようにバチバチと鳴った。空中にはもくもくとした蒸気が、地面には露が現れた。稲妻がくねりながら光り、雨に掻き消された。ニシキヘビほどの大きさの炎の蛇がヴァージルのほうへ素早く近づこうとして、濡れた黒い霧に阻まれた。蛇と霧は、まるでおぞましい、愛のない性行為に臨むかのように、互いにきつく絡み合った。霧がシューシューと音を立てながら徐々に消え、薄くなっていく。フェニックスは、怒りと勝ち誇った歓喜の入り混ざった雄叫びを上げた。全身を燃え上がるように赤く染め、光る両腕を振り回しては、炎を投げつけてくる。

霧が濃くなって雲に変わった。黒い雲と暗闇。まるで床下暖房《ハイポコースト》で熱された浴場のように、空気は湿気と蒸気と熱に満ちていた。後光をまとった星々がぼやけて見えにくくなっている。蒸気に満ちた暗闇を、いくつもの炎——白い炎、青い炎、赤やオレンジや黄色や緑色の炎——が飛び交ったが、徐々にその数は減っていった。

やがて、ついには一つも飛んでこなくなった。

ヴァージルは震えだした。冷たい風に吹かれて体が冷えたのだ。さっきまで炎に温められて木材から立ちのぼっていた香りが、なぜか今になって強く鮮やかに匂いだしている。薪の山の前に、背を丸めてひと回り小さくなった敵のシルエットが浮かび上がって見えた。

「フェニックスよ」ヴァージルが呼びかけた。「のぼりなさい」

フェニックスは顔を上げ、息を吸い込んで止めた。体が光りだし、強く輝き、消えかけた炭に息を吹きかけたかのように明るくなった。最後の力を振り絞っているのだ。すると突然、その光が彼の全身から完全に消え去った。打ち負かされてぐったりと力をなくし、フェニックスはかろうじて踏みとどまっているようだった。

「フェニックスよ」ヴァージルが言った。「のぼりなさい」

フェニックスが、歩くというより這うように、その巨大な薪の山の上へと続く石彫りの階段をのぼっていくさまは、見ていて胸が痛むほどだった。用意されていた二つの家具の片方、王座と婚姻後の寝床を兼ねたような長椅子に、体を引きずり上げるようにして腰を下ろした。

ヴァージルが杖で何度も大きな円を描くと、巨大な薪の山を取り囲むように輝く光の輪が現れた。

「フェニックスよ、これからわたしの唱える禁止の呪文をよくお聞きなさい」ヴァージルは命じた。

「この太陽の輪の中においては
炎は一切燃えることがない
水は一切流れることがない
わたしが真に探し求めているものが見つかるまでは」

冷たい月がのぼり、いくつも転がっていた奇妙な石は影の中に溶けて見えなくなった。冷たい薪の山のてっぺんで、フェニックスは身じろぎもせず、石像のように凍りついたまま、ただ宙を睨んでいた。

このときばかりは、ラクダたちもいつもほど高慢そうには見えなかった。

来たときと同じルートを引き返すのはあまりに危険だ。あの忌まわしいトログロダイトたちがどこに潜んでいるかわからないし、また急に襲いかかってくるかもしれない。突然命を得て動きだす石のようなペトロモルフたちが、反対に命あるものを石に変えてしまうかもしれない。酒好きで困惑するほど強欲なアベン＝アブーブー族長は、こそこそと裏工作をする代わりに、今度は堂々と敵意を向けてくるかもしれない。だが、ヴァージルは海岸までたどり着く別のルートなどまったくわからず、仮に知っていたとしても、そちらがより安全だとは限らなかった。

「南から東を目指すしかありません」彼はラウラに事情を説明したうえで提案した。「あなたに別のお考えがなければの話ですが」

ラウラは笑いながら、髪をひと房指にくるくると巻きつけたが、手を離すと髪はまっすぐに戻った。

「これまでわたしの考えを訊いてくれる人なんて、ほとんどいなかったわ」彼女は言った。「ちょっと考えてみるわね……じっくりと、よく考えなくちゃ……」彼女は慣れない熟考を試みて、額にしわを寄せた。「ここから北へ行けば、地中海に出るのよね？　合ってるかしら？　西へ行けば……大西洋がある。ここまでは簡単だわ。でも、南と東には何があるの、ヴァージル殿？」

ヴァージルは彼女のために、月に照らされた砂の上に手早く地図を描いた。南には、どろどろとした黒っぽい水のニジェール川が流れていて、その川によって二つに分断された山地がある。そこには、トンブクトゥ（現在のマリにあった砂漠の中の古代都市）という壮大で豊かな都市があると聞く。ニジェール川とその山々の奥には、ガラマンテス（現在のリビアにあった古代都市）、〝内なるエチオピア〟、イクイノックス、アギシュムバ（サハラ砂漠の南側にあったとされる地域）、そしてそこから先には〝未知の地《テッラ・インコグニタ》〟と呼ばれる、伝説の中ですらその領域や境界線について触れられたことのない土地が広がっている。南東に向かうルートは、〝真のエチオピア〟を通って、ナイル川、青ナイル川《アスタプス》と黒ナイル川《アスタボラス》を渡り、バルバリ湾から紅海へ出られる。

「南側はほとんど未知の土地ですし、南東のルートはとてつもなく時間がかかるでしょう。それなら、まず山地を抜けるまでは南へ進み、そこから東へ向かうのがいいと思うのです。運がよければ、上《かみ》エジプト（古代エジプトのうち、南側のナイル川上流の地域）へ向かう別のキャラバンに出会えるかもしれません。そこから……」

ラウラはあくびをし、非礼を詫びた。「ご覧のとおり、わたしは行儀も知らない召使いの娘みたいなのよ。母のコルネリアはカルススの王太后《クイーン》、ドージェの娘、皇帝の孫娘だというのにね。わたしはこの騒ぎに巻き込まれるまではカルススから一歩も出たことがなかったの。本当にひどい目に遭ったわ。全部終わってくれて本当によかった。さて、今夜はもう寝ましょうか?」

次の日が暮れようとする頃、山々のふもと近くまで到達したヴァージルたちは幸運なことに、岩の裂け目から水が湧いてできた浅い泉を見つけた。オアシスと呼べるようなものではなかった。というのも、水はすぐに蒸発して周辺まで潤すことはなかったし、絶え間なく吹きつける風のせいで岩の隙間の一ヵ所にわずかばかりの土だけを残して、泉の周りは岩ばかりになっていたからだ。

二人はそれぞれ泉の水を存分に飲み、ラクダたちにも水を与え、革の水筒を水で満たした。それから、乾燥させて細かく挽いた穀物をひと握りほど水と混ぜ合わせ、かすかな塩味しかない糊状にしてゆっくりと食べた。残っていた食料はそれが最後だった。「まったく味がしないわ」ラウラは指を舐めながら感想を述べた。「ひどい食事ね……ほかにも何かあればよかったんだけど」彼女はポケットを叩いて、中身を膝の上に出してみた。小さなハンカチ、魔除けのウサギの足（「残念ながら、肉は全然ついてないわ!」）、ばらばらのビーズがいくつか、そして何やら茶色くて、しわくちゃで、かすかな甘い香りのするものが出てきた。

ラウラがほほ笑んだ。「最後に食べた林檎の芯だわ。カルススを出るとき、庭師がくれた林檎なの。記念にいつまでも大事にとっておくわって約束したのよ……なのに、だんだんお腹がすいてきて食べちゃったの。ああ、そっちのはただのビーズよ。何の価値もないわ」指先であれこれ選り分けていたヴァージルに向かって、ラウラはそう付け加えた。ヴァージルは、ビーズのうちの一つが気になるようだった。

「これはどこで手に入れたんですか?」彼は尋ねた。真珠のような乳白色の粒の表面は、わずかに玉虫色の輝きを帯び、小さな青い斑点に覆われている。

ラウラは肩をすくめた。「どうしてそんなことを訊くの? さあ、どうだったかしら……たしか、夏の日に干上がった川底で拾ったの。何か特別なものなの、ヴァージル殿?」

ヴァージルは首を傾げた。その小さな石の粒を手に持ってみると、思った以上に重みを感じた。

「川底ですか。きっとそこは、カルススのずっと北方に源流を持つ川の支流だったのでしょうね。というのも、これはサルマティア人(現在のウクライナ近辺の遊牧民)が〝タイムバインダー〟と呼ぶ石じゃないかと思うのです……。仮にこれが本物だとして、どうやって使うのかはわかりません……とはいえ、今の状況では、一度きりのチャンスにかけて試してみるしかありませんね。これを割ってもかまいませんか?」

ラウラはふざけた仕草で、ドレスの裾を広げて深々とお辞儀を返し、ヴァージルを困惑させた。ひどく後悔したラウラは、すぐに許しを請うた。ヴァージルは何やらつぶやきながら、岩ばかりの地面で何かを探し始めた。岩の一つに青いビーズを載せ、なお何やらつぶやきながら、別の岩を手に持ってビーズに叩きつけた。さらに二度叩くと、その三度めの衝撃でビーズは粉々に砕けるのではなく、三つに分裂した。

「さっきの林檎の芯をください」ヴァージルは杖を取り出し、一ヵ所だけ土の残っている狭い一画に杖を突き刺すと、いつも提げている小袋の小さな箱から針葉樹《アルボル・ヴィータ》(ラテン語で〝命の木〟の意味)の葉を一つ取って、地面にあけた穴に入れ、その穴をもう少し広げて林檎の芯も入れ、杖の尖っていないほうの端で奥までしっかり押し込んでから、上から土をかけて穴を埋め戻した。それから、埋めた林檎の芯を中心に三角形を描くように〝タイムバインダー〟の三つのかけらを置いた。ラウラはのちに、ヴァージルがその後何をしてどんなことが起きたか、実はよくわからなかったのだと打ち明けた。目覚めた後で思い出される夢と比べれば多少鮮明な記憶程度に、太陽や星や、満月、上弦、新月、下弦の四つの形の月が、それぞれ空にのぼっては沈み、あるいは反時計回りに回り、また元の位置に戻って同じことを繰り返すのを見た覚えはあった。それも、空全体ではなく、城壁の銃眼のように、天にぽっかりと空いた巨大な三角形の中で。驚きのあまり呆然となって、天から地へ、そしてまた天へ、地へと視線を移したとき、土の表面が割れて何かの芽が出たかと思うと、一本の細い枝のようになった。それがたちまち若木になり、高さも太さもぐんぐん成長していった。

「まあ！」彼女は声を上げて手を叩いた。何もなかった乾いた空気に、雪のように白い林檎の花の香りがあふれ、やがてその花は本物の雪のように舞い散った。そして、堂々とした大木から伸びる太い枝が、まるで母乳をたっぷりと湛えた女性の乳房のように地面に向かって垂れ下がり、その枝に重そうな林檎の実がいくつも生っていた。

二人は腹がいっぱいになるまで林檎を食べると同時に、その果汁で喉を潤すことができた。ラクダたちにも好きなだけ食べさせた。それから鞍の収納袋に林檎を詰め込み、毛布や外套を風呂敷代わりにして林檎を包んだ。元気を取り戻し、食料をたっぷり補充した二人は、再びラクダに乗って出発した。

ガラマンテス（リビア南部にあった古代王国）に入ると、昼間のあまりの暑さに、太陽光にさらされた水が正午には沸騰し、夜のあまりの寒さに、浅い器に移したその水が真夜中には凍ってしまった。幸いなことに、ガラマンテスの住民の態度は気候ほどには厳しくなかった——旅人たちの妨げも助けもしなかっただけだ。ガラマンテス人はみな非常に内気な性格で、隠遁者のような生活をしていたので、見慣れない人間がいても、声が届かないほど遠く離れていなければ歓迎してくれないのだ。ヴァージルとラウラは、外套をすっぽりとまとった住民が両腕を高く上げて山か空を背に立つ姿をたびたび見かけた。住民たちのそばには必ず犬がいた。ガラマンテス人は人間よりも犬を愛していた。そして、犬たちも彼らを愛していた。その証拠に、ヌミディア（現在のアルジェリアにあった古代王国）人がガラマンテスの王を捕らえ、身代金目的で連れ去ろうとしたとき、王の飼い犬が少なくとも二千匹、匂いを頼りにこっそりと後を追い、野営地で眠っていた犯人たちを一斉に襲って殺し、王を無事に救出したのだった。

上《かみ》ヌビアに着いた二人は、そこで堕胎に失敗して死んだ妊婦の幽霊に遭遇したのかと思って、すっかり当惑した。生まれることのなかった赤ん坊を永遠に探し続ける女が、すすり泣いたり、もの悲しい泣き声を上げたりしながら、どこまでも二人について来るのだが、姿は見えず、ただめそめそと泣く声や赤ん坊を呼ぶ声が聞こえるだけなのだ。悪魔祓いをしても効果がなかったので、ヴァージルはそれが女の幽霊ではなく、人間とはかけはなれた、胸の悪くなるような生き物だと気づいた。〝ジャッカル〟や〝ハイエナ〟と呼ばれる連中で、インコやインドカケスのように人の声をまねて人間をおびき寄せる。誰かいるのかと探しに来たところを後ろから襲いかかり、その肉をむさぼりながら笑い声を上げるのだ。

肌が焼けるほどの昼の暑さと、手足がかじかむほどの夜の寒さを交互に繰り返しながら、二人はようやく別のキャラバンを見つけ、ナイル川のほとりのメロエ（現在のスーダンにあった大きな都市）まで案内してもらった。

メロエは動物の皮や糞、それにワニの鋭い歯などの交易で有名な河川港の都市だ。自然の気まぐれな矛盾の一例として、ひどい悪臭を漂わせる獣どもが排泄する香り高い糞には、最高級の麝香《じゃこう》をも上回る価値があり、軟膏や香料の調合用として人気が高い。動物の歯は、痛み止めや、骨や関節の疾患の治療薬、さらには催淫薬としての需要がある。二人は、ナイル川のほとりのこのメロエから川を下る定期船に乗り込むことができた。途中二、三ヵ所に立ち寄るだけで、流れの速さに任せてまっすぐアレクサンドリアを目指す船だ。

　山や丘や谷や島やヨーロッパの海岸を見慣れた者の目には、ナイル川とその岸辺はいくぶん単調で退屈に映っただろうが、砂漠での苦悩やまぶしさを思えば、ヴァージルには青々と茂る植物が見られるだけでありがたく感じられた。そしてラウラにとっては、初めて目にするものは何でも魅力的に映った。曲がった木々が水面に映っているのも、巨大なカバたちも――あるときは怒った象《オリファント》まで出てきて、彼らに向かって恐ろしい歯ぎしりをした――重そうに頭《こうべ》を垂れた穀物が一面に生える豊かな畑も、〝マミー〟（ミイラ作りに使われた防腐剤）と呼ばれる貴重で必要不可欠な香油が採れる洞穴へ続く、装飾的な彫刻を施した入口も。だが、わけても一番魅力的だったのは、ファラオ王の宝物庫だといわれる巨大な錐体《ピラミダル》の建造物だ……今もその宝物は、情熱に駆られて探し求める者たちを惑わせ続けているのだという。

　ラウラはこうした光景にすっかり魅入られている。ヴァージルはそう思っていたので、自分も景色を楽しんでいる最中に彼女に質問を投げかけられたときには驚いた。「ヴァージル殿、どうしてはるばるわたしを探しに来てくださったの？」

　彼女を称賛する下手な表現がもごもごと口からこぼれそうになった。が、仮に彼が「茶色っぽく光る赤い髪に、赤っぽく光る茶色の瞳。青い血管が透けて見える真っ白い肌、繊細な形の珊瑚色の唇、優美な弧を描く茶色い眉、可愛らしく盛り上がった乳房――すべてです。そのすべてがわたしの目と心を捕らえ、強烈な臭いのする研究室や、かびくさいがたまらなく愛しい匂いでもある本の山から連れ出してくれたのです……」などと愚かなことを言ったとしても、それこそが真実にちがいないではないか。

ヴァージルは少し口ごもった後、そうしたことは口にせず、ただ鏡の一件を最後まで見届けたかったからだと説明した。

「つまり、すべてを明らかにしたかったのね」彼女が要約した。

「そうです……すべてを明らかにしたかったのです」

彼女は納得したような、満足したような様子でうなずいた。それから、顔をしかめた。ヴァージルは「どうかしましたか……?」と訊こうとした。「王太后《クイーン》のことだけど」彼女が言った。「ああ」と、ヴァージルは言った。「彼女のことなら……心配なさらなくて大丈夫ですよ」ラウラはヴァージルのほうを見て、片方の眉を上げた。それから、ほんのかすかに笑みを浮かべた。「わかった、心配しないことにするわ」

第十四章

ヴァージルはリビアへ旅立つことを、事前にコルネリアに知らせることも、あえて隠すこともしていなかった。彼女のことだから、こちらから伝えるまでもなく、いずれすべて耳に入るだろうと思ったからだ。が、前回の旅と同様に〝赤い男〟の船で出発するところを人に見られないよう用心したため、あの男については何も知らないのかもしれない。ヴァージルがラウラを連れてコルネリアのヴィラの玄関ホールへ入っていくと、トゥーリオに会った。館を取り仕切るトゥーリオは二人を見て、驚きのあまり目も口も大きく開いたままになっていたが、マグスからの小さな身振りと視線を受けて、慌ててどちらも閉じた。身振りが繰り返され、再び視線を向けられると、トゥーリオはおとなしく二人を奥へ案内した。

コルネリアは、象牙を薄切りにした小さな四角いカードを並べているところだった。それぞれのカードには、明らかに腕のいい精密画家によって奇妙なデザインと絵が色付きで描かれていた。遠い世界へ考えを巡らせているようなその表情には見覚えがある。コルネリアはそれらのカードをいくつかの列に並べ、残りを手に持っていた。「Rota《ロータ》、Arot《アロット》、Otar《オタール》、Ator《アトール》、Taro《タロ》――」（タロットカードの〝運命の車輪〟の周りにはT、A、R、Oの文字が書かれ、一周すると〝タロット〟と読めるようになっている。この四文字の順を入れ替えて別の意味の言葉を並べた呪文。またこの四文字の間にはイスラエルの神の名を表すヘブライ語の四文字が、輪の中には錬金術の記号が四つ書かれている）彼女は顔を上げ、ヴァージルを見つけると、手に持っていたカードが飛び散って床に落ちた。

「マグス……」彼女はささやくような声で言った。テーブルの隣の低いスツールに、娘が一人座っていた。初めてコルネリアに会った日、マンティコアどもに追われたあの日にも見かけた、召使いの若い女だ。コルネリアがヴァージルの姿を見つけ、彼の後ろから部屋に入ってきた娘の姿を見つけたとき、その召使いの娘は驚いて何か言いそうになった。ヴァージルはその様子を見逃さなかったが、狙いどおりにコルネリアをいきなり驚かせて動揺させたにもかかわらず、コルネリアの反応は素早かった。すぐに冷静さを取り戻し、スツールに座っている娘の肩に手を置いた……娘も落ち着いた表情に戻っている……ただし、目は伏せていた。

　コルネリアが立ち上がり、ヴァージルと同伴者の娘に向き合った。歓喜と勝ち誇った喜びと悪意と情熱と畏怖に満ちた彼女の目が、ほんの一瞬ヴァージルの目と合った。次の瞬間、彼女はヴァージルが連れてきた娘を抱きしめ、目を閉じて彼女の体をゆっくりと優しく左右に揺らした。それから、彼女を放した。娘はおとなしく抱きしめられ、控えめに抱き返していた。

「何があったのか、どこにいたのかは訊かぬ。さまざまな感情があふれて、それどころではない。第一、そなたが無事に帰ってきてくれたのなら、ほかのことはどうでもよい。娘よ、盛大な歓迎の宴を開こう！　だが――今は――ああ、しばらく二人だけで過ごそう！」

　彼女は娘を両腕に抱き、部屋から連れ出そうと歩き始めた。スツールに座っていた娘はすでに出口を向き、先導するように部屋を出ようとした。

「レディ――」

「ほんのひととき、二人きりにさせてくれ、マグス。そなたならわかってくれるだろう。その後で――」

「レディ――」

コルネリアはため息をつき、ヴァージルのほうを向いた。「そなたの言うことなら、聞かねばなるまい」

「ええ、ご相談したいのは、わたしの報酬についてです」

彼女の次の返事を聞いて、そこに嘘はないとヴァージルは思った。「そなたが望むものなら、何であろうと、どれほどであろうとかまわぬ。金《かね》でも、宝石でも、好きなだけ申せ。そなたさえよかったら、このヴィラでも、カルススにあるわたしの領土でも――〈尊厳ある皇帝《アウグストゥス・カエサル》〉だった曾祖父から遺産として受け継いだ土地でさえも――何でも……どんなものでもかまわぬ……」

ヴァージルは頭を下げた。それから口を開いた。「実に寛大なお申し出ですが、そのどれにも心を惹かれません。わたしが本当に望んでいるものを申し上げてもかまいませんか？」コルネリアがうなずいた。ヴァージルはまた口を開いた。「わたしがいただきたいのはただ一つ、そこにいる召使いの娘です」そう言って、彼女のほうへ手を伸ばした。

コルネリアの顔から血の気が引いた。と思うと、真っ赤に染まった。ヴァージルを平手で打つかのように片手を高く引き上げた。が、そこで思いとどまった。「すまなかった」彼女は絞り出すように言った。「そなたはわたしにとって……わたしたち母娘にとって……どんな報酬にも値するほどの働きをしてくれた。だが、重ねて言うが、値するほどというだけだ。この……召使いの娘は……名をフィリスというのだが……生まれたときからわたしたち母娘のそばにいる。わたしたちにとっては家族のようなものだ。実のところ……そなたに嘘を言ってもしかたない、見ればわかるであろう……彼女はわたしたちと血が繋がっている。ただの使用人や奴隷のように、簡単に他人に譲るわけにはいかぬのだ」

「お話はよくわかりました。そちらのご事情は配慮したいと思います。そういうことでしたら、今すぐにリクトル（政務官の警護をする役人。儀式において奴隷の解放を宣言する役目も負う）を呼んできて、フィリスの頭に〝フリジアの帽子〟（解放された奴隷のしるし）を被せてください。晴れて解放されたあかつきには、わたしは彼女と結婚することを誓います。それとも、彼女が自由の身になれば、わたしなどには結婚する資格がないでしょうか？」

コルネリアはすっかり落ち着きを取り戻していた。「何を言うか、マグス」彼女は言った。「そなたほどの者が、こちらこそもったいない話だ。フィリス」コルネリアは召使いの娘に尋ねた。「ヴァージル博士がそなたに示した名誉ある申し出を受けたいと思うか？」

召使いの娘は、低い声で答えた。「いいえ《ノー》……受けたいとは思いません」

コルネリアはかすかに肩をすくめて両手を小さく広げてみせた。「お聞きのとおりだ。この娘は献身的な情が深くてな。マグスよ、どうする？　まさか、強引に連れていくようなまねはするまいな？」

ヴァージルはがっくりとうなだれた。しばらくして、あらためて口を開いた。「下を向くことが叶わないのなら、上に目を向けるべきでしょう。レディ、あなたは――」と、すぐ隣に立つもう一人の娘に向かって呼びかけた。「身分のちがいはありますが、あなたはわたしが求婚したら、お気を悪くされるでしょうか？」

それを聞いたコルネリアの眉が跳ね上がったが、それ以上の反応は表に出さず、返答は〝お断わり《ノー》〟しかありえないと言うように娘のほうを見た。そして彼女が「わたし？　まあ！　ノー」と言うのを聞いて、満足げにうなずいた。ところが、続く言葉に、信じられない様子で目をみはった。

「いいえ、求婚してくださったら、わたし、気を悪くなんてしないわ」

コルネリアの不機嫌さについては、以前にも（もうずいぶん前のことのように思える）何度か目撃し、自ら受け止めてきたおかげで、ヴァージルには今の彼女の反応が、まだかすかに感情にさざ波が立っただけの、ほんの序の口だとわかっていた。コルネリアは娘の言葉を受けてすかさず、混乱した様子でこう言ったのだ。「立場を忘れたのか、魔術使いよ。失礼ながら、王や皇帝の血統を引く王女たちの中に、仮にそなたの妻となることを許される者がいたとしても――まあ、いるとは思えないが――わたしの娘はその一人ではない。さらには、たとえわたしが許したところで、わたしの息子、この子の兄である現カルスス王が許すはずがない。娘には、すでに結婚話が進んでいるのだ」またしてもコルネリアは気持ちを落ち着け、ヴァージルの申し出に対するあからさまな拒絶を涼しい顔で巧みにやわらげた。「お相手は――これ以上詳しく話すわけにはいかぬが――非常に高位なお方でな。そういうわけで、娘の保護者であるわたしたちが、まさかその方との話を反故《ほご》にするようなまねを許すわけにはいかないのだ。そなたの力は偉大だが、わたしたちに約束を破棄させるよう説得する、あるいは強要できるほどの力ではない。わかるな？」

彼女はそろそろ、何かが怪しいと疑っているのだろうか？　こうして押しかけた本当の目的に気づいているのか？　それは大いにあり得る。だが、話がどう転ぶのかを見守るためにも、とりあえずは騙されたふりを続けるにちがいない。実のところ、彼女に選択肢はほとんど残されていないのだ。コルネリアは、すでに混乱の色の消えた目をきらめかせながらヴァージルをじっと見ていた。ヴァージルはうなずき、唇を指でつまんで、たった今いいことを思いついたように小さく声を上げた。「わたしの力、そう、それです。それを使えば、すべてうまくいくはずです」コルネリアが言葉を差し挟んだり、彼の動きを妨げたりするより早く、ヴァージルは娘の一人を引き寄せ、もう一人を押しのけた。それから両腕を上げ、魔法を取り消す呪文を唱え始めた。それほど長い呪文ではなかった。

「これより先は」呪文を唱え終えたヴァージルは締めくくりに宣言した。「ラウラとされていた娘はフィリスとなり、フィリスとされていた娘はラウラとなる。あなたがたには、真実以外を口にすることを固く禁ずる。あなた」――彼は〝召使いの娘〟を指さした――「あなたは誰ですか？」

「ラウラよ」娘は混乱し、少し怯えた様子で答えた。

「なるほど。ラウラですか。フィリスではなく。あなたがラウラであるなら、彼女がフィリスのはずですね。そうですか。ふむ。レディ・コルネリア、おかしいと思いませんか？　あなたやわたしをはじめ、大勢の者たちがラウラの居場所を突き止めようと、そして懸命に〈大いなる鏡〉を作ろうと力を尽くしていたあいだ、そのラウラ本人がずっとここにいたとは。ええ、まったくおかしな話です。実のところ、いったいどういうことなのか、わたしにはさっぱりわかりません……ひょっとすると誰かが――誰なのかはわたしも知りませんが――本物のラウラに別人に成りすますよう説得し、その一方で本物のフィリスに魔法をかけて、本人と周りの人間たちに彼女がラウラだと信じ込ませたのかもしれません。あるいは、ラウラとフィリスの両方に魔法をかけたのかもしれませんね」

コルネリアは、その部屋に何体も立つ先祖の像のように、じっと無言で立ち尽くしていた。彼女だけではない。ヴァージルが話を続けるあいだ、誰ひとり動く者はいなかった。「仮にそれが真実だったとしましょう」彼は言った。「その場合、それが成立するための前提を考えなければなりません……そしてそのためには、過去に目を向けなければなりません。過去を振り返る過程であまり聞きたくない話に触れたとしたら――レディ――それにお嬢様がた――どうぞお許しください」

コルネリアは、前任のナポリのドージェ、今は亡きアマデオの娘として生まれた。残念なことに、アマデオは妻ともそれ以外の女とも男児には恵まれなかった。だが、召使いの女とのあいだに娘がもう一人生まれたことは周知の事実だった。その娘——コルネリアの異母妹——は、嫡出子である姉の付き添いとしてカルススへ同行した。そこで、当然と言えば当然ながら、不幸なことに、見た目がよくて軟弱で女好きな、かのヴィンデリチアン王の目に留まった。その九ヵ月後に女の子を産み、自分と同じフィリスと名づけた……。

ヴァージルの話を聞きながら、コルネリアは身動きひとつしなかった。

つまり、赤ん坊のフィリスは、幼かったラウラとは、父親が同じ異母妹ということになる。それだけではない。フィリスは、ラウラの母親の異母妹の娘でもあり、同じ祖父を持つ孫娘どうし、つまり二重いとこでもある。二人の外見がよく似ているのもうなずけるし、成長するにつれて、ますます似通っていった。また、フィリスはラウラの召使いという立場だったにもかかわらず、二人は子どもの頃から仲のよい友人として育ち、互いに衣類や装飾品を取り換えたりしていた……もちろん、ラウラはそのどちらもフィリスよりはるかに数多く持っていたが……ひょっとすると、例のブローチ代わりのフィブラを二人が一日おきに交互に使っていたのも、そうしたお遊びだったのかもしれない。

少女たちは、二人の出生前に交わされていた秘密の協定について、何も知らずに育った。その取り決めは、とある女性とフェニックスのあいだで取り交わされたのだという。愛を約束し、情熱を約束し、そして、いつか王座に就けるという確約を引き換えにした約束だ。女にとってこの契約は、長いあいだ希望と力と喜びの源だった。ところが、返済の期日は予想以上に早く来て、すぐにでも支払うべき義務が生じた。いや、待て、この請求にはどうしても応じなければならないのか？

「たとえば、フェニックスの花嫁となる約束をした女性が、途方もない力を持っていたとしましょう。彼女はその力を使って、囲いや守りを築くことができるでしょう……それでも、その壁のどこかが崩れるのではないかという不安は、いつも、どんなときもつきまといます。さらに彼女は、もしやフェニックスが親に代わって子に約束を代行させようとするのではないかと、常に娘の身が心配でたまらなくなります。おわかりになりますか？

何をすればいい？　何ができる？　仮にですが、あなたがその女性だったとしましょう、レディ・コルネリア。彼女に何ができると思いますか？　そうだ、娘のラウラを召使いのフェリスに変装させて、カルススからナポリへ連れてくればいいのです。そうして、自分がラウラだと信じるよう魔法をかけられた本物のフィリスを後から呼び寄せる。うまくいけば——実際にそうなったように——フェニックスがまちがった娘をさらってくれる。これで、愛しいが憎らしい恋人と、憎らしいが愛しい召使いの娘の両方が一度に自分の前からいなくなる。二人はあのはるか遠い火葬用の薪の山の上で、神秘的な結合などではなく、おそらくただ炎に包まれて苦しみながら焼け死ぬことになるでしょうから。その女性には、フェニックスが雇った人さらいの男たちが途中でトログロダイトたちに待ち伏せされることも、いにしえのキュクロプスがフィリスを救出することも、フェニックスがキュクロプスを恐れて彼女を取り返しに行かないことも、想像できなかったのです。

ですが、フェニックスがただのフェニキア人に化けてナポリに現れたとき、彼女は何かがおかしいと気づきます。フェニキア人はナポリに来て、またいなくなった。どういうことなのかわからないだけに、彼女はさぞ悩んだことでしょう。わたしの仮説が正しければ、レディ・コルネリア、あなたの心配、あなたがどうしても〈大いなる鏡〉を作りたいと望んだ強い気持ちは、偽物のラウラの身に危険が及んでいることを案じたからではなく、彼女に危険が及ばないことを案じたからです……。以上がわたしの仮説です」

コルネリアはただ「真実ではない」とだけ言った。

ヴァージルが首を振った。「残念ながら、真実です。わたし自身、このヴィラを初めて訪れた日に、召使いの娘に扮した本物のラウラを目撃しているのです。彼女は刺しかけの刺繡を手に持っていましたが、その図案があなたの指輪のデザインを模したものだったので、記憶に残りました。のちにわかったのですが、あれは〝赤い男〟の指輪と対になっていたのですね――不死鳥《フェニックス》が薪の山に座っている絵です。さらに、その後再びここを訪れたとき、クレメンスもラウラを見かけました。彼はドージェのタウロが持っていた肖像画を見せられていたので、ラウラだとわかったそうです」

ほんの短いあいだ、コルネリアは頭をうなだれ、顔はやつれて、すっかり絶望しているかに見えた。だが、再び上げた顔には希望が表れていた。「それが真実だと認めたら」彼女は言った。「わたしを守ってくれるか?」

ヴァージルは首や肩の筋肉に、ずしりとした重みを感じた。「あなたはもう認めています」彼は言った。「そして、わたしはすでにあなたを彼から守ったのです」

安堵しながらなおも食い下がる彼女の言葉には、まだ恐怖が混じっていた。「それだけでなく、この先もずっと守り続けてくれるか?」彼女は詰め寄った。「わたしは単に命を失うことを恐れているのではない。この世での生など、〝至福者の島〟（ギリシャ神話で死後の楽園と考えられていた島）での永遠の命に比べれば、何の楽しみもない。わたしは彼のためなら何でもする覚悟はある。とはいえ、彼にすっかり飲み込まれてしまうのは……彼の強すぎる人格の陰に追いやられ、わたしという存在がすっかり消えてしまうのは……それだけはいやだ。わからぬか？　それこそが彼らの源になるのだ。わたしも初めは知らなかった。だが、今ならわかる。それこそが、フェニックスの不死と強さの根源なのだと。フェニックスは相手の女を取り込む。女を吸収する。男と女の両方の存在を一身に引き受ける。ただ、その女は、魂としても、人格としても、完全に消滅して、男の魂と男の人格だけが再生される。女はすべてを捧げて……そして、完全にいなくなるのだ」

「知っています」

　彼女の恐怖は小さくなっていたが、消えることはなかった。ヴァージルがそのことを知っていると言うのなら、自分が何を恐れているか、真の命の危険とは何かもわかっているはずだ。彼女は繰り返した。「わたしを守ってくれるか？　守ると言ってくれ。永遠に。永遠に守ってくれるか？」彼女の目が、ヴァージルの目にその答えを探っていた。彼女の表情が変わった。優しい、心に深く刻み込まれるほどの愛情がそこに表れた。「守ってくれるのだな。ああ、そうなのだな」ヴァージルに近くへ来るよう手招きし、声を落とした。「なぜ守ってくれるのかはわかっている。そなたが本当に欲しい報酬が何か、知っている。それをそなたにやろう。永遠に」

　彼女はヴァージルのほうへ手を伸ばした。「さあ、来るがいい」

　だが、ヴァージルが取った手はコルネリアのものではなかった。「レディ、わたしはかつて、あなたについて行ったことがありました」彼は言った。「それがどういう結果に終わったかは、お互いによく知っているはずです」

　愛情を浮かべていた彼女の顔が、一気に凍りついた。「でも、それなら……そうしなければ……わたしはいつまでも安心できない……どうして信じられようか……わたしより、その女を取るのか？　このわたしよりも？　守ってくれぬのか？　そなたが？」

　彼女の顔は別人のように豹変し、ゆがめた顔はおそろしい仮面をかぶったようだ。両手をかぎ爪のついた前足のようにして宙を引っ掻いた。呪いの言葉も吐いた。ラテン語、エトルリア語、そしてギリシャ語の、正式な儀式にのっとった呪術の文言だ。さらに、おそらくは（ラウラが眉をしかめたことから推察するに）カルススの言葉で悪態をついたにちがいなかった。かと思うと、まるで年季の入った漁師の女房のように、ナポリの方言で最も下品な表現を次々と浴びせた。数々の言葉で、吐きかける唾で、身振りで――指で頭に角を立てたり、手で卑猥なサインを作ったりして――彼女はヴァージルを呪った。

　金切り声で、この娘は私生児であり、私生児の産んだ娘だと叫んだ。この母娘の存在は、自分と自分の母にとっては不運でしかない。まるで鏡に映った自分たちの姿なのだと。

「どうしてこの娘の命を奪っておかなかったのだろう？　生まれた直後に、雑種犬の赤ん坊のように水に沈めてしまえばよかった！　生かしてやったのは、こんなことのためだったのか――こんな――こんなことのためだけに！　どうしてこの娘が生きて、わたしが死なねばならんのだ？　わたしは、少なくとも五百年の命を約束されたのだぞ。せめて普通の人間としての寿命は全うしてもいいはずなのに、この淫売女の娘より先に死ぬのか？　そんな馬鹿な！　いやだ！　絶対にいやだ！」

　怒りのあまり、コルネリアは自分の感情を制御することも、まともに思考することさえもできなくなっていた。ヴァージルはこれほどの憤怒は見たことがなかった。「いや、今からでも遅くない、その娘を殺してやる！」金切り声でそう叫んだコルネリアは、唇の端から泡を噴き、きれいに整えられていた髪型は怒り狂った手で掻きむしって狂女の髪のように乱れ、丁寧に塗られていた化粧や軟膏は、怒りがもたらした涙と汗で流れて筋状に汚れ、声はかすれ、甲高く震えていた。そこにいるのは、ただ醜く、自暴自棄になっている女にすぎなかった。「今から殺してやる！　おまえもだ！　おまえもだよ！　魔術師！　妖術使い！　ネクロマンサー！　いかさま師！　売春宿のおやじ、ポン引き、ひも野郎！　おまえも殺してやる！」

コルネリアの青くひび割れた唇から、ひどく卑劣で、暴力的で、生々しい脅し文句が一気にこぼれ出た。彼女がいったん口を閉じ、わなわなと震えながら大きく息を吸った瞬間、ヴァージルが言った。「わたしが真に探し求めていたものは見つかった。あなたはあらゆる意味でわたしを見下した……軽蔑した……拒絶した……。わたしはあなたのもとを去る、永遠に。フィリス、行こう」ヴァージルはコルネリアに背を向け、震える娘の肩を抱いて、急いでその場を離れた。

何歩も行かないうちに、恐ろしい悲鳴が聞こえて振り向いた。コルネリアはまだ先ほどと同じところに立っていたが、今はその隣に〝赤い男〟が立っていた。〝赤い男〟がコルネリアの体を両手で包み込むと、炎が二人の体を包み込んだ。コルネリアが怒りのあまりに何も考えられなくなっていたとき、それまで彼女が張り巡らせていた見張りや、囲いや、守りが、すべて崩れ去っていたのだ。それに加えて、ヴァージルはさっき気づかれないように、リビアの薪の山の前でフェニックスを封印した呪文を解除していた。こうしてフェニックスは、はるか遠い陸と海を越えて、ついに花嫁を迎えに来たのだった。

勢いよく燃え上がるその炎は、消そうとするだけ無駄だとヴァージルは思った。ヴェスヴィオ山の火山活動を収め、〝火打ち石《テレボリム》〟の雄と雌が結合後に出火するのを食い止めるほうが、まだ成功する可能性がありそうだ。だが、奇妙なことに、ある意味ではフェニックスの言うとおりかもしれないと思えた。コルネリアが上げた一度きりの悲鳴はあくまでも恐怖によるもので、痛みは一切感じていないようだったからだ。その証拠に、炎がごうごうと、深いため息をつくような音で燃え続けるあいだ、コルネリアの表情は徐々に落ち着き、緊張の解けた体は、まるで恋人の抱擁に満足げに寄り添っているようにさえ見え、二度と見ることのない世界を閉め出すように目を閉じた。二人は恍惚のうちに炎に包まれていた。コルネリアは降伏するように、フェニックスは勝ち誇ったように。しばらくのあいだは、灰の中に立つそれぞれの輪郭が見えていたが、やがて二つの人影は溶け合って、人間の目には見分けがつかなくなった。すると――あっという間に――そこに何かが現れた。より適切な表現や説明を省くと、それは大きな光る卵だった。その物体が割れると同時に、燃え上がる殻の中から、青虫のようなものがもぞもぞとうごめいた。

そのとき、燃え尽きた灰がガラガラと崩れ落ちた。

その場に残っていた者たちは、みな愕然として立ち尽くし、麻痺したように目を奪われていた。突然一陣の風が吹いて、残っていた熱を冷まし、灰の山を吹き散らした。ヴァージルは言葉にならない声を発した。目の前の灰の山の中に、一人の青年が立っていたのだ。畏怖の念に駆られて見ているうちに、青年は裸の赤い肌についていた灰を手で払い、よろよろと一歩踏み出した……さらに一歩……やがて、しっかりとした足取りで、驚きと感嘆の表情で自分を見つめている人間たちを完全に無視して、彼らのほうへ歩いてきた。ヴァージルの目に、その姿は思春期を迎えたばかりのアンソン船長のように見えた……いや……少しちがう……どこか違和感がある。生まれたばかりのフェニックスは、ヴァージルとフィリスの前を通り過ぎるとき、無意識に、ほんのわずかばかり彼らに顔を向けた。その瞬間、若者の薄い青緑の瞳の中に、コルネリアを思わせるきらめきが走った――と思うと、あっという間に消えた。

そして、若者自身も姿を消した。

使用人たちは悲鳴を上げながら、どんな尾ひれのついた話になるのか、今起きたことを誰彼かまわず伝えに走った。ラウラは長椅子に横になって、自分の腕の中に顔を埋めていた。全身が震えていたヴァージルがため息をついて首を振ると、隣にいたフィリスが彼に寄りかかった。

だが、トゥーリオは床の上に跪いたまま突っ伏した姿勢で、さめざめと泣いていた。

ようやくトゥーリオは口を開くと、自分に言い聞かせるように、かすれた声で言った。「おれたちは王国《キングダム》が欲しかった。帝国が欲しかった。こんなことになるなら、欲を出さなければよかった。こんなことになるなら……」

（それからずいぶん経った頃、ヴァージルはクレメンスとこんな話をした。

「彼女が本当に欲しかったのは、永遠の命だった」

「叶うことのない望みだったな……彼女にとっては」クレメンスがヴァージルに応えるように言った。「永遠の命を手に入れる方法があるとすれば、錬金術だけだ。きみもよく知っているだろう」

「そうかな……最初にわたしを彼女のもとへ導いたのは何だった？　あの日、マンティコアの巣窟でわたしが探し求めていたのは、宝石などではなかった。マンティコアに連れ去られた子どもだ。誰もが聞いたことのある話だ。やつらに長いあいだ囚われていたその子は、百年経った今も生き続けているうえに、見た目はその年齢の半分にも満たないという……コルネリアには、優れた才能がたくさんあった。協力すれば、さまざまな功績を上げられたかもしれない。残念だ、本当に残念だよ……」

たしかに、ちがう状況で出会っていたなら、ヴァージルとレディ・コルネリアは、互いに助け合うことができたかもしれない。愛をこじらせるのではなく、純粋に育てることができたかもしれない。だが、こうなった以上、今は別の問題に目を向けなければならない。たとえば、ラウラだ。

陰謀を巡らせ、自分を支配し続けてきた母親から永久に解放されて、ラウラはこの先どんな生き方を望んでいるのか。雄牛のようなドージェにも、常に浮気ばかりしている皇帝にも嫁ぎたくないそうだ。彼女の望みは、何よりもまず、丘に囲まれた岩だらけのふるさと、カルススに戻ることだ。兄が治めるその土地で、きっと自分の好みに合う夫を見つけられると確信している。

「ここは何もかも退屈でつまらないわ」彼女はそうひと言で片づけた。「あなたも帰りたいと思うでしょう、フィリス？　帰ったら、今までとは全然ちがう暮らしが待ってるわ。兄はあなたを嫡出子と認定してくれる――わたしが認めさせるから！――そうしたら、昔住んでいた夏の別荘を修理してもらって、二人で一緒に暮らしましょうよ。あなたがこんな目に遭ったことは気の毒だと思うけど、別にわたしは加担してないもの。邪悪な魔法とかなんとか、そんなことは全然知らなかったのよ。第一、ほら、あなたも母がどんな人だったか、よく知ってるでしょう？　わたしに何ができたと思う？　でも、これからは二人で楽しく過ごして、昔みたいに服を交換したり、お互いに成りすましたり……いえ、それはやめたほうがいいわね。まあ、とにかく、フィリス……」

フィリスに比べれば、姉であり従姉でもあるこの王女こそが退屈でつまらない存在にちがいない。

ヴァージルは、ラウラが長々としゃべり続けているあいだ、フィリスを見つめながらそう思った。そして、自分を見つめ返す視線から、フィリスはどこにも行くつもりがないことが読み取れた。少なくとも、カルススへは戻らないはずだ。

〝蠍座は再生の宮《サイン》……鷲、蛇、不死鳥《フェニックス》……溶けた銅がうきかすを脱ぎ捨てるように、脱皮を繰り返す蛇。死んだように動けなくなり、放心状態に陥り、最後の力を振り絞る蛇。ついに脱皮に成功し、命を得て素早く動き回る蛇。新しく生まれる……創造されるために、まず破壊されなければならない……すべての肉体と生命を消滅させる炎に焼かれたのちにこそ、新しい肉体と生命が得られる……奥方様は火を恐れていらっしゃる……〟

〈白く美しき婦人〉は、ついに〈赤ら顔の男〉に嫁いだのだ。

ヴァージルの頭の中に、かつてよく知っていた質素な農園の光景がよみがえってきた。たくさんの蜂の巣、犬のような耳の羊たち、農夫が工具でつけていく畝《うね》の列の跡。奥に広がる樫とブナの森には、猟師たちが狩る牙の生えた猪が生息している。それから、その後に暮らしたカラブリアの丘陵地帯の村も思い浮かべた。岩肌に止まった鷲のように、みすぼらしい家が斜面にぽつぽつと建っている。驚くほど冷たく、素晴らしく澄みきった水が勢いよく流れる川、用心深い魚が潜む川辺の静かな水たまり、甘い香りの木々、その隙間の空き地に咲く花々。どちらの場所も再び訪れたい、あの静かな空間にどっぷりと浸かりたい、いつまでもそこでのんびり過ごしたい……せめて、この疲れがやわらぎ、洗い流されるまで。もちろん、重大な疑問への答えはまだ出せていないし、問題は何も解決していない。フェニックスと鏡に関する一件を除いて。たとえるなら、自分はこれまで太陽を直視させられていたのだ。ようやく太陽から目をそむけられるようになった今、視界を妨げていた大きな黒い円盤はもう消えたが、はたして自分の目ははっきりと、鮮明に見えるようになったのだろうか？　魂は完全体に戻ったが、かつての自分と比べて何か少しでも得たものがあるだろうか？

かすかな吐息と小さな身動きを感じ、ヴァージルは夢想から引き戻された。隣に立つフィリスが、かすかにほほ笑みかけている。

フィリスを得たじゃないか。

ヴァージルは、再び魂がとらわれるのを感じた。だが、今回はそこに痛みはなかった。クレメンスはきっと〈馬飾り屋通り〉に建つ高く奇妙な家に若い女性が立ち入ることに、不満そうな唸り声を漏らすことだろう。だが、ずっと欲しがっていた古い東洋音楽の二冊の本を贈りさえすれば、さすがのクレメンスの不満も黙らせることができるだろう。

ペンシルベニア州　ミルフォード
メキシコ　アメカメカ
英領ホンデュラス　ベリーズ　にて。

謝辞

本文（本書一七九頁）に使用したオウィディウスの『変身物語』（古代ローマおよびギリシャ神話登場人物がほかのものに変身する話を集めた傑作）の詩は、左記より引用した。

Loebe Classics edition　フランク・ジャスタス・ミラー編・訳

Harvard University Press　Copyright 1916, 1921

訳者あとがき

これまで日本においてアヴラム・デイヴィッドスン（一九二三～一九九三）の名は、主にファンタジーやSF分野の〝空想〟短編小説家として知られてきた。『10月3日の目撃者』（村上実子訳、ソノラマ文庫／海外シリーズ、一九八四年）および『どんがらがん』（殊能将之編、河出文庫、二〇一四年）に収められたのべ二十八作の短編を初め、ヨーロッパの架空の国での不可思議な事件を描いた短編連作『エステルハージ博士の事件簿』（池央耿訳、河出書房新社、二〇一〇年）などが印象深いからだ。このうち『エステルハージ博士の事件簿』は架空の国の作り話であるにもかかわらず、詳細な市街地図まで掲載され、あたかも実在する国の話のように思わせる。そして、このような〝実在すると思い込んでしまうほど緻密に描かれた空想の世界〟を極めたのが、本作『不死鳥と鏡』だと言えよう。

殊能将之氏は前掲『どんがらがん』の解説で、『不死鳥と鏡』について詳細に紹介しておられる。それによれば、デイヴィッドスンは一九六四年に「とうとう『自分がほんとうに書きたい小説を書こう』と決意し、長年構想を温めていた長篇小説に本格的に着手する。架空の古代ローマ世界を舞台に、魔術師ウェルギリウスの活躍を描いた独創的な幻想小説 The Phoenix and the Mirror である」とのことだ。その執筆に集中するあまり、他の仕事は激減し、生活費の安いホンジュラスに移り住み、ようやく一九六九年に発表したのだという。

本作でデイヴィッドスン自身が「作者より」として前置きに書いたとおり、『不死鳥と鏡』は古代ローマを舞台にしているように見えて、実はのちの世のヨーロッパの大衆が勝手に思い描いた魔法と神話の入り混じった空想話から着想を得ている。実在した古代ローマの詩人ウェルギリウスが、どういうわけか魔法使いとして活躍する武勇伝がひとり歩きし、それをデイヴィッドスンがさらに〝現実と空想〟を織り交ぜた物語へと昇華させたのだ。魔法や錬金術、空想上の生物や神話の登場人物、架空の帝国や植民地制度といったものが、かつて学んだ世界史や地理や古代文明の知識と（ほぼ）矛盾することなく混在し、ふと現実の話かと騙されそうになる。

翻訳にあたっては、これほど楽しく、と同時に頭を抱える作品はないかもしれない。なぜなら、書かれていることが史実であれば、徹底的に調べることで正確に訳せるはずであり、ファンタジーであれば、その特異な世界観を尊重しながら訳すところだが、さて、どこまでが現実で、どれが意図的な空想（あるいは作者の誤謬？）なのかがわからないからだ。現実とも空想とも見分けのつかない、あたかも現実と思えるさまざまな情報が、この作品にはこれでもかと詰め込まれている（欧米の読者が何も調べずに本作を読んで、当たり前に散りばめられている耳慣れない単語をどう受け止めていたのか、個人的には興味深いところだ）。これらの膨大な知識を収集し、説得力ある世界を作り上げたデイヴィッドスンの執念は計り知れない。

そういうわけで、日本語翻訳にあたり、固有名詞（地名、人名、著作名など）については、〝現実〟に存在するものと仮定して、できるだけ正確な注釈をつけた。また、多岐にわたる専門用語（魔術、錬金術、占星術、冶金術、航海術、鹿狩りなど）についても、できる限り〝現実〟に沿った訳を選んだが、これはある程度の〝空想〟（あるいは勘違い）が混じっていると思われ、一部には正確さよりも世界観の統一を重視したところがあることをお断わりしておきたい。

何よりも、お詫びと言おうか、お断わりと言おうか、特に本作の翻訳を待ち望んでおられたデイヴィッドスンのファンの方々にひと言申し上げておきたいのは、主人公の名前だ。古代ローマの稀代の詩人はVergilius、日本ではウェルギリウスという名で知られており、殊能氏も『どんがらがん』の解説の中で「魔術師ウェルギリウス」と書いておられる。だが、Vergiliusは英語を初めヨーロッパの言語では短くVirgil等と呼ばれることが通例で、本作の原文でもVergilとなっている。原文にVergilの名が登場するたび、偉大な詩人であったウェルギリウスではなく、欠点も多いが気さくで人間味のある主人公には、語感のよい〝ヴァージル〟がいかにも合っていると感じ、本作では〝マグスのヴァージル〟とさせていただいた。ほとんどの登場人物名がラテン語読みであるのに対し、ヴァージルは英語読みであり、違和感を持たれた方にはこの場を借りてお詫び申し上げます。

これまでデイヴィッドスンの短編だけを読まれた方、本作で初めてデイヴィッドスンの作品に出会われた方は、緻密なまでのディテールを詰め込んだこの不思議な世界をどう受け止められただろうか。つたない翻訳のせいでせっかくの〝現実〟味を感じられなかった、あるいは〝空想〟から醒めてしまったということがないようにと願うばかりだが、これにとどまらず、ほかに類を見ない特異なデイヴィッドスンの長編小説がこの先も世に出ることになれば嬉しく思う。


本文一七九ページの『変身物語』の一節について。作者からの「謝辞」にあるとおり、原書ではラテン語からの英訳が引用されている。この部分の日本語訳にあたっては既訳本は使用せず、原書の英文から新たに訳出した。

鬼才の最高傑作長篇

日下三蔵（ミステリ・SF評論家）

アヴラム・デイヴィッドスンは、これまで主にSF作家として翻訳紹介されてきたから、〈論創海外ミステリ〉の読者には、あまり馴染みがないかもしれない。だが、ディヴィッドスンは、SF、ファンタジー、ミステリの各分野で大きな業績を残している才人であり、本書『不死鳥と鏡』もミステリとファンタジーの要素を併せ持った傑作と言える。

名前の表記はアヴラム、エイヴラム、エイブラム、デイヴィッドスン、ディヴィドスンと一定しないが、確認できた限り、もっとも古い邦訳は「エラリイ・クイーンズ・ミステリ・マガジン」一九五八（昭和三十三）年七月号の「物は証言できない」である。掲載時に付されたルーブリック「第十二次コンテスト第一席」の全文をご紹介しておこう。

本篇は1956年募集の、第12回年次短篇コンテストで、第一席を獲得し、1957年4月号の巻頭を飾ったものである。第13回コンテストの結果は、まだ発表されていないから、現在のところ、いちばん新しいコンテスト第一席作品というわけだ。

作者のエイブラム・デイヴィットスンは、第二次大戦後に登場した新人で、今年35才になる。つまり１９２３年４月の生れなのだ。本号に紹介した新人、パンクボーンやブロックと同じように、デイヴィッドスンも探偵小説ばかりでなく、空想科学小説の短篇にも才能を見せている。彼の特色は舞台がすこぶる広範囲なことだ。本篇では南北戦争以前の南部を描いているし、本誌アメリカ版に初めて登場した時の作品では、キプロス島が背景になっている。第二作ではカリフォーニヤの安ホテル、第三作では北アフリカが舞台になっている。これは彼が第二次大戦中、海軍に入って南太平洋、シナ、北アフリカ、ヨーロッパなどを転戦したときの、経験を生か《ママ》したものなのだ。最初は海軍航空隊、のちに海兵隊に移ったが、衛生兵だったのである。

クレジットは単に「編集部」となっているが、情報量と文章の両面から、同誌の編集長だった都筑道夫の手になるものと思われる。

本国版「ＥＱＭＭ」の年次コンテストは一九四五年から十三回にわたって開催された大規模なもので、その入選作リストは、そのまま定評ある名作短篇リストといって過言ではない。歴代の第一席作品だけを集めたエラリイ・クイーン編のアンソロジー『黄金の十二／現代編』（79年11月／ハヤカワ・ミステリ文庫）が刊行されており、もちろん「物は証言できない」も収録されている。

言及されている新人作家は『観察者の鏡』（『オブザーバーの鏡』）のエドガー・パンクボーンと『サイコ』のロバート・ブロックである。一九五七年十二月にスタートした「ハヤカワ・ファンタジイ」（後の「ハヤカワ・ＳＦ・シリーズ」）は、この号の広告ページでは、まだ六冊しか出ていない。

日本版「ＥＱＭＭ」には、その後もデイヴィッドスンの作品がコンスタントに訳載されているが、その七作目に当たる一九六二（昭和三十七）年十月号の「ラホーア兵営事件」は「一九六二年アメリカ探偵作家クラブ最優秀短篇賞受賞作」であった。

アメリカ探偵作家クラブ（Mystery Writers of America）の選ぶＭＷＡ賞は、エドガー・アラン・ポーにちなんでエドガー賞とも呼ばれ、わが国でいうと日本推理作家協会賞に相当する権威ある賞だが、デイヴィッドスンはこの賞の受賞者なのである。

この作品に付されたルーブリック（無署名）は、以下の通り。


デイヴィッドスンは、ＳＦとミステリ両刀使いの才人だが、今年はじめから、空想科学小説誌ＭＦＳＦの編集長になっている。ここ数年、同誌のもっとも頻度数のたかい寄稿者だったし、１９５８年度のヒューゴー短篇賞（エドガーズに相当するＳＦ賞）もとっているから、当然の人選だったろう。ＳＦでもミステリでも、さまざまな時代環境を舞台にして、トリッキイな話を書くのがうまい。


「ラホーア兵営事件」はエドガー賞短篇賞の受賞作を集めたビル・プロンジーニ編のアンソロジー『エドガー賞全集 上』（83年3月／ハヤカワ・ミステリ文庫）に収録された。

ＭＦＳＦは「ファンタジイ・アンド・サイエンス・フィクション（The Magazine of Fantasy & Science Fiction）」誌のこと。世界ＳＦ大会（ワールドコン）参加者によって選出されるヒューゴー賞は、アメリカＳＦファンタジー作家協会（ＳＦＷＡ）主催のネビュラ賞と並んで、ＳＦのもっとも権威ある賞だ。日本でいえば、ヒューゴー賞が星雲賞、ネビュラ賞が日本ＳＦ大賞に相当する。

つまり、デイヴィッドスンは、ＳＦとミステリの各ジャンルでトップレベルの作品を発表している訳だ。日本で似たポジションの作家というと、古くは山田正紀、近年では田中啓文か小林泰三ということになるだろう。

ヒューゴー賞受賞作の「あるいは牡蠣でいっぱいの海」はアイザック・アシモフ編のアンソロジー『ヒューゴー賞傑作集No.1』（65年3月／ハヤカワ・SF・シリーズ）に収められたから、多くのSFファンに読まれていたはずだが、それに加えて筒井康隆がタイトルをもじった「あるいは酒でいっぱいの海」という作品を書き、さらにこれがショートショート集の表題作となったため、ユニークなタイトルの元ネタ作品としても、高い知名度があった。かくいう私も、筒井作品経由でデイヴィッドスンの存在を知った口である。

要するに何が言いたいのかというと、ある時期までアヴラム・デイヴィッドスンは、アンソロジーでいくつかの代表作が読めるだけで、「EQMM」「ミステリマガジン」「ヒッチコックマガジン」「SFマガジン」などのバックナンバーを渉猟するようなマニアでなければ、まったく全貌がつかめない「幻の作家」だったのである。

この状況にようやく変化が生じたのは、初紹介から二十六年が経過した一九八五（昭和五十九）年五月であった。朝日ソノラマからデイヴィッドスンの日本初短篇集『10月3日の目撃者』（ソノラマ文庫〈海外シリーズ〉②）が刊行されたのである。

この叢書の監修者である仁賀克雄氏の解説から、デイヴィッドスンの経歴をご紹介しておこう。

エイヴラム・ディヴィドスンは一九二三年四月二十三日、ニューヨーク州ヨンカーズにユダヤ系アメリカ人の子供として生まれた。四〇年にニューヨーク大学に入学、二年生の時に太平洋戦争がはじまり、海軍に入ると南太平洋、中国戦線を転戦した。

終戦後の四七年ニューヨーク大学に復学、そのかたわらニューヨークにあるイエシヴァ大学にも通い、両校を四八年に卒業した。卒業すると、オーソドックスなユダヤ人らしくイスラエル軍に入り、アラブと戦った。いかにも熱血漢らしい。五〇年にアメリカに戻ると、カリフォルニアのピアース・カレッジに一年間通学した。

彼の処女作は本書収録の「恋人の名はジェロ」であり「ファンタジー・アンド・サイエンスフィクション」（F＆SF）誌の五四年七月号に掲載された。

同誌はSF界の正統的な雑誌として、ジョン・キャンベルの率いる「アスタウンディング」誌と並ぶ名門だった。当時の編集長はミステリ評論家としても有名なアンソニー・バウチャー（正式には同年九月号から）だった。彼はマシスン、ディック、コーンブルースら数多くの作家を発掘、登用した眼識ある編集者だった。ディヴィドスンもその新進SF作家の一人だった。

仁賀氏はさらに、五七年から「ＥＱＭＭ」にも寄稿してミステリにも進出したこと、エラリー・クイーン名義で長篇ミステリ『第八の日』と『三角形の第四辺』を代作したことを紹介し、その作風を「ユーモア小説あり、風刺小説あり、童話あり、幻想小説あり、怪奇小説ありで、その中にフォークロア、宗教、ブッキッシュな知識が混然とつめこまれている」と評している。つまりはジャンル横断型の奇想作家で、早川書房の〈異色作家短篇集〉に収録されていてもおかしくなかった作家なのである。

だが、次の作品集が刊行されるまでには、さらに二十年を要した。きっかけは二〇〇三年に河出書房新社から海外短篇を対象にした叢書〈奇想コレクション〉が刊行されたことだ。翌年までにダン・シモンズ『夜更けのエントロピー』、シオドア・スタージョン『不思議のひと触れ』（大森望編）、テリー・ビッスン『ふたりジャネット』（中村融編訳）、エドモンド・ハミルトン『フェッセンデンの宇宙』（中村融編訳）の四冊を刊行したこのシリーズは、まさに現代版〈異色作家短篇集〉というべき好企画だった。

インターネットではＳＦ・ミステリ好きが盛り上がって、次々と続刊に希望する作家を挙げていたが、その中に『ハサミ男』『美濃牛』『黒い仏』などで知られるメフィスト賞作家の殊能将之氏がいた。氏はデイヴィッドスンの短篇集を出すべきだと主張して、自身のサイトで構成案を公開した。枚数、内容、既刊短篇集との重複なども勘案した本格的なもので、氏はさらに未訳の短篇を大量に取り寄せて、ラインナップをどんどんブラッシュアップしていったのである。

その過程は、氏のサイトでリアルタイムで更新され、最終的に河出書房の編集者がその企画を採用、実際に同シリーズから殊能将之編によるデイヴィッドスンの作品集『どんがらがん』（05年10月）が刊行された。この本の構成案の変遷は、氏の没後にサイトの記事を単行本化した『殊能将之 読書日記 2000-2009』（15年６月／講談社）にそのまま収録されている。

殊能氏はミステリ作家としてデビューする以前には、アマチュアながらＳＦの評論、翻訳で名を知られた才人だったから、どこかデイヴィッドスンと通じるところがあったのだろうか。

殊能氏は〈奇想コレクション〉の姉妹シリーズというべき河出書房新社の新叢書〈ストレンジ・フィクション〉から刊行されたデイヴィッドスンの連作短篇集『エステルハージ博士の事件簿』（10年11月）にも、力のこもった解説を寄せている。曰く――。

本書The Enquiries of Doctor Eszterhazy（一九七五、ワーナー・ブックス）は、一九七六年度世界幻想文学大賞の短篇集・アンソロジー部門を受賞したデイヴィッドスンの代表作である。単行本としては長篇The Phoenix and the Mirror（一九六九）と並ぶ最高傑作といっていい。エステルハージ博士と魔術師ウェルギリウスは、デイヴィッドスンが生みだした最も魅力的なキャラクターだ。

ここでタイトルの挙がっている「The Phoenix and the Mirror」が、本書『不死鳥と鏡』である。原書は一九六九年二月にダブルデイ社からハードカバーで刊行され、同年にエース・ブックスからペイパーバックとしても出ている。この世評に高い長篇が、デイヴィッドスンの四冊目の邦訳単行本として、ついに刊行されたのだ。

魔術師のヴァージルは『牧歌』『農耕詩』『アエネーイス』で知られる古代ローマのラテン語詩人ウェルギリウスである。彼が魔法の鏡を作るためにさまざまな冒険を繰り広げる本書は、もちろん普通の意味でのミステリ（推理小説）ではない。だが、歴史小説、ファンタジー、冒険小説の要素が混然一体となっており、この奇妙な世界に引き込まれたら、容易には抜け出せない奇書といっていいだろう。

なお、デイヴィッドスンの〈魔術師ウェルギリウス〉シリーズには、他に『Vergil in Averno』（1987）および著者没後に刊行された『The Scarlet Fig』（2005）の二冊がある。本書に続いて訳出されることを強く希望したい。

〔著者〕
アヴラム・デイヴィッドスン
1923年、アメリカ、ニューヨーク州ヨンカーズ生まれ。1950年代より本格的な執筆活動を始める。58年にヒューゴー賞短編小説部門、61年にアメリカ探偵作家クラブエドガー賞短編部門、76年と79年には世界幻想文学大賞を受賞。60年代にエラリー・クイーン名義で「第八の日」(1964)と「三角形の第四辺」(65)を代筆している。80年代にシアトルへ移住し、退役軍人用保護施設へ入居。1993年、死去。

〔訳者〕
福森典子（ふくもり・のりこ）
大阪生まれ。国際基督教大学卒。通算十年の海外生活を経験。『陰謀の島』、『知られたくなかった男』、『笑う仏』（いずれも論創社）など、ミステリを中心に多数の訳書がある。

不死鳥《ふしちょう》と鏡《かがみ》
——論創海外ミステリ 288

2022年9月20日　初版第1刷印刷
2022年9月30日　初版第1刷発行

著　者　アヴラム・デイヴィッドスン
訳　者　福森典子
装　丁　奥定泰之
発行人　森下紀夫
発行所　論 創 社
〒101-0051　東京都千代田区神田神保町2-23　北井ビル
TEL:03-3264-5254　FAX:03-3264-5232　振替口座 00160-1-155266
WEB:https://www.ronso.co.jp

組版　加藤靖司
印刷・製本　中央精版印刷

ISBN978-4-8460-2151-1
落丁・乱丁本はお取り替えいたします。